Dieter Heymann · Harriet und Hermine

Dieter Heymann

Harriet und Hermine

Eine Lebensgeschichte im 20. Jahrhundert

Die Deutsche Nationalbibliothek verzeichnet diese Publikation in der
Deutschen Nationalbibliografie; detaillierte bibliografische Daten sind
im Internet über www.dnb.de abrufbar.

© 2016 Dieter Heymann
Lektorat: Cynthia Erhardt
Satz und Layout: Buch&media GmbH, München
Umschlaggestaltung: Kay Fretwurst, Freienbrink
Herstellung und Verlag: BoD – Books on Demand
Printed in Germany · ISBN 978-3-7412-1367-0

Vorwort

Dieses Buch habe ich zum Gedenken an meine Mutter Hermine Margarete Christiane Müller geschrieben: das Leben einer Frau und Mutter im 20. Jahrhundert in den Jahren von 1908 bis 1995. Eine Biografie, die zum Philosophieren, Nachdenken, Nachfühlen und Träumen anregen soll.

Mit einem Zitat des chinesischen Philosophen Konfuzius, der vermutlich von 551 bis 479 vor unserer Zeitrechnung lebte, möchte ich beginnen. »Es ist besser, ein einziges kleines Licht anzuzünden, als die Dunkelheit zu verfluchen.« Das zentrale Thema des großen philosophischen Lehrers war die menschliche Ordnung seiner Zeit. Konfuzius mit dem Beinamen der »Edle« stellte seine philosophischen Thesen in den Mittelpunkt seiner Lehre. Nach seiner Meinung kann als moralisch einwandfreier Mensch nur der gelten, der Achtung vor anderen Menschen hat und mit einer hohen Ahnenverehrung lebt und sich in vollkommener Harmonie mit dem Weltganzen befindet. »Den Angelpunkt zu finden, der unser sittliches Wesen mit der allumfassenden Ordnung, der zentralen Harmonie vereint«, war für ihn das höchste menschliche Ziel. »Harmonie und Mitte, Gleichmut und Gleichgewicht« führen den Menschen durch ein lebenswertes Leben und sind für alle im höchsten Maße erstrebenswert. Selbst dann, wenn für uns Menschen dieses Ziel niemals oder eher selten erreichbar erscheint, »ist es besser, ein einziges kleines Licht anzuzünden, als die Dunkelheit zu verfluchen«. Eine weise Empfehlung des großen Chinesen, die über 2500 Jahre alt ist und heute noch mehr denn je ihre Gültigkeit hat.

Meiner Mutter bin ich sehr dankbar, dass sie in mir dieses »kleine Licht« angezündet hat. Sie hat mich gelehrt, worin die Würde des Menschen besteht, und mir eine hohe Wertschätzung für Menschen beigebracht – ein stilles, leises Vorbild. Nie habe ich ihr so richtig meine Dankbarkeit gezeigt. Sie tat mir oft sehr leid. Denn sie hatte es in ihrem Leben nicht besonders leicht. Es waren schlimme Zeiten zu bestehen. Niemals stand sie selbst im Mittelpunkt. Sie führte ein altruistisches Leben, aufopfernd und uneigennützig, war immer für ihren Mann, ihre Kinder und für andere da. Sie musste viele Tiefpunkte in ihrem Leben bewältigen. Gerade während der beiden Weltkriege. Im Ersten bangte sie um ihren Vater und im Zweiten um ihren Ehemann. Beide mussten in diesen schrecklichen, grauenhaften und entsetzlichen Kriegen Soldaten sein. Und danach war nicht nur für ihre Familie, sondern für alle Menschen der Neuanfang unglaublich und unbeschreiblich schwer. Später kämpfte meine Mutter immer wieder gegen ihre zum Teil lebensbedrohenden Krankheiten und ich hatte oft schlimme Angst, sie zu verlieren. Dennoch schenkte ihr das Leben 87 Jahre.

Der Leser erfährt viel darüber, was in ihrer Lebenszeit von 1908 bis 1995 in Darmstadt, in Deutschland und auf der Welt alles los war. Hermine erzählt ihr Leben, spricht über ihre Ängste und erlebt eine unglaubliche Seelenwanderung zu einer philosophierenden Riesenschildkröte auf den Galapagosinseln. Diesen dicken, unzerstörbaren Panzer hatte sie sich so sehr gewünscht. Wie oft hätte sie in ihrem Leben einen solchen gebrauchen können.

Dieses Buch ist eine Hommage an meine Mutter, einen Ehrenerweis, den ich ihr posthum zukommen lassen möchte. Das »kleine Licht« zünde ich nun für sie an. Möge sie sich darüber freuen, gleich, wo es für sie leuchtet.

Die Seniorenresidenz

Harriet ließ es sich den ganzen lieben langen Tag gut gehen. Ein wunderbares Leben, frei von jeglichen Pflichten, nur noch das Beschäftigen mit vergnüglichen Tätigkeiten oder das pure Nichtstun. Hatte sie vielleicht vom Essay »Lob des Müßiggangs« (engl. Originaltitel: In Praise of Idleness) des britischen Literaturnobelpreisträger Bertrand Russell, eines Philosophen, Mathematikers und Logikers, schon einmal gehört? Lebte sie hier streng nach seinen Ratschlägen? Von wegen »Müßiggang ist aller Laster Anfang«. Sie lag im kühlen Schatten, bewegte sich nur selten und wenn, dann gewöhnlich nur mit ganz kleinen Schritten und sehr entspannt.

Harriet war in dieser von prächtiger Natur umgebenen Seniorenresidenz die allseits beliebte Grand Dame. Nicht, dass sie sich aufspielte oder in Positur brachte, wie das gewöhnlich solche Damen tun, aber mit ihrer stattlichen Figur, ihrem hohen Alter und ihrer würdevollen Contenance strahlte sie eine ganz besondere Abgeklärtheit, Bedachtsamkeit, Gefasstheit, Gelassenheit und Gleichmut aus. Sie wusste sehr viel vom Leben und alle kannten sie hier auf dieser wunderbaren Insel. Mit ihrem gesegneten Alter von über 175 Jahren hatte sie nicht nur eine sehr große Lebenserfahrung, sondern auch ein hohes Maß an Toleranz gewonnen. Sich mit ihr zu unterhalten, zu philosophieren und mit ihr zusammen zu sein, kam immer einer geistigen Erleuchtung gleich. Harriet war freundlich und liebenswürdig. Sie strahlte eine warmherzige Mütterlichkeit aus, sie war eine Freundin, wie man sie sich wünschte und eine fabelhafte, großartige Gesprächspartnerin, vor allem Zuhörerin, wie wir noch sehen werden. Sie kannte auch viele wunderbare Geschichten, die sie immer wieder zum Besten gab. Wenn sie nicht gerade wieder einmal eingenickt war, pflegte sie ihre »sozialen Kontakte«, wie sie das immer nannte. Ihre Lieblingstätigkeit bestand in der Unterhaltung mit anderen.

Wenn Harriet einmal am Erzählen war, fand sie kein Ende. Ihren philosophischen Gedankenspielen zuzuhören, glich einer wunderbaren, entspannenden Meditation. »Quält dich der ewige Dampfplauderer im Kopf mit einem schier unlösbaren Problem, vertraue dich Harriet an. Willst du etwas wissen, frage Harriet. Kommst du nicht weiter, weiß Harriet in den meisten Fällen Rat.« Alle hier in der Seniorenresidenz liebten ihre Harriet. Es war ein märchenhaftes Zusammenleben mit ihr, ein spirituelles Leben.

Harriet meinte: »Nichts ist schändlicher, als wenn man mit nichts anderem beweisen kann, dass man lange gelebt hat, als mit der Zahl seiner Jahre.« Manchmal ging den anderen ihr ewiges Philosophieren aber auch auf den Geist. Zu allen Lebenslagen hatte sie immer etwas beizutragen. Aber die meisten ihrer Gedanken und Zitate passten »wie ein Stein auf den Panzer«, wie sie selbst immer sagte. »Was soll das eigentlich bedeuten: ›wie ein Stein auf den Panzer‹?«, fragte ihre Freundin Hermine. »Das erkläre ich dir später einmal, das wirst du nicht selbst erleben und auch ich nicht, dafür sind wir viel zu alt.« Die junge Hermine, ein Küken in diesen Kreisen, hatte diesen Spruch von Harriet übernommen und auch ständig auf den Lippen. Genauso wie die Jungen heute alles »geil« oder »cool« finden.

Hermine besuchte an diesem wundervollen Morgen wieder Harriet, wie fast an jedem Tag. Sie genoss es, Harriet wegen ihrer großen Erfahrung und unermesslichen Weisheit immer alles Mögliche zu fragen und sie in interessante Gespräche zu verwickeln. Harriet war natürlich unheimlich froh und auch ein bisschen stolz, dass sie so gefragt war. Sie wollte sich mit ihrer großen Leidenschaft, dem Philosophieren, den Jungen nicht aufdrängen. Nur wenn man sie darum bat, dann redete sie wie ein Buch. Und gerade in Hermine hatte sie eine geduldige, aufmerksame, dankbare und gelehrige »junge« Zuhörerin. Hermine hatte so viel nachzuholen. Und Hermine hatte auch sehr viel selbst zu erzählen.

Ein Leben im Paradies

Hermines Unterhaltungen mit der alten Harriet bezogen sich auf alle Gebiete des Lebens. Jetzt wollen wir jedoch erst einmal das Geheimnis lüften, wo sich diese wundersame Seniorenresidenz eigentlich genau befindet. Die beiden leben auf den Galapagosinseln. Eine vulkanische Inselgruppe mitten im Pazifischen Ozean. Sie gehört heute zu Ecuador. Der Archipel liegt 920 Kilometer vom südamerikanischen Festland entfernt westlich der Küste im Pazifik. Es sind insgesamt rund 60 größere und kleinere Lavainseln, die durch Vulkanausbrüche entstanden sind. Die Inselgruppe besteht aus 13 Hauptinseln, von denen nur fünf bewohnt sind –, mit insgesamt nur etwas mehr als 25.000 Menschen. Sie wurden im Jahr 1535 zufällig von dem Spanier Tomás de Berlanga entdeckt. Und das kam so: Der spanische König schickte Tomás, den katholischen Bischof von Panama, mit einer Fregatte zu einer Vermittlungsmission nach Peru. Im Pazifik geriet das Schiff zunächst in schwierige See und danach in eine Windstille. Es war nicht mehr manövrierbar und gelangte durch starke Meeresströmungen am 10. März 1535 an die Küste einer bis dahin unbekannten Inselgruppe. Die Seeleute waren heilfroh, endlich wieder Land zu entdecken, und von den Inseln dermaßen begeistert, dass sie sie Islas Encantadas, verzauberte Inseln, nannten und sie für die spanische Krone in Besitz nahmen. Niemand hatte zu dieser Zeit so weit draußen im Pazifischen Ozean noch unbekannte Inseln vermutet. Starke Strömungen in und um die Inseln herum erweckten bei den Seefahrern den Eindruck, die Eilande änderten immer wieder ihre Lage. Im

17. Jahrhundert waren die Inseln Verstecke und Fluchtorte für Seeräuber und Piraten, darunter auch berühmte Namen wie John Cook oder William Cowley. Sie überfielen meistens die Goldschiffe der Spanier, die mit ihrer wertvollen Fracht aus Mexiko kamen.

Im 19. Jahrhundert benannte man die Inseln nach den dort vorkommenden Riesenschildkröten. Im Jahr 1832 nahm General José Maria Villamil die Inseln für Ecuador in Besitz und nannte sie fortan Archipielago del Ecuador. Von da an begann die erste dauerhafte Besiedlung mit Menschen.

Auf San Cristóbal (oder auch Chatham genannt), der östlichsten der Galapagosinseln, leben Harriet und Hermine, die beiden Riesenschildkröten. Dieser Archipel hat eine Fläche von ungefähr 560 Quadratkilometern. Der höchste Punkt der Insel ist ein erloschener Vulkan, der 730 Meter hoch ist. Durch die von ihm bedingten Niederschläge ist das Klima sehr feucht, während es auf der flacheren Nordosthälfte der Insel sehr trocken ist. Der spanische Name der Insel geht auf den heiligen Christophorus zurück, auf Spanisch heißt er Cristóbal de Licia. Der wesentlich ältere, englische Name Chatham stammt vom ehemaligen britischen Premierminister William Pitt, 1. Earl of Chatham. Auf San Cristóbal leben unter anderem Prachtfregattvögel, Seelöwen, Riesenschildkröten, Blau- und Rotfußtölpel, Leguane und Seemöwen. In La Galapaguera befindet sich eine Aufzuchtstation für Riesenschildkröten.

Wenn man mit dem Flugzeug die Galapagosinseln erreichen will, ist das keine so kurze Reise. Es gibt Flugverbindungen über Miami in Florida, dort steigt man um und fliegt nach Santiago de Guayaquil, die Hauptstadt der ecuadorianischen Provinz Guayas. Sie ist die größte Stadt mit etwa 2,52 Millionen Einwohnern und bedeutendste Hafenstadt Ecuadors am Pazifischen Ozean. Sie ist sogar größer als die 2850 Meter hoch in den Anden gelegene Hauptstadt Quito. Von Guayaquil schafft es der Flieger in weniger als einer Stunde nach San Cristobal auf Galapagos.

Da benötigte Charles Darwin, der britische Naturforscher, für seine Reise schon sehr viel länger. Zwei Tage nach Weihnachten am 27. Dezember 1831 startete er seine Reise mit der HMS Beagle, His Majesty's Ship von His Majesty's Naval Base Devonport, einem britischen Hafen im englischen Plymouth, der heute die größte Marinebasis Westeuropas darstellt. Die HMS Beagle unternahm Vermessungsfahrten für die Royal Navy. Bis das Schiff die Galapagosinseln am 15. September 1835 erreichte, waren immerhin vier Jahre vergangen. Durch den Panamakanal wären sie schneller zu dem Archipel im Pazifik gekommen. Doch den gab es damals noch nicht, er wurde erst 1914 eröffnet. Sie mussten noch das von allen Seefahrern am meisten gefürchtete Kap Hoorn umrunden, das immer noch als der wildeste und stürmischste Winkel aller Weltmeere gilt.

Endlich angekommen, faszinierte Darwin die großartige Landschaft der in Europa so wenig bekannten Inselwelt. Riesige schwarze Lavafelder, tiefe Kraterseen und bis über 1500 Meter hohe Kraterfelsen. Und beim genaueren Hinsehen entdeckte er eine einzigartige Vegetation, wie er sie bisher auf der Welt noch nicht gesehen hatte. Feigenkakteen in ihrer einmaligen Farbenpracht, Mangroven, die mit ihrem dichten Blattwerk wie zu groß gewordene Bonsaibäume anmuteten, hatten es Darwin ganz besonders angetan.

Im niederschlagsreichen Hochland grüßte ein Buschwerk in allen Grünschattierungen. Dazu kam eine in seltener friedlicher Eintracht lebende reiche Tierwelt. Hier fühlte sich Darwin bestätigt, seine Beobachtungen auf dieser Inselwelt führten ihn zu seiner Erkenntnistheorie der Evolution – der natürlichen Auslese. In seinem Tagebuch steht in seinem Eintrag über die berühmten Darwinfinken, dass ihre Schnäbel von Insel zu Insel variierten und stets dem Lebensraum und der Nahrung angepasst waren. Sie stellen ein wichtiges Beispiel für Artbildung dar. »Sie sind eines der wenigen Beispiele für Werkzeuggebrauch bei Vögeln, indem diese mit Hilfe von dünnen Hölzchen oder Dornen Insekten aus Schlupfwinkeln aufstöbern.« Viele Vogelarten sollen sich auch sehr zutraulich den Menschen gegenüber verhalten haben, wie man es bisher von Vögeln eher nicht kannte.

Das aggressionsfreie Zusammenleben vieler seltener Tierarten vermerkte er gleichfalls. Eine davon war »Galapagos«, die sogenannte Riesenschildkröte, die ausschließlich vegetarisch lebt, dazu Leguane und Echsen, Seevögel wie Albatrosse, Kormorane, Pelikane und Fregattvögel, Flamingos und Seelöwen – und all dies in vertrauensvoller Gemeinschaft. Alle diese Tiere schienen bisher keine schlechten Erfahrungen mit Menschen gemacht zu haben. Sie betrachteten sie nicht als Feinde und Jäger. Auch die Menschen, die hier lebten, begegneten Darwin besonders gelassen, freundlich und fröhlich. Charles Darwin beschreibt seine Reise als Naturforscher um die Welt in seinen »Gesammelten Werke« wie in einem Tagebuch. Im 17. Kapitel ist seine Ankunft auf dem Galapagos-Archipel auf mehreren Seiten in allen Einzelheiten nachzulesen. Das sei angemerkt für alle Naturliebhaber und Naturforscher, die sich dieses Mammutwerks einmal annehmen möchten. Gleichermaßen empfehlenswert ist der Roman »Der Schöpfung wunderbarer Wege«, in welchem der amerikanische Schriftsteller Irving Stone Charles Darwin und seinen naturwissenschaftlichen Forschungen auf Galapagos ein spannendes, sehr interessantes und nebenbei auch lehrreiches Kapitel widmet.

Die wundersame Seelenwanderung

Auf Galapagos erzählt man sich einen uralten Mythos: dass die Seelen von ganz bestimmten, auserwählten Menschen in Riesenschildkröten auf den »Inseln der Seligen«, wie Platon das bezeichnen würde, weiterexistieren dürfen. Genau genommen sprechen wir dabei nicht von Reinkarnation, sondern viel mehr von einer Seelenwanderung. Schon Sokrates war sich sicher, dass die Seelen aus der Unterwelt zurückkehren und einen neuen Körper bewohnen können.

Der große deutsche Philosoph Arthur Schopenhauer beschäftigte sich mit den Upanischaden, den über 3000 Jahre alten indischen religiösen und philosophischen Schriften des Hinduismus. Er erlernte ihre Sprache, um die Schriften im Original lesen und übersetzen zu können. Darin wird eine Wiedergeburt in einem Tierkörper für mehr als möglich gehalten. Grundsätzlich essen deshalb Menschen hinduistischen Glaubens kein Fleisch. Westliche, christlich gläubige Menschen, die dem Reinkarnationsgedanken zum Teil sehr offen gegenüberstehen, glauben nicht an eine Wiedergeburt in einem Tier. Sie ziehen eine große Trennungslinie zwischen Tier und Mensch. Der französische Philosoph René Descartes behauptete, Tiere hätten kein Bewusstsein und könnten keinen Schmerz empfinden. »Was für ein Unsinn!«, würden alle Haustierbesitzer, Tierpfleger in den Zoos oder Bauern, die eng mit Tieren zusammenleben, dagegenhalten. Sie alle sind sich sehr wohl bewusst, dass Tiere eine Seele haben und auch Schmerzen empfinden können.

Das Leben auf Galapagos gleicht einem Leben für Mensch und Tier, wie es im Paradies sein muss. Auf einem der schönsten Flecken dieser Erde werden die Seelen ganz besonderer Menschen für ihr Erdendasein mit einem langen weiteren, unbekümmerten Leben im Körper einer Riesenschildkröte belohnt. Und solche mussten Harriet und Hermine wohl sein. Diese Tiere denken nicht wie wir Menschen über den Sinn ihres Lebens nach, auch nicht darüber, wie sie es gestalten. Bei diesen beiden handelt es sich daher um ungewöhnliche Exemplare, sie waren mit diesem besonderen Heil ausgestattet. Riesenschildkröten fallen auf durch ihre Langsamkeit. Man weiß aus der Tierbiologie, dass Bewegungen, Atmung, Herzschlag und die Zellteilung bei ihnen deutlich langsamer verlaufen als bei vielen anderen Lebewesen. Das muss der Grund sein für ihr biblisches Alter.

Wie oft hatte Hermine sich gewünscht, nur ein kleines bisschen von dem Gleichmut, der stoischen Ruhe und der Gelassenheit dieser Riesenschildkröten zu haben. Das fing schon sehr früh bei ihr an. Mit ihrer Mutter besuchte sie als kleines Mädchen einmal den Frankfurter Zoo. Dort hatten es ihr die Riesenschildkröten ganz besonders angetan. Immer wieder musste sie an diese Tiere denken, die sie so lebensfroh, zufrieden und von Freude bestimmt mit ihren großen Augen angesehen hatten. Auf wundersame Weise fand sich ihre Seele nach ihrem Ableben in einer solchen wieder. Gott musste wohl ihre geheimen, unausgesprochenen und verschlossenen Gedanken erhört haben. Hermine glaubte ganz fest an ihren Schöpfer. Jeden Abend hat sie mit ihrem Sohn zusammen für ihre ganze Familie gebetet: dass ihr Mann vom Krieg unversehrt nach Hause kommen würde, dass die ganze Familie verschont bliebe in diesem schrecklichen Krieg.

»Liebste Harriet, du kannst dir nicht vorstellen, wie glücklich ich war, dass unsere gemeinsamen Gebete in Erfüllung gegangen sind, alles, was wir uns von unserem Schöpfer gewünscht hatten, ist tatsächlich so gekommen. Mein ältester Sohn wollte schon als kleiner Junge immer Pfarrer werden.

Ich beobachtete ihn oft beim Spielen. Andere Kinder spielten Fußball, Schule oder Vater-Mutter-Kind, mein Sohn spielte Pfarrer und las in unserer Familienbibel. Er begleitete mich oft zum Sonntagsgottesdienst in die Kirche. Gerade in der Kriegszeit waren die Kirchen sonntags sehr gut besucht. Mein Ältester zelebrierte zu Hause Gottesdienste sehr authentisch beim Spielen und sprach dabei salbungsvoll, eben wie ein Pfarrer. Aus dem Christlichen Familienbuch hatte er sich unseren Trauspruch verinnerlicht und den 91. Psalm, Vers 1 und 2, sogar auswendig gelernt: »Wer unter dem Schirm des Höchsten sitzt und unter dem Schatten des Allmächtigen bleibt, der spricht zu dem Herrn: Meine Zuversicht und meine Burg, mein Gott, auf den ich hoffe.« Er kannte natürlich auch seinen Taufspruch aus dem Familienbuch und der passte ganz wunderbar zu ihm und auch in die Zeit: »Weil du so wert bist vor meinen Augen geachtet, musst du auch herrlich sein, und ich habe dich lieb«, Jesaja 43, Vers 4. Andere Kinder lasen den Struwwelpeter, mein Sohn las im Neuen Testament. Zu seiner Konfirmation überraschte er uns und gleichermaßen seinen Pfarrer. Seinen Konfirmationsspruch hatte er sich selbst in der Bibel ausgesucht: »Wachet, steht im Glauben, seid männlich und seid stark«, 1. Korintherbrief 16, Vers 13. Im Alter von 14 Jahren war sein sehnlichster Berufswunsch, einmal Pfarrer zu werden. Er hatte Gott hinter allem erkannt und wollte ihm dienen, sagte er immer. Es gibt dazu noch eine schöne Geschichte, die ich dir, meine liebste Harriet, unbedingt erzählen möchte.

Als wir während des Kriegs bei den Verwandten in Seelbach bei Lahr im Schwarzwald zu Besuch waren, betete mein Sohn in einer kleinen Kapelle auf einem Hügel hinter dem Haus, dass sein Vater aus dem Krieg doch bald einmal zu Besuch kommen sollte. Und wie ein Wunder muss es ihm erscheinen sein, dass wenige Tage später sein Vater tatsächlich erschienen ist. Aristoteles sagte einmal, dass Menschen in ihrem Nachsinnen über die Welt und in ihren Gebeten Gott sehr nahekommen. Gemeinsam mit meinem Sohn hatten wir mit dieser Nähe zu unserem Schöpfer die schreckliche Kriegszeit überlebt. Wir waren beide felsenfest davon überzeugt, dass er seine Hand dabei im Spiel hatte und wir nur ihm ganz allein diese Wendung zu verdanken hatten.«

Hermine fragte sich oft: Warum durfte eigentlich ihr Mann nicht diese wundersame Verwandlung in eine Riesenschildkröte und ein langes sorgenloses Weiterleben in dieser Seniorenresidenz auf Galapagos erfahren? Manchmal vermisste sie ihn und fragte sich, ob es denn eine Regel gäbe, nach der einem Menschen dieses Wunder widerfährt und dem anderen nicht. Doch darüber wollte sie nicht unbedingt nachdenken, vielleicht hatte Harriet eine Erklärung dafür. Es könnte ja auch sein, dass dabei Gott seine Hände im Spiel hätte. Bei Gelegenheit könnte sie dieses Thema einmal anschneiden und mit Harriet darüber philosophieren. Jetzt wollte sie erst ein wenig meditieren und sich später wieder mit Harriet unterhalten. Sie liebte ihre neue Existenz auf Galapagos. Und sie hatte eine Freundin gefunden, wie sie sie niemals im Leben gehabt hatte. »Was geht es uns doch so gut hier auf Galapagos, so müssen sich die Menschen das Paradies vorstellen. Und wir leben jetzt hier.«

Hermine und Harriet hörten manchmal stundenlang gemeinsam auf die Stille. Sie kommunizierten oft ganz leise miteinander. Hermine wandte sich an Harriet: »Warum war es bloß so laut in meinem menschlichen Leben? Hätte mich mein Schöpfer doch nicht nur mit Augen-, sondern auch mit Ohrenlidern beschenkt!« Am schlimmsten waren die schrecklichen Geräusche des Kriegs, die sich in ihrem Kopf festgesetzt hatten.

Hermine

Hermine hatte in ihrem Leben niemals Gelegenheit, Bücher zu lesen, geschweige denn sich überhaupt irgendwie geistig und intellektuell zu beschäftigen. Ihr Mann hätte sie auch für verrückt erklärt, wenn sie ihm plötzlich »philosophisch« oder Bücher lesend dahergekommen wäre. Ihre einzigen Aufgaben waren, seiner Meinung nach, in dieser damals von Männern dominierten Welt, die Kinder »großzuziehen« und natürlich den Ehemann in den Mittelpunkt zu stellen. Wenn der Herr nach Hause kam, musste etwas Ordentliches auf dem Tisch stehen. Der Haushalt sollte jederzeit picobello in Ordnung sein, Wäsche und Hemden für ihn tadellos gewaschen, gestärkt und gebügelt im Schrank liegen. Dennoch geruhte »His Lordship«, wie sie ihn manchmal scherzhaft nannte, »selten zu Hause zu verweilen«. Für seine Frau und Kinder war er meistens dann nie da, wenn sie ihn wirklich dringend gebraucht hätten. Da blieb Hermine wirklich keine Zeit zum Lesen oder für jegliche kulturelle Beschäftigung und schon überhaupt nicht für philosophische Gedanken. Manchmal, vielleicht zu selten, bedauerte sie das außerordentlich und wagte, das auch mal auszusprechen. »Das ist sowieso nichts für dich«, reagierte dann ihr Mann, »und außerdem kapierst du das mit deiner Zwergschulbildung sowieso nicht.« Dabei war Hermine sehr stolz auf ihren Mittelschulabschluss und ihre anschließende, mit großem Erfolg abgeschlossene Berufsausbildung.

Das Einzige, was Hermine sich mühsam erobert hatte bei ihrem Ehemann, war sein »großzügiges« Zugeständnis für ihr Theaterabonnement. Oper und Musik waren ihr Ein und Alles, das genoss sie und das ließ sie sich von ihrem Mann auch nicht vermiesen. Selten begleitete er sie – nur dann, wenn eine lustige Operette auf dem Spielplan stand. Dafür war später ihr mittlerer Sohn ein dankbarer Begleiter. Schon in dessen jungen Jahren nahm Hermine ihn mit ins Theater. Und die Opernabende waren für beide, Mutter und Sohn, immer ein ganz besonderes Ereignis. Das begann schon nachmittags mit dem gemeinsamen Nachlesen des Werks im Opernführer. Man wollte die Handlung schließlich verstehen. Hermine spielte hervorragend Klavier und gab vorab die bekanntesten Melodien und Arien zum Besten. Selten war sie so aufgekratzt und fröhlich wie an diesen Tagen. Natürlich gönnte sie sich in der Pause das obligatorische Gläschen Sekt, der Sohn bekam eine Limonade und dazu gab es immer die geliebten weißen und rosafarbenen Schokolinsen von Piasten. Das musste einfach sein.

Erst jetzt auf Galapagos hatte sie in ihrem neuen Leben richtig begonnen, ihren Bildungshunger zu stillen und nachzuholen, wofür ihr die Erziehung der drei Söhne und das rege gesellschaftliche Leben ihres Mannes früher keine Zeit gelassen hatten. Die gute alte Harriet und sie waren unzertrennlich geworden. Entweder sprachen sie über ihr eigenes, vergangenes Leben oder unterhielten sich stundenlang über Gott und die Welt. Hermine brannte darauf, alle geistigen Versäumnisse aus ihrem früheren Leben aufzuholen. In ihrem Alter und bei diesen paradiesischen Bedingungen hatte sie Zeit und Ruhe für die schönen Seiten ihres »zweiten« geschenkten Lebens. Für sie war das eine Erfüllung eines lebenslangen Wunschtraums, eine besondere Gnade des Himmels. Endlich konnte sie das tun, womit sie sich in ihrem menschlichen Leben immer so gern beschäftigt hätte. Sie konnte nach Friedrich Nietzsches Maxime leben: »Mein Glück wird sein, das zu tun, wozu mich meine innere Stimme treibt, sonst will ich nichts.« »Aber alles zu seiner Zeit«, sagte sie ganz bescheiden zu sich selbst. Bloß nicht wieder in den alten hektischen, aufregenden Trott verfallen.

Hermine Margarete Christiane wurde am 15. Februar 1908, einem Samstag, im Sternzeichen Wassermann geboren. Harriet versuchte, Hermine zu provozieren: »Hermine, du erwähnst so ausdrücklich dein Sternzeichen, glaubst du eigentlich daran? Ist Astrologie Humbug oder ist wirklich etwas dran? Was meinst du?« »Also Harriet, damit eines gleich klar ist, ich halte nichts von Horoskopen in Zeitungen und Illustrierten. Viele Menschen lesen die und ich gebe zu, dass ich sie auch schon manchmal überflogen habe, aber mein Verstand sagt mir, dass sie wertlos sind. Man kann damit nicht die Zukunft voraussehen, wie das manchmal so dargestellt wird. Ich gebe aber zu, dass ich trotzdem schon einmal heimlich, ohne dass es mein Mann erfuhr, einen Astrologen aufgesucht habe, als es mir richtig schlecht ging, ich nahe am Verzweifeln war und einfach nicht mehr weiter wusste. Mir war in dieser Situation völlig egal, ob das System wissenschaftlich haltbar ist oder nicht. Einzig und allein die Wirkung war mir wichtig. Einem Psychiater oder Psychotherapeuten hätte ich mich nie anvertraut. Mein Mann hätte mich für verrückt erklärt. Wie ich einmal herausbekommen habe, ist er selbst einige Male bei einer Wahrsagerin gewesen, die ihm großen geschäftlichen Erfolg und ein hohes Alter vorausgesagt hatte. Daran glaubte er felsenfest und schließlich ist es ja auch so gekommen. Ich glaube, er hat damals 20 Mark bezahlt. Was mein Besuch beim Astrologen gekostet hatte, hätte ich mich nicht getraut ihm zu gestehen. Ich habe das einfach von meinem Haushaltsgeld abgezweigt, das ich von Heinrich Woche für Woche hingelegt bekam, und er hat es nicht gemerkt.«

Hermine war die zweite, ihre ältere Schwester Lisa war 1903 geboren und ihre jüngere Schwester Friedel 1915. Die mittleren haben es nicht immer ganz leicht und Hermine schon gar nicht. Sie war ein Siebenmonatskind und sehr zart und klein. Damals war das Überleben für ein zu früh geborenes Baby noch weitaus unsicherer als heute. Ihre fünf Jahre ältere Schwester erzählte oft, dass sie ein richtiges »Schreikind« gewesen sei. Sie war dünn, kränklich, sensibel, verletzlich und die ganze Familie hatte ständig Angst um sie. Besonders Kinder und Jugendliche starben in dieser Zeit immer noch an der »Schwindsucht«, auch bekannt als Tuberkulose. Eine meist tödlich verlaufende Infektionskrankheit, die trotz moderner Medizin bis heute immer noch nicht vollständig besiegt ist auf unserer Erde.

Harriet erzählte Hermine, sie hätte am gleichen Tag Geburtstag wie der Begründer der modernen Naturwissenschaften Galileo Galilei, der im Jahr 1564 geboren wurde. »Er war ein italienisches Universalgenie, Mathematiker, Physiker und Astronom. Im Jahr 1908, deinem Geburtsjahr, war allerhand los auf der Welt. Der grandiose Dichter Wilhelm Busch starb, der Schöpfer von »Max und Moritz«, aus dessen Werken du deinen Kindern immer vorgelesen hattest und dessen lustige Gedichte du heute noch immer aufsagen kannst, wie ich schon mehrere Male von dir hörte. Die Dresdnerin Melitta Bentz erfand den Kaffeefilter, der den Kaffeesatz aus der Tasse endgültig verbannte. Daraus entstand das Weltunternehmen Melitta. Auch Maggi kennt auf der Welt jeder, eine gute alte deutsche Firma, die heute zum Schweizer Nestlé-Konzern gehört. Sie brachte übrigens im gleichen Jahr den ersten Brühwürfel in die Kochtöpfe. Kaffee HAG wird ins deutsche Markenverzeichnis eingetragen und die Schweizer erfinden Toblerone, die weltbekannte Schokolade. Im olympischen Jahr 1908 fanden die Sommerspiele in London statt. Eine schwere Katastrophe musste Italien verkraften. Die Städte Reggio Calabria und Messina wurden durch ein verheerendes Erdbeben vernichtet, bei dem über 100.000 Menschen umkamen. In Deutschland herrschte die Monarchie. Kaiser Wilhelm II. war Staatsoberhaupt und Fürst Bernhard von Bülow Reichskanzler. Theodor Roosevelt, der 26. Präsident der Vereinigten Staaten von Amerika, regierte noch bis 1909«, sprudelte es aus Harriet heraus. Wie sie sich das alles merken konnte, war einfach grandios, und woher sie ihr Wissen hatte, blieb ewig im Verborgenen.

Doch Hermine machte gleich mit, sie konnte eine Menge aus ihrem ganz besonderen Lieblingsbereich, der Musik, zu dieser Unterhaltung beitragen. Als Opern- und Musikliebhaberin wusste sie, dass 1908 der österreichische Komponist und Dirigent Gustav Mahler zum neuen Dirigenten der Metropolitan Opera in New York berufen wurde. Und der von ihr glühend verehrte Dirigent Herbert von Karajan, von dem sie viele Schallplatten hatte, wurde im gleichen Jahr geboren wie sie. Auch die technische Entwicklung nahm einen rasanten Lauf. Erstmalig war eine drahtlose, telegrafische Verbindung zwischen Paris und der größten Stadt Marokkos, Casablanca, möglich. Von dieser Stadt, die ihr Mann im Krieg kennengelernt hatte, schwärmte Heinrich zeitlebens. Was war nicht alles geschehen in diesem schicksalsträchtigen 20. Jahrhundert. Zwei Weltkriege hatten die Menschen zu bestehen, den Holocaust, aber auch die Erfindung der Anti-Baby-Pille, den Bau der ersten Atombombe und den Fall der Berliner Mauer.

Hermine arbeitete mit Harriet ihr ganzes Leben auf. Wenn die beiden einmal beim Erzählen waren, fanden sie so schnell kein Ende. Harriet war eine geduldige, vorurteilsfreie und immer sehr interessierte Zuhörerin.

Schon als sechsjähriges kleines Mädchen spürte Hermine die Sorgen ihrer Eltern. Der Erste Weltkrieg begann 1914, kurz nachdem sie gerade eingeschult worden war. Hermine erinnerte sich mit sehr gemischten Gefühlen an ihren ersten Schultag, Montag, der 19. April 1914 im neuen Schulgebäude der Mornewegschule an der Hermannstraße. Sie konnte am Abend vorher vor lauter Aufregung gar nicht einschlafen. Hermines Mutter hatte dafür ein gutes Rezept. Sie setzte sich ans Bett und betete mit Hermine, dann musste sie noch drei Schlückchen Wasser trinken und langsam von 100 rückwärts zählen. Hermine sagte: »Mutti, ich war noch keinen einzigen Tag in der Schule, kann aber schon bis 100 zählen, aber von 100 rückwärts, das kann ich einfach nicht, und wenn ich es noch so oft übe. Ich habe schreckliche Angst vor der Schule, weil ich noch nicht richtig schreiben kann. Lesen kann ich nur mein Bilderbuch und Rechnen ist schon überhaupt nicht meine Stärke.« Ihre Mutter tröstete sie und sagte: »Du Dummchen, deshalb kommst du doch in die Schule, da sollst du das alles erst lernen.«

Der große Tag war gekommen: ein wunderschöner Frühlingstag im April, sonnig und warm. Ihre Mutter, ihre Großmutter und ihre Patin Mina waren mitgekommen. Sie standen alle auf dem Schulhof und der Rektor hielt eine Ansprache. »Ich war eine der Kleinsten und hatte schreckliche Angst. Ich klammerte mich auf der einen Seite an meine Mutter und mit der anderen Hand an meine Patin. Die beiden brachten mich in das Klassenzimmer im zweiten Stock. Unser Lehrer stellte sich vor, Herr Lehrer Eidmann, so sollten wir ihn auch anreden. Zu Anfang war er mir ziemlich unheimlich. Aber er begleitete mich viele Jahre meiner Schulzeit und ich habe wirklich sehr viel von ihm gelernt. Ich verehrte ihn wie keinen anderen Menschen in meinem bisherigen Leben und muss heute noch manchmal an ihn denken.

Ein anderer Lehrer, den wir in Rechnen hatten, hieß Jakob Reck. Lehrer Reck hatte im Krieg ein Bein verloren. Er zeigte jedem, ob er es sehen wollte oder nicht, sein Holzbein und schimpfte furchtbar auf den Krieg. Aber davon erzähle ich dir später noch einmal etwas ausführlicher. Ein sehr strenger Mann, der mir schon sehr alt vorkam. Er war ein leidenschaftlicher Anhänger der Astronomie und erzählte uns immer, dass er Nacht für Nacht die Sterne beobachtete. Und wenn er uns fragte, was ein Planet sei, mussten wir wie aus der Pistole geschossen die Antwort aufsagen: Ein Planet ist ein Himmelskörper, der sich um eine Sonne dreht. Und wehe wir konnten sie nicht buchstabengetreu alle aufsagen. Sie mussten wie aus der Pistole geschossen heruntergerasselt werden. Ich habe diesen Satz noch heute im Gedächtnis. Meine Kinder haben in der Schule dafür einen eigenen Merksatz gelernt, den ich mit ihnen zusammen üben musste: Mein Vater erklärt mir jeden Sonntag unsere neun Planeten – Merkur, Venus, Erde, Mars, Jupiter, Saturn, Uranus, Neptun, Pluto. Als wir die Planeten auswendig lernen mussten, gab es Pluto noch nicht, er wurde erst 1930 entdeckt. Viele Jahre später sollte mir Jakob Reck noch einmal begegnen. Als Nachbar unseres Hauses in der Uhlandstraße, in das wir nach dem Krieg kurz vor dem ersten Advent 1950 eingezogen sind.

Unsere Handarbeitslehrerin Fräulein Hannah Süß, die wir bis zu meinem Schulabschluss hatten, lebte auch so ihren eigenen Spleen. Sie verehrte eine gewisse Caroline, sie schwärmte von dieser bemerkenswerten Frau, die Mitte des 18. Jahrhunderts gelebt hatte, und erzählte uns jede Stunde aus deren Leben.« »Das ist sie wahrhaftig gewesen«, bestätigte Harriet. »Kaum eine andere Frau polarisierte ihre Zeitgenossen so stark wie sie. Für die einen war sie das schändlichste aller Geschöpfe, andere, wahrscheinlich neidische Menschen, verleumdeten sie als Dirne«, so Harriet.

»Fräulein Süß bewunderte und pries sie als außergewöhnliche, hinreißende Frau. Eine Frau, die in ihren Augen sich die Freiheit nahm zu leben«, wusste Hermine. »Tatsächlich, Hermine, kaum eine andere Frau provozierte ihre Zeitgenossen so stark wie sie. Sie war eine der bedeutendsten Frauen der Romantik und wurde gleichermaßen bewundert und angefeindet, verehrt und gehasst. Friedrich Schiller gab ihr den Beinamen ›Dame Luzifer‹, Goethe hingegen zollte ihr höchsten Respekt. Keine Frau der deutschen Geistesgeschichte hat so sehr die Fantasie der Zeitgenossen wie der Nachlebenden beschäftigt wie Caroline Schlegel-Schelling. Sie war, natürlich nacheinander, mit zwei Philosophen verheiratet. Wilhelm Schlegel, dem Bruder des Philosophen Friedrich, und Friedrich Wilhelm Joseph Schelling. Der Erstere heiratete Caroline wegen ihrer Schwangerschaft, obwohl das Kind nicht von ihm stammte. In dieser Zeit war das eine reine Vernunftehe, weil es für eine anständige ledige Frau völlig unmöglich gewesen wäre, in der damaligen Gesellschaft ein Kind zur Welt zu bringen. Beide waren sich im Klaren, dass es sich nicht um eine Liebesehe handelte. Als jedoch 1798 ein neuer Mann, Friedrich Schelling, in ihr Leben trat, entbrannte eine innige Liebe zu ihm. Der in Leonberg geborene Pfarrerssohn war auf Betreiben Goethes und Schillers als außerordentlicher Professor an die Universität Jena berufen. Der junge Philosoph begeisterte seine Studentenschaft mit der Darstellung seiner Naturlehre. Auch die Natur habe Leben und Seele. Sein Grundsatz lautet: Von der Natur komme ich aufs Menschenwerk!

Caroline hatte sich in diesen zwölf Jahre jüngeren Mann unsterblich verliebt. Sie zeigte es ihm auch und erfuhr seine heftige, leidenschaftliche Gegenliebe. Für die Gesellschaft war es ein Skandal, für die Liebenden der Beginn tiefster Beglückung. Aber auch große Erschütterung bahnte sich an. Friedrich Schiller nannte Caroline von nun an also die ›Dame Luzifer‹, klatschhafte Professorenfrauen bezeichneten sie als lichtscheue Buhlerin. Ganz Jena sprach davon: Der junge Schelling hat dem alten Schlegel die Frau ausgespannt. Es kam, wie es kommen musste, die Ehe wurde geschieden. Carolines Mann selbst blieb gelassen, vielleicht auch wegen seiner eigenen zahlreichen Amouren, die sie wiederum stets immer souverän behandelt hatte und über die sich merkwürdigerweise niemand den Mund zerriss. Die gehässigen Wogen gegen die Ehebrecherin schlugen am höchsten, als Caroline ihren tiefsten Schmerz erfuhr: Ihre 15-jährige Tochter Auguste erkrankte im Sommer 1800 an der Ruhr und starb. Und es kam noch viel schlimmer für das immer noch verliebte Paar. Von einer dreitägigen Wanderung, die die beiden Anfang September 1809 unternahmen, kehrte Caroline krank zurück. In wenigen Tagen zerstörte der Typhus, oder die Ruhr, wie man damals sagte, ihren zarten Körper. Am 7. September 1809 starb sie in Maulbronn. Nur 46 Jahre alt wurde sie.

Eine herzzerreißende Liebesgeschichte, jetzt verstehst du, liebe Harriet, warum uns Fräulein Süß immer von ihr erzählte. Sie war eine unverheiratete Romantikerin«, meinte Hermine. »Und, meine Liebe, es kommt noch etwas: Schelling schrieb seiner Frau einen wunderbaren Nachruf, eine posthume Liebeserklärung, wie man sie sich nicht schöner vorstellen kann: ›Sie war ein eigenes, einziges Wesen. Man musste sie ganz oder gar nicht lieben. Diese Gewalt, das Herz im Mittelpunkt zu treffen, behielt sie bis ans Ende. O, etwas der Art kommt nie wieder.‹ Auf ihren Grabstein ließ er folgende Inschrift anbringen: ›Gott hat sie mir gegeben, der Tod kann sie mir nicht rauben.‹«

Harriet war wieder einmal in ihrem Element, wenn es um solche wunderbaren, auch historisch belegten Geschichten ging. Hermine berichtete begeistert weiter: »Fräulein Süß bekam jedes Mal, wenn sie von Caroline sprach, einen hochroten Kopf und ereiferte sich maßlos. Leider ist mir diese Lehrerin, die mir sehr viel bedeutete und die ich unermesslich verehrte, nie mehr in meinem späteren Leben begegnet. Sie war eine alte Jungfer, wie Heinrich es ausdrücken würde, und wohnte zusammen mit ihrer Schwester in Bessungen. Mitte der 1930er-Jahre verschwand sie wie so viele andere Menschen jüdischen Glaubens einfach aus unserem Gesichtsfeld.

Harriet, jetzt habe ich schon sehr viel aus meiner Schulzeit erzählt, muss dir aber unbedingt noch von unserem Französischlehrer Herrn Philippe Dutoit berichten. Wie schon sein Name zeigt, hatte er französische Wurzeln. Sein wichtigster Satz, mit dem er uns diese charmante Sprache beibrachte, lautete: Dites-moi Keeesebrötchen, und dabei sollte man sich die Nase mit Daumen und Zeigefinger zuhalten. Monsieur Dutoit schwärmte von seinem Lieblingsautor Émile Zola. Ein französischer Schriftsteller und Journalist. Ein sehr fleißiger Romanautor, der mehr als 30 Bücher geschrieben hat. Und alle wurden so erfolgreich, dass man ihn als den meistgelesenen Schriftsteller des 19. Jahrhunderts bezeichnete. Mit vielen seiner Werke sorgte er für Aufruhr und provozierte Skandale. Er wurde zum politischen und sozialen Kritiker und war das Urbild des politisch engagierten Intellektuellen. Dieser Franzose hatte es Philippe Dutoit besonders angetan, gehörte er doch in seiner Zeit zu der kleinen Anzahl von Schriftstellern, die mit ihrer Schreiberei richtig Geld verdienten. Und immer wieder erzählte er von dessen berühmten Roman ›Paradies der Damen‹. In diesem sehr gesellschaftskritischen Roman spielt ›Le Bon Marché‹ eine große Rolle, das die Franzosen gern als das erste Kauf- und Warenhaus der Welt bewerten. Dieses heute noch bestehende Kaufhaus war 1852 in Paris von dem Stoffhändler Aristide Boucicaut eröffnet worden. Bei diesen Erzählungen unseres Französischlehrers spürte man richtig seine frankophile Begeisterung. Die zu Émile Zolas Zeiten entstandenen Prachtboulevards entzücken die Menschen in Paris selbst und Besucher aus der ganzen Welt noch heute – auch die damals neu entstandenen Plätze und Zentren, die vielen

Theater und Geschäfte und das besondere Lebensgefühl in der großartigen neuen Welt eines Kaufhauses: Bon Marché.

Der Gründer und Inhaber dieses neuen Geschäftstyps war auch im sozialen Bereich ein vorbildlicher Unternehmer. Aristide Boucicaut beteiligte seine Angestellten am Umsatz und am Gewinn, seine Witwe, die das Bon Marché weiterbetrieb, als er starb, führte dann die Krankenversicherung für alle ein. Die Firma bot ihren Mitarbeiterinnen und Mitarbeitern kostenlose Fremdsprachenkurse an, damit sie die Kunden aus aller Welt beraten konnten. Später wurde das Haus immer wieder erweitert. Zola beschreibt sehr interessant, wie es dem Eigentümer immer wieder gelang, ganze Straßenzüge hinzuzugewinnen für den Ausbau seines Handelsimperiums. (Anmerkung: Heute hat Bon Marché fast 600 Geschäfte auf der ganzen Welt.) Herr Dutoit schwärmte von diesem legendären französischen Arbeitgeber. Hier seien die Franzosen den Deutschen weit voraus gewesen. Alle Beschäftigten bekamen ihren Lohn im Bon Marché regelmäßig ausbezahlt, früher mussten sie bei ihrem Patron oft lange auf ihr Geld warten. Und zum ersten Mal gab es sowohl Verpflegung als auch Wohnung bei ihrem Arbeitgeber. Im Dachgeschoss des Bon Marché waren Zimmer für die Verkäuferinnen und Verkäufer eingerichtet. Und essen konnte man kostenlos in einem eigens dafür eingerichteten Casino, in dem für das Personal gekocht wurde. Die vielen Mitarbeiterinnen und Mitarbeiter aus der Provinz, die nach Paris kamen, schätzten diese Angebote sehr.

Im frühen 19. Jahrhundert war die Frau für Haus und Hof zuständig. Sie hatte Ehemann, Kinder und die Tiere zu versorgen. Völlig unüblich war, dass Frauen einer bezahlten Arbeit nachgingen. Fand man heraus, dass eine Frau aus gutem Haus für Geld arbeitete, so kam nicht nur sie, sondern auch ihr Mann ins Gerede, dass er seine Familie nicht auskömmlich versorgen könne. Anderseits hatte die

Frau der gehobenen Gesellschaft ein todlangweiliges Leben und nur zwei Gründe, das Haus alleine zu verlassen, entweder zum Besuch der Kirche oder des Friedhofs. Das Bon Marché stellte zum ersten Mal Frauen als Mitarbeiterinnen ein. Ende des 19. Jahrhunderts hatte das Kaufhaus 4.000 Beschäftigte und davon über die Hälfte Frauen. Nicht nur hinter dem Ladentisch, auch davor tauchten immer mehr Damen auf. Der Magie dieses Ortes vermochte keine Frau zu widerstehen. Boucicaut verstand es meisterhaft, eine Explosion der Sinne zu inszenieren. Viele Kundinnen verbrachten bis zu zwölf Stunden am Tag im Bon Marché. Und hier mischten sich die Gesellschaftsschichten. Plötzlich stand neben den Damen der Gesellschaft auch die erfolgreiche Kurtisane und beide waren für einen Außenstehenden an diesem Ort nicht mehr zu unterscheiden. Im Kaufhaus traf man sich mit Freundinnen, trank einen Tee, es gab einen völlig neuen Treffpunkt der Gesellschaft. Apropos: Auch die prunkvollen Toiletten waren ein begehrter Ort sich zu treffen und sich zu unterhalten.

Liebe Harriet, stundenlang hätte ich Herrn Dutoit zuhören können. Er erzählte diese Geschichten immer und immer wieder. Und mit einer Begeisterung, die ansteckte. Irgendeine Freundin in meiner Klasse hatte dann dieses Buch plötzlich im Bücherschrank ihrer Eltern gefunden. Und nun machte es die Runde. Als meine Mutter es sah, wollte sie es mir wegnehmen. Sie las nur Émile Zola und dachte, es wäre der Prostituiertenroman ›Nana‹. Als ich ihr aber begeistert von Paris und diesem neuen Kaufhaus erzählte, wollte sie es unbedingt auch lesen.«

Am 1. August 1914 erklärte Deutschland Russland den Krieg. »Zunächst haben wir vom Krieg noch nicht viel gespürt in Darmstadt. Ich war, wie schon gesagt, gerade sechs Jahre alt und nach Ostern in die Schule gekommen«, dachte Hermine nach. »An den Sommer 1914 werden die Leute noch lange denken, hatte unser Herr Lehrer Eidmann gesagt, und damit eigentlich das prächtige Wetter gemeint, das wir in diesem Jahrhundertsommer genießen durften. Er hätte genauso gut den beginnenden Krieg meinen können. Etwa zur gleichen Zeit blickte in London der britische Außenminister Sir Edward Grey aus seinem Büro auf die Straße, wo gerade die Gaslaternen angezündet wurden. Eine düstere Ahnung überfiel den Politiker: ›In ganz Europa gehen die Lichter aus, wir werden es nicht mehr erleben, dass sie angezündet werden‹, sagte er einem gerade anwesenden Besucher. Der Erste Weltkrieg, die ›Urkatastrophe des 20. Jahrhunderts‹, wie er in die Geschichte eingegangen ist, hatte begonnen. In Deutschland meldeten sich gleich am 1. August viele Freiwillige in den Kasernen. Die allgemeine Begeisterung ging als ›Augusterlebnis‹ in die Geschichtsbücher ein. Doch längst nicht alle waren vom Krieg begeistert. Viele Arbeiter und Bauern ahnten, wer die Suppe würde auslöffeln müssen, die ihnen die Mächtigen eingebrockt hatten. Vor allem die Großstadtbürger und viele Intellektuelle waren begeistert gewesen. In Kreisen der Arbeiterschaft und in der Provinz herrschten jedoch Angst und Unruhe. Zunächst ging man davon aus, dass es sich um ein kurzes militärisches Abenteuer handelte. Den vielen Kriegsbegeisterten in Deutschland versprach Kaiser Wilhelm: ›Ihr werdet zurück sein, bevor im Herbst die Blätter fallen.‹ Auch in Darmstadt meldeten sich Hunderte Kriegsfreiwillige. Sogar viele noch sehr junge Schüler, die froh waren, dass sie dadurch von der Schule freigestellt wurden.«

Hermine war glücklich, dass sie eine ältere Schwester hatte und keinen Bruder, der damals wie so viele lieber in den Krieg gezogen wäre, als in die Schule zu gehen. Merkwürdig kam ihr vor, dass auch ständig Mädchen aus ihrer Klasse nicht mehr in die Schule kamen. Erst viel später erfuhr sie, was da los war. Die Schule war nicht kostenlos, ihre Eltern mussten auch ihr jeden Monatsanfang sechs Reichsmark mitgeben zum Bezahlen des Schulgelds. Vielen Menschen ging es nicht mehr so gut und sie konnten sich das Schulgeld für ihre Kinder nicht mehr leisten. Die Kinder blieben einfach zu Hause. Eine Schulpflicht gab es noch nicht.

Schon Mitte August 1914 wurde auf dem Darmstädter Truppenübungsplatz »Griesheimer Sand« ein Lager für französische Kriegsgefangene gebaut. Griesheim, das kleine Städtchen westlich vor Darmstadts Toren, kannte Hermine recht gut. Wie so oft fuhr sie mit ihrer Mutter auf dem Gepäckträger ihres alten klapprigen Fahrrads die fünf Kilometer zu Griesheimer Bauern, die bekannt waren für ihr Gemüse, vor allem für die »Griesheimer Zwiebel«. Das kleine, dünne Mädchen rührte die Bauersfrauen zu Mitleid. Und da konnten die beiden ganz schön »hamstern«. Zunächst dachte man, im alltäglichen Leben machte sich der Krieg nicht bemerkbar, doch schon bald kam es zu einer deutlichen Verschlechterung der Lebensqualität. Der Bevölkerung mangelte es durch Handelsblockaden an den einfachsten Dingen. Dem Handwerk und der Industrie fehlte es an Arbeitskräften. Die Männer waren an der Front und die Alten und Kranken wurden zum Arbeitsdienst in die kriegsrelevanten Produktionsstätten für Waffen und Kriegsmaterial herangezogen.

Hermines Vater war bei Kriegsausbruch 38 Jahre alt. Er arbeitete als Buchhalter bei der Darmstädter Möbelfabrik Alter. Ein angesehenes, alteingesessenes Familienunternehmen, das hochwertige Möbel baute für viele Fürstenhäuser Hessens und ganz Deutschlands. Mit Ausbruch des Ersten Weltkriegs musste man zwangsweise umstellen auf Einrichtungen für Lazarettzüge und später wurden sogar transportable Flugzeughallen gebaut. Doch es kam für das bestens florierende Unternehmen in der Kirschenallee noch viel schlimmer. Es wurde Unterkunft für das II. Landsturm-

Infanterie-Ersatzbataillon XVIII/36. Auch die Darmstädter Maschinenfabrik Gandenberger-Goebel musste ihre Produktion total umstellen und Motoren für Fokker-Flugzeuge bauen. An der Technischen Hochschule etablierten sich die »Deutschen Sommer-Flugzeugwerke Darmstadt«. Hermines Vater wurde noch kurz vor Kriegsende zum Kriegseinsatz eingezogen. Er tat als ausgebildeter Sanitäter seinen Dienst in den Verletzten- und Gefangenenlagern.

Ende des Jahres 1914 wurde zum ersten Mal von einer Heimatfront gesprochen, denn der militärische Erfolg war nicht mehr alleine vom kriegerischen Können und militärischer Ausrüstung abhängig, sondern auch von der Leidensfähigkeit der eigenen Bevölkerung. Und die Leiden nahmen täglich zu. Bereits 1915 wurden nicht nur in Darmstadt alle Rohstoffe konfisziert, die für Kriegsmaterial gebraucht werden konnten. An allen Schulen wurden jetzt Schüler rekrutiert zum Einsammeln wertvollen Kriegsmaterials. Sie wurden von Polizisten begleitet und es kam ein hoher Wert an Schmuck und Edelmetallen zusammen, der den Menschen einfach enteignet wurde. Viele gaben ihren Schmuck sogar freiwillig her, um den Krieg enthusiastisch zu unterstützen. Das Hessische Landesmuseum und die Pauluskirche verloren das Kupfer ihres Dachbelags. Die Versorgungsengpässe wurden täglich deutlicher und es kam zu langen Schlangen vor Bäckereien und Metzgereien. Ab dem schlimmen Winter 1916 erhielt man Brot, Fleisch und Eier nur noch mit Lebensmittelkarten. »Ich weiß noch sehr gut, liebe Harriet, wie ich mit meiner Mutter stundenlang vor dem Geschäft für Delikatessen und Molkereiprodukte von Wilhelm Reitinger in der Soderstraße anstehen musste, nur um einen Liter Milch zu bekommen. Es war so furchtbar kalt und um mir die Zeit zu vertreiben, spielte ich mit anderen Kindern auf der Straße Hickeles. Früher bekam ich oft noch ein Glas Milch aus der Milch-Trinkhalle nebenan, doch die war jetzt auch schon geschlossen. Neben dem Reitinger war die Konditorei Felix Hecker, doch für Kuchen und feine Torten hatten die Menschen schon längst kein Geld mehr.«

Um von den Härten des Kriegs etwas abzulenken, hatte man sogar nach kurzer Unterbrechung die kulturelle Arbeit am Darmstädter Theater wieder aufgenommen. Die Oper »Parsifal« von Richard Wagner wurde aufgeführt und Ernst Elias Niebergalls Lokalposse »Datterich«. Im Herbst 1916 fand außerdem eine Ausstellung hessischer Künstler in der Kunsthalle in der Rheinstraße statt und im Sommer 1917 gab es die Hessische Kunstausstellung auf der Mathildenhöhe. Doch die Auswirkungen des Kriegs ließen sich auch weitab von der Front nicht verdrängen. 1917 kam es zum ersten Fliegeralarm über Darmstadt, ein Jahr darauf gab es erstmals Tote durch Luftangriffe. Im Woogsviertel starben vier Menschen nach Bombenabwürfen. Beim Fliegerangriff auf Darmstadt am 16. August 1918 gab es einige zerstörte Häuser in der Innenstadt. Am 11. November 1918 endete dieser schreckliche Krieg und am 28. November unterzeichnete Kaiser Wilhelm II., der seinen Soldaten versprochen hatte, dass sie im Herbst 1914 längst wieder zu Hause wären, sein Rücktrittsgesuch im Exil in den Niederlanden. Das deutsche Kaiserreich war zu Ende und der Weg frei für die Demokratie in Deutschland.

Nach dem Krieg begann auch wieder der ganz normale Schulalltag. Hermine kam in die fünfte Klasse. Sie war keine besonders gute Schülerin, dennoch ging sie gerne in die Schule. Sie lernte bei Herrn Lehrer Eidmann die Sütterlinschrift neben der lateinischen Schreibschrift. Sütterlin mochte sie sehr und hatte diese Schreibweise ihr ganzes Leben beibehalten. Ihre Lieblingsfächer waren Musik und Handarbeit, darin war sie richtig gut. »Weißt du, Harriet, schon bald nach dem Krieg durfte ich in einen Chor eintreten und meine Mutter organisierte Klavierunterricht für mich bei einer älteren Lehrerin, die meine Mutter vom Naturheilverein kannte. Sie war früher Musiklehrerin in der Schule und jetzt in Rente. Mir machte das unheimlich viel Freude bei ihr. Mein Vater hatte sogar ein Klavier organisiert, wie er das zustande gebracht hatte in dieser schweren Zeit, war sein Geheimnis. Eines Nachmittags wurde es zu uns in die Riedeselstraße 66 geliefert. Selbst unsere Mutter war total überrascht. Aber die Männer, die es anlieferten, meinten, sie müssten das Klavier im Auftrag von Herrn Wilhelm Müller hier ausliefern. So war er, mein Vater. Nun konnte ich endlich zu Hause Klavier üben und spielen. Vorher ließ mich unser Herr Lehrer Eidmann in der Schule im Musiksaal üben und manchmal durfte ich auch bei der Stadtkirchengemeinde proben. Klavier üben und spielen wurde übrigens zu Hause genau differenziert. Wir wohnten in einem Mietshaus und da war festgelegt, dass man nur wochentags von Montag bis Samstag zu festen Tageszeiten Klavier ›üben‹ durfte. Sonntags konnte man dann nur Klavier ›spielen‹ und durfte nicht üben.

Ich wurde 1922 in der Stadtkirche zu Darmstadt konfirmiert. Während des Konfirmandenunterrichts musste oder besser gesagt durfte ich im Gemeindesaal immer das Harmonium spielen. Das machte mir so viel Spaß und Freude, dass mich der Pfarrer einmal fragte, ob ich nicht auch Orgel spielen lernen wollte. Ich fühlte mich sehr geehrt, wollte es dann aber doch nicht. Mir reichte es schon, wenn ich beim Sonntagsgottesdienst neben dem Kantor sitzen durfte, die Noten umblättern und ihm einfach nur beim Spielen zusehen konnte. Das war für mich eine große Ehre. Sogar im Kirchenchor bei den Erwachsenen durfte ich mitsingen. Mein größtes Erlebnis war die Aufführung von Händels ›Messias‹. Harriet, hast du jemals etwas gehört über dieses grandiose Werk?« »Natürlich, Hermine«, antwortete Harriet und begann wieder auf ihre bekannte Weise zu dozieren: »Der ›Messias‹ ist ein Oratorium von Georg Friedrich Händel auf Bibeltexte in englischer Sprache für vier Soli, Sopran, Alt, Tenor, Bass, Chor und Orchester. Es vertont die christliche Glaubenslehre bezüglich des Messias auf Basis der ›King-James-Bibel‹, einer englischen Übersetzung, die im Auftrag von König Jakob I. von England für die Anglikanische Kirche erstellt wurde, und des ›Book of Common Prayer‹, der Agenda der Anglikanischen Kirche. Händel komponierte es 1741 und am 13. April 1742 wurde es in Dublin uraufgeführt. Dieses Werk ist eines der weltberühmtesten Beispiele geistlicher Musik. Insbesondere der Chor des ›Halleluja‹ am Ende des zweiten Teils ›Passion und Auferstehung‹.« »Ja, Harriet, genau dieses bei allen Zuhörern gänsehautproduzierende Chorwerk haben wir eingeübt und ich durfte es mitsingen. Auch den Schlusschor, das wunderbare ›Halleluja‹, haben wir zusammen mit den Solisten oft in der Vorweihnachtszeit dargeboten. Wir wurden dann auch zu Aufführungen bei anderen Kirchengemeinden eingeladen.«

Bei dieser euphorischen Erzählung von Hermine fand Harriet den Bogen zur Philosophie zurück. »Für Schopenhauer bedeuteten die Musik und die Hinwendung zu den indischen Weisheiten einen Ausweg des alles umklammernden Willens, den er in seinem Hauptwerk ›Die Welt als Wille und Vorstellung‹ 1818/19 beschrieben hat. Schopenhauer verehrte Georg Friedrich Händel, den großartigen Komponisten der Barockzeit, und sein wunderbares Oratorium ›Messias‹ mit dem weltbekannten Chor ›Halleluja‹. Mit diesem Werk gelingt es nach Schopenhauer, Seelenqualen zu lindern und eine Freiheit für Körper, Geist und Seele herbeizuführen.« Und sie zitierte aus »Die Welt als Wille und Vorstellung« über »Das Wesen der Musik …«: »Die Musik steht ganz abgesondert von allen anderen [Künsten]. Wir erkennen in ihr nicht die Nachbildung, Wiederholung irgend-

einer Idee der Wesen der Welt: dennoch ist sie eine so große und überaus herrliche Kunst, wirkt so mächtig auf das Innerste des Menschen, wird dort so ganz und so tief von ihm verstanden […]. Die Musik ist nämlich eine so unmittelbare Objektivation und [ein] Abbild des ganzen Willens, wie die Welt selbst es ist, ja wie die Ideen es sind, deren vervielfältigte Erscheinung die Welt der einzelnen Dinge ausmacht. Die Musik ist also keineswegs gleich den anderen Künsten das Abbild der Ideen; sondern Abbild des Willens selbst, dessen Objektivität auch die Ideen sind: deshalb eben ist die Wirkung der Musik so sehr viel mächtiger und eindringlicher als die der anderen Künste: denn diese reden nur von Schatten, sie aber vom Wesen. […]
Ich erkenne in den tiefsten Tönen der Harmonie, im Grundbass, die niedrigsten Stufen der Objektivation des Willens wieder, die unorganische Natur, die Masse des Planeten. […] Nun ferner in den gesamten die Harmonie hervorbringenden Ripienstimmen [der zur Verstärkung der Solostimme dienenden Instrumental- oder Singstimme, 18. Jahrhundert] zwischen dem Basse und der leitenden, die Melodie singenden Stimme, erkenne ich die gesamte Stufenfolge der Ideen wieder, in denen der Wille sich objektiviert.«

»Harriet, ich bewundere dich, wenn du solche großartigen Textstellen des großen deutschen Philosophen zitierst«, lobte Hermine ihre beste Freundin.

Mit der Konfirmation mit 14 Jahren und nach der achten Klasse war damals normalerweise auch der Lebensabschnitt der Kindheit vorbei. Viele Mädchen und Jungen schlossen die Schule ab und begannen eine Lehre. Für Hermine war klar, dass sie noch zwei Jahre die Hauswirtschaftsschule besuchen und mit der Prüfung abschließen wollte, obwohl sie sich mit dem Lernen wesentlich schwerer tat als ihre Schwester Lisa. Ihr Mann nahm sie später immer wieder auf den Arm und sagte zu ihr: »Mutti«, sie nannten sich immer gegenseitig Mutti und Vati, »du kannst nicht logisch denken«. Doch das machte Hermine nichts aus, dazu stand sie. Ihre beiden Schwestern Lisa und Friedel erlernten als zweite Fremdsprache Englisch. Französisch war damals für alle Pflicht und nur die besten konnten dann auch freiwillig am Englischunterricht teilnehmen. Hermine wollte das nicht, sie hatte musische Fähigkeiten, war besonders gut in Handarbeiten und konnte hervorragend kochen. Und sie konnte wunderbare kleine Geschichten erfinden, die sie später ihren eigenen Kindern jeden Abend vor dem Nachtgebet erzählte.

In der Allgemeinen Mädchenfortbildungsschule in der Alexanderstraße absolvierte Hermine 1924 die Abschlussprüfung, die der Mittleren Reife entsprach. Der Rektor, Herr Schäfer, zeichnete sie als Jahrgangsbeste aus. Hermine war sehr stolz. Sie wollte ihr handwerkliches Geschick zu ihrem Beruf machen und suchte eine Lehrstelle in einer Schneiderei. Das war allerdings nicht so einfach. Es wurde immer von den »Goldenen Zwanzigern« gesprochen. Eine Blütezeit deutscher Kunst, Kultur und Wissenschaft. Aber auch eine Zeit beginnender Inflation und der Währungsreform 1924. Eine Zeit, in der die Weltwirtschaft eskalierte bis hin zum New Yorker Börsencrash des sogenannten »schwarzen Donnerstags« am 24. Oktober 1929 und der unweigerliche Beginn der Weltwirtschaftskrise. Die wirtschaftliche Scheinblüte der »Goldenen Zwanziger« war beendet.

Hermine bewarb sich bei zwei renommierten Darmstädter Firmen um eine Lehrstelle als Weißzeug-Schneiderin. Bei Weisswaren – Wäsche Josef Stade & Co. Nachf. G.m.b.H. in der Ludwigstraße und bei der Firma Weisswaren – Wäsche Lauer & Co. G.m.b.H. in der Ernst-Ludwig-Straße. Beide Inhaber wollten sie unbedingt haben. Sie hatte eigene kleine Handstickereien, wahre Kunstwerke, ihrer Bewerbung beigelegt, von denen die Inhaber der Firmen hellauf begeistert waren. Bei »Wäsche-Lauer« lernte Hermine dann drei Jahre und machte wieder als Jahrgangsbeste bei der Handwerkskammer Darmstadt ihre Abschlussprüfung als Weißzeug-Stickerin. Beim Schneidern und Nähen konnte sie alle ihre Talente beweisen. Auch viele ihrer Kleider fertigte sie selbst und wurde dafür bewundert. Ihre Freundinnen ließen sich sogar von ihr »benähen«. Bis ins hohe Alter liebte Hermine es, ihre Kleider selbst anzufertigen. Sie blieb damals in diesem Betrieb noch einige schöne Jahre. Sie liebte ihren Beruf sehr und bildete andere Lehrmädchen mit Erfolg aus. Erst als ihr Mann Heinrich im Sommer 1935 in den elterlichen Betrieb eintrat, meinte ihr Schwiegervater, dass es »seiner Schwiegertochter« nicht geziemte, in einem fremden Betrieb zu arbeiten. Die Leute könnten ja denken, es ginge ihnen so schlecht, dass die Frau seines Sohnes »arbeiten gehen müsse«. Hermine machte das nicht mehr so viel aus, sie wartete auf ihr erstes Kind. Diese Schwangerschaft war für sie recht schwierig und da passte es ganz gut, dass sie zu Hause bleiben konnte.

An dieser Stelle sollen auch Hermines beide besten Schulfreundinnen Änne Gebhard und Änne Pahl erwähnt werden. Änne Gebhard lebte bei ihrer Mutter Elise in der Kiesstraße, ihr Vater war aus dem Ersten Weltkrieg nicht nach Hause gekomen. Das Schicksal setzte später noch einen darauf und ließ ihren älteren Bruder aus dem Zweiten Weltkrieg ebenfalls nicht zurückkehren. Änne wurde später ihre Schwägerin, sie heiratete Paul, den Bruder von Heinrich. Seit Hermine ihren Mann Heinrich 1924 auf dem Turnfest in Eschollbrücken kennengelernt hatte, bahnte sich auch eine Freundschaft zwischen Änne und Paul an, die später zur Ehe führte. Mit ihrer anderen guten Schulfreundin Änne Pahl, deren Eltern eine Sattlerei in der Heidelberger Straße betrieben, hatte das Schicksal eine andere Wendung bereit, nicht ganz so verwandtschaftlich, aber mindestens ebenso freundschaftlich. Änne Pahl lernte Heinrichs besten Freund Hans Künzel kennen und heiratete ihn. Nun waren die drei Paare allerbeste und ziemlich unzertrennbare Freunde. Leider ist Hans Künzel als einziger der Freunde nicht aus dem Zweiten Weltkrieg heimgekehrt.

»Hermine, du hast mir so viel über dein Leben erzählt, doch noch nie von deiner Hochzeit mit Heinrich. War das denn kein ganz besonderer Tag in deinem Leben?«, fragte Harriet. »Doch, Harriet!« Hermine kamen die Tränen. »Harriet, ich hatte ein unermessliches Glücksgefühl, doch ich konnte es beim besten Willen einfach nicht richtig annehmen und genießen. An einem Samstag, dem 6. Juni 1931, heirateten wir standesamtlich und am Sonntag traute uns Pfarrer Weiß in der Bessunger Petruskirche. Es gab nur eine kleine Feier mit unseren engsten Freunden. Irgendwie war niemandem so richtig zum Feiern zumute. Einige unserer besten Freunde waren gerade arbeitslos geworden. Die Wirtschaftskrise in Deutschland erreichte ihren Höhepunkt. Viele kleinere Privatfirmen und Handwerker mussten Konkurs anmelden. Es gab mittlerweile schon sechs Millionen Arbeitslose in Deutschland. Heinrich arbeitete beim Bahnbedarf und ich war immer noch bei meinem Wäscheschneider. Doch es sah nicht gut aus, auch wir fürchteten um unsere Arbeitsplätze. So gingen wir montags wieder zu unserer gewohnten Arbeit, ganz so als ob nichts gewesen wäre. Abends kam Heinrich freudestrahlend nach Hause und berichtete, dass er seinem Chef von seiner Hochzeit erzählt hatte, er ihm gratuliert und ihm für das nächste Wochenende Freitag und Montag freigegeben habe. Er solle mit seiner jungen Frau ein schönes verlängertes Wochenende verbringen. Außerdem solle er sich keine Sorgen um seine Arbeit machen, er wäre so erfolgreich, dass die Firma auf ihn nicht verzichten könnte. Ich habe sofort am nächsten

Tag meinem Chef davon erzählt und der gab mir auch frei. Wir beratschlagten, was wir unternehmen könnten. Uns fiel spontan Bad Wimpfen ein. Dort waren wir vor Jahren schon einmal mit den Bessunger Turnern gewesen. Es ist ein wunderschönes altes Städtchen am Neckar und hatte uns damals schon sehr gut gefallen. Da wir noch kein Auto besaßen, fuhren wir am Freitag mit der Bahn über Heidelberg nach Bad Wimpfen. Wir wohnten in einem Gasthaus direkt am Marktplatz in einem schönen alten Fachwerkhaus. Als die Wirtsleute erfuhren, dass wir auf Hochzeitsreise waren, verhielten sie sich unheimlich lieb und zuvorkommend zu uns. Wir hatten drei außergewöhnliche Tage und waren so glücklich wie nie zuvor. Das Wetter meinte es auch gut mit uns. Es hatte sich ein bilderbuchartiger Hochsommer angekündigt. Die Temperaturen stiegen schon bis zur 30-Grad-Marke und der Neckar war sehr angenehm zum Baden. Wir machten auch einen Ausflug mit einem Ruderboot. Heinrich war ausgelassen, wie ich ihn nicht wiedererkannte. Die schlechten Zeiten, die wir im Alltag auf uns zukommen sahen, schienen komplett ausgeblendet. Wir liebten uns und lebten den Tag. Das war ein wirkliches ›Carpe diem‹.«

Hermines Vater

Hermine war eingenickt und träumte von ihrem Vater. Er war immer so fürsorglich und warmherzig zu ihr. Sie verehrte und liebte ihn sehr.

Er war am 29. Oktober 1876 geboren. Sein Vater, ein Braumeister aus Eberstadt, war mit 63 Jahren gestorben. Ihr Vater erzählte gern von ihm. Besonders interessant fand er, wenn sein Vater ihn hie und da mitnahm in die Brauerei. Dort durfte er auch etliche Male mitarbeiten, natürlich ohne Lohn, aber mit einer deftigen Brotzeit, zu der es selbstverständlich Bier gab. Der Geruch nach frisch gezapftem Bier im Zusammenhang mit den Ausflügen hielt in ihm noch sehr viel später immer wieder die Erinnerung an seinen Vater lebendig. Im limbischen System unseres Großhirns werden ja Gerüche oft lebenslang gespeichert und immer wieder abgerufen.

Harriet forderte Hermine auf, von ihrem Vater zu erzählen. Hermine war gleich hellwach und freute sich, dass ihre Freundin so viel Interesse zeigte. »Mein Vater heiratete am 8. Februar 1903 unsere Mutter. Ein Sonntag. Da war schon meine ältere Schwester Lisa unterwegs. Scherzhaft hieß es später immer, sie sei ein Fünfmonatskind gewesen. Das hat es scheinbar schon immer gegeben. Heutzutage ist das kein Makel mehr, damals war es eine Schande. Für meinen Vater war ich sein Minchen. Er war besonders stolz auf meine sportlichen Leistungen.« Hermine hatte schon als kleines Mädchen viel Freude an ihren Turnstunden, die sie zwei Mal die Woche besuchen durfte. Bei den Kindersportfesten, die sonntags stattfanden, begleitete sie immer ihr Vater.

»Da muss ich dir eine sehr lustige Geschichte erzählen, Harriet. Vaters bester Freund war Fußballschiedsrichter und hatte unserem Vater einmal eine richtige, echte Schiedsrichterpfeife geschenkt. Und diese Pfeife sollte eine nicht unerhebliche Rolle in dieser Geschichte spielen. Für den Fall, dass mich mein Vater im großen Trubel eines Sportfests einmal suchte, hatten wir einen besonderen Pfiff mit seiner Schiedsrichterpfeife vereinbart. Dann wusste ich genau, wo er war, und wir konnten uns schnell wiederfinden. An einem Sonntag waren wir auf einem Sportfest in Eberstadt und gegen Abend fuhren wir mit der Dampfstraßenbahn wieder nach Darmstadt. Zu gern wollte ich auch einmal auf Vaters Pfeife pfeifen, doch Vater gab sie nie aus der Hand. Als wir in der Bahn saßen, war sie ihm aus der Rocktasche gefallen. Er merkte es nicht, ich nahm sie schnell mit einem verstohlenen Blick nach ihm an mich und probierte sie auch gleich aus. Das hatte böse Folgen, kaum dass ich in die Pfeife geblasen hatte, kam ein sehr lauter unerwarteter Doppelpfiff heraus. Vater war zu Tode erschrocken, andere Menschen im Zug scheinbar auch. Ich wusste nicht, was ich getan hatte. Der Zug machte eine Notbremsung mitten auf der Strecke und kam zum Stehen. Der Lokomotivführer hatte diesen Pfiff trotz allen Schniefens und Fauchens seiner Lok gehört und glaubte, in dem Wagen sei etwas passiert und der Schaffner wollte ihn mit dem verabredeten Pfiff darauf aufmerksam machen. Am liebsten wollte ich jetzt ein winziges Mäuschen sein und mich irgendwohin verkriechen oder noch besser mich unsichtbar machen. Der Schaffner lief aufgeregt durch alle Wagen und suchte den Übeltäter. Natürlich wusste mein Vater genau, was passiert war, doch er tat so, als ginge ihn das alles nichts an. Nach bangen schier endlosen Minuten fuhr der Zug dann weiter.

Wir wohnten in der Stadt und stiegen an der Haltestelle ›Neues Palais‹ an der Riedeselstraße aus. Erst jetzt schimpfte Vater mich tüchtig aus, aber ich sah sein verschmitztes Lächeln im Gesicht hinter seinem großen Kaiser-Wilhelm-Bart. Und das Schönste für mich war, dass er die Geschichte gleich einem Bekannten erzählte, den wir auf dem Heimweg trafen. Aber meinem Vater wäre nie eingefallen, mich zu schlagen. Ich habe niemals Schläge von ihm bekommen. Auf diesen Turnfesten hatte ich Vater ganz für mich allein und ich glaube, das haben wir beide sehr genossen. Wochentags war er arbeiten und das war in diesen Zeiten von sehr früh morgens bis spät abends. Wenn ich morgens in die Schule ging, war er schon längst weg und abends kehrte er immer spät heim.«

Hermines Vater war zeitlebens Buchhalter, erst bei einer jüdischen Firma, die dann später von den »Braunen«, wie ihr Vater die Nazis immer nannte, arisiert wurde. Als er 1956 seinen 80. Geburtstag feierte, bekam er das Bundesverdienstkreuz im Namen des Bundespräsidenten Theodor Heuss vom Darmstädter Oberbürgermeister Ludwig Metzger verliehen. Er ging im Alter von 80 Jahren immer noch täglich seinem Beruf nach und machte überhaupt keine Anstalten zum Aufhören. Er war stolz darauf, keinen einzigen Tag seines langen Arbeitslebens gefehlt zu haben. Krankheiten kannte er ebenfalls nicht. Typisch für ihn war, dass er darum kein großes Aufhebens machte. Es war einfach normal für ihn. Auch keinen einzigen Tag in seinem Leben war er jemals in Urlaub. Hermines Mann ärgerte sie immer damit: »Dein Vater wird krank, wenn er den Bessunger Kirchturm nicht jeden Tag sieht.«

Vor dem Zweiten Weltkrieg war ihr Vater bei der Eisengroßhandlung Gebr. Trier in der Rheinstraße 25 beschäftigt. Im Stadtlexikon Darmstadt heißt es, dass Eisen-Rieg aus der im Jahr 1933 in Konkurs gegangenen jüdischen Eisenhandlung Gebr. Trier hervorgegangen sei. Viel wahrscheinlicher ist, dass sie der »Arisierung« zum Opfer gefallen ist. Unter diesem nationalsozialistischen Begriff verstand man die Entfernung der Juden aus dem Wirtschafts- und Berufsleben. Sie umfasste sowohl die Enteignung jüdischen Besitzes und Vermögens zugunsten von Nichtjuden, den »Ariern«, als auch die Einschränkung jüdischer Erwerbstätigkeit und den direkten Zugriff auf jüdische Vermögen. Zwischen den Jahren 1933 und 1937 erfolgte die »Arisierung« als illegale Einziehung jüdischen Eigentums. Betroffen von der schleichenden Verdrängung ohne rechtliche Grundlage waren in erster Linie der Einzelhandel und kleinere bis mittelgroße Betriebe, deren jüdische Besitzer unter dem Druck der Verhältnisse in den Ruin getrieben wurden oder ihr Unternehmen »freiwillig« verkaufen mussten und das natürlich weit unter Wert. Die nationalsozialistische Hitler-Partei (NSDAP) inszenierte Boykotte gegen jüdische Betriebe und organisierte den »Volkszorn« gegen sie. Der Firmensitz von Eisen-Rieg befand sich bis zum Verkauf des Unternehmens 1991 in der Kirschenallee, dort, wo zuvor Gebr. Trier sein Lager hatte.

Ein guter Freund von Hermines Vater war der 14 Jahre jüngere Wilhelm Leuschner. Er heiratete 1911 Elisabeth Batz und hatte zwei Kinder mit ihr, Wilhelm und Katharina. Leuschner arbeitete als Holzbildhauer in Darmstadt bei der international tätigen Möbelfabrik Glückert. Der von Darmstadt ausgehende Jugendstil und die Darmstädter Jugendstilausstellung von 1908 verschafften dem Unternehmen einen beispiellosen Höhenflug. Die beiden Freunde waren in ihren politischen Einstellungen und Überzeugungen sehr verschieden. Der eine eher nicht so interessiert an politischen Parteien, Leuschner dagegen ein ambitionierter sozialdemokratischer Politiker und überzeugter Gewerkschafter. Im Hinterzimmer des Bessunger Chausseehauses, das sich früher Ecke Bessunger und Heidelberger Straße befand, wurde viel und laut darüber diskutiert. Beide Freunde hatten eine gemeinsame Überzeugung: Der Nationalsozialismus war der Untergang von Deutschland. Leuschner kämpfte gegen das braune Regime und musste diesen Kampf mit seinem Leben bezahlen. Er wurde am 29. September 1944 im Strafgefängnis Berlin-Plötzensee hingerichtet. »Weißt du, Harriet, in unserer Familie gab es keinen einzigen Nazi und mit gutem Gewissen kann ich sagen, dass ich darauf heute noch sehr stolz bin. Es war nicht einfach, mit dieser Einstellung diese schrecklichen Zeiten zu überleben. Ich glaube, ich habe es schon einmal erwähnt. Wieso sind so viele Menschen Hitler gefolgt, wie war es möglich, dass selbst für intelligent gehaltene Intellektuelle auf ihn hereingefallen sind? Sechs Millionen Juden mussten sterben und 50 Millionen Opfer hat der Zweite Weltkrieg gefordert und das alles hatte ein einziger, psychopathischer Mensch namens Adolf Hitler mit seinem kranken Gehirn zu verantworten.«

Da war wieder Harriet als die große alte Philosophin gefragt und sie hatte natürlich eine eigene Meinung dazu. »Hermine, weißt du, dass sich diese Frage einige Menschen schon damals und viele Historiker und Politiker immer wieder gestellt und die Köpfe heiß geredet haben? Viele Dissertationen, Bücher und Artikel wurden zu diesem Thema verfasst. Mit einer gewissen Distanz ist vieles sicher leichter zu beurteilen, aber das meiste steuert darauf hinaus, dass dieses Problem sehr schwer zu verstehen ist. Vielleicht muss man es aus psychologischer Sicht sehen und die Frage stellen, warum die Menschen ›so dumm‹ waren und ihr eigenes Verderben wählten. Zeitzeugen berichten heute darüber, dass Hitler sehr wohl von vielen Menschen geschätzt und ganz bewusst gewählt wurde. Die Weimarer Republik scheiterte, die Gründe möchte ich jetzt nicht aufzählen. Aber die Menschen dieser Zeit waren in bitterster Not, es herrschte große Armut in der Bevölkerung aufgrund der Weltwirtschaftskrisen in den Jahren 1929 und 1930. Die

Arbeitslosigkeit war in astronomische Höhen geschnellt und die soziale Not war unglaublich. Deutschland hatte schon Anfang 1933 mehr als sechs Millionen Arbeitslose, das waren bald zehn Prozent der Bevölkerung. Hitler versprach den Menschen Arbeit und deshalb wählten sie ihn. So ist der Mensch gestrickt, liebe Hermine, Menschen sind zu vielem bereit, wenn sie sich damit einen persönlichen Vorteil erhoffen. Dass damit gleichzeitig die Demokratie schwand, viele verfolgt wurden und jegliche Grundrechte außer Kraft gesetzt wurden, haben sie nicht bemerkt oder nicht sehen wollen. Es gab sehr wohl in Deutschland immer wieder warnende Stimmen von ganz unterschiedlichen Einzelpersonen und Widerstandsbewegungen von religiös und ethisch motivierten Vereinigungen. Vor allem kommunistische, sozialdemokratische und andere linke Gruppen waren sehr aktiv. Gegen die Geheime Staatspolizei, kurz Gestapo genannt, und die Staatssicherheit hatten sie keine Chance. Und so konnte die Katastrophe ungehindert ihren Lauf nehmen.«

Solch eine Einzelperson, die sich diesem System entgegenstellte, war Hermines Vater. Er hasste Adolf Hitler von Anfang an. Doch musste er sehr aufpassen, dass ihm das nicht zum Verhängnis wurde. Er hatte von seinem Freund Leuschner von den Temmler-Werken erfahren, die im Ersten Weltkrieg von Hermann Temmler in Detmold gegründet worden waren. Der Geschäftssitz wurde 1925 nach Berlin verlegt. Die Berliner Temmler-Werke wurden seinerzeit besonders durch die Einführung eines Methamphetamin-Präparats unter der Marke Pervitin bekannt, ein Medikament, das erst 1988 vom Markt genommen wurde. Während der Blitzkriege gegen Polen und Frankreich in den Jahren 1939/40 fand das Aufputschmittel millionenfache Verwendung. Es soll damit den deutschen Soldaten geholfen haben, ohne Weiteres 36 bis 48 Stunden durchzumarschieren. Es wurde auch bekannt, dass spätestens ab 1941 Hitler selbst von diesem Medikament schwerst abhängig war. Immer wieder, auch schon lange nach dem Zweiten Weltkrieg, konnte Hermines Vater einfach nicht verstehen, wie Hitlers süchtiger Unbesiegbarkeitswahn sich auf die Menschen übertragen und sich niemand seiner Gewissenlosigkeit entziehen konnte. Er fragte sich immer und immer wieder, wieso die ganze Welt das zulassen und einfach so zusehen konnte.

Hermine breitete vor Harriet, der philosophierenden Riesenschildkröte, ihr ganzes Leben aus von ihrer Geburt im Jahr 1908 bis zu ihrem Ableben im Jahr 1995. Und es tat ihr gut, jemanden zu haben, der ihr ruhig und gelassen zuhörte und ihr zeigte, dass sie sie auch verstand. Sie war dabei immer sehr aufgeregt und Harriet musste sie beruhigen. »Harriet, ich muss dir unbedingt noch ein ganz besonderes Erlebnis meines Vaters erzählen. Er selbst sprach niemals darüber. Meine Eltern wohnten 1933 in der Kattreinstraße. Mein Vater war, wie schon berichtet, Oberbuchhalter mit Prokura – auf diesen Zusatz legte er besonderen Wert – bei einem angesehenen Darmstädter Unternehmen. Ein Mensch, der sorgfältig und genau mit Zahlen umgehen musste. Und genauso zuverlässig konnten Nachbarn ihre Uhren nach ihm stellen, wenn er jeden Morgen um Viertel nach sechs aus der Haustür kam und Richtung Straßenbahnhaltestelle Bessunger Straße oder Hermannstraße gelaufen ist. In der Bessunger Straße stieg er immer in die Straßenbahn ein, nachdem er sich vorher noch an der Haltestelle seine geliebten Zigarren gekauft hatte. An Samstagen kaufte er dort auch immer ein Mal die Woche eine Zeitung, das ›Darmstädter Tagblatt‹. Dieselbe Prozedur, nur umgekehrt, geschah abends um Viertel nach acht, wenn er zurückkam, und das Tag für Tag, jahrein, jahraus. Eines Abends, es muss zu Beginn des braunen Zeitalters gewesen sein, das natürlich auch an Darmstadt nicht vorbeigegangen ist, kam er nicht wie gewohnt nach Hause. Alle waren in hellem Aufruhr, das hatte es in den letzten 30 Jahren noch nie gegeben. In der Firma erfuhr unsere aufgeregte Mutter, dass er an diesem Tag überhaupt nicht erschienen war und man sich schon gewundert hatte. Was war geschehen? Eine unglaubliche, einfach unfassbare Geschichte. Als er morgens in die Straßenbahn eingestiegen war, grüßte er wie immer mit seinem brummigen, kaum verständlichen Dialekt ›Guude Morsche‹. Man kannte sich, es waren fast immer dieselben Menschen in der Bahn. Plötzlich baute sich ein junger Mann in brauner Uniform vor ihm auf und ermahnte ihn, dass das jetzt nicht mehr ›Guude Morsche‹ hieß, sondern ›Heil Hitler‹ mit der allseits bekannten dazugehörigen Armbewegung. Und niemand sollte es wagen, anders zu grüßen. Mein Vater schaute den jungen SA-Mann kurz an und sagte in seinem besten Heinerdeutsch: ›Guude Morsche, dess saach isch jeddsd schon seid dreißisch Joahrn jeden Moijend, wenn isch mid de Elektrisch uff die Awweid foahr. Unn dess mach isch aach weiderhiie so! Eijern Hitler iss genauso schnell widder weg, genauso schnell wie er uffgedaucht iss. Desshalb duuht ess sisch iwwerhaupt net loohne, dass isch misch umgeweehne duuh!‹ Dem Braunen schien die Spucke wegzubleiben. So etwas hatte er wohl nicht erwartet. Er baute sich neben meinem Vater in bedrohlicher Haltung in voller Größe auf und sagte: ›Alter, dir wird das noch sehr, sehr leid tun, was du da eben gesagt hast.‹ An der Haltestelle Rhein/Neckarstraße hielt die Straßenbahn außergewöhnlich lang. Der SA-Mann stieg aus und kam kurz darauf mit drei weiteren Kollegen zurück. Sie nahmen meinen Vater in die Mitte und führten ihn ab.

Er war über eine Woche im Gefängnis in der Darmstädter Rundeturmstraße eingesperrt, ehe ihn sein Chef dort wieder herausholte. Wie er das fertig gebracht hatte, wusste kein Mensch so genau. Man munkelte, dass er einen großen Einfluss auf die neuen Machthaber hatte. Angeblich belieferte er mit seinem Eisenhandelsbetrieb die Wehrmacht in großem Stil. Mein Vater war dennoch nicht einsichtig. Er schimpfte wutentbrannt auf Hitler und ›seine Bande‹ und es war ein großes Glück, dass er dafür nicht noch einmal irgendwann eingesperrt wurde. Meine Mutter ermahnte ihn immer und sagte: ›Sei still, du wirst uns noch einmal alle ins Unglück bringen.‹ Doch er wollte sich den Mund nicht verbieten lassen und konnte sich maßlos ereifern. Er sagte immer zu unserer Mutter: ›Die Braunen halten sich nicht lange, aber was sie noch anrichten, wird noch schlimm für uns in Deutschland werden.‹ Und er sollte Recht behalten.« Die Nazizeit und der Zweite Weltkrieg waren eine schlimme Katastrophe für die Menschheit. Und ein einziger Mensch hat sie alle aufgehetzt und sie haben mitgemacht. Hermine blickte Harriet ganz in Gedanken versunken kontemplativ an und sagte ganz leise: »Wie können Menschen andere Menschen dazu bringen, dass sie zu einem solchen Verbrechen an der gesamten Menschheit fähig werden?« »Eine große Frage, mit der sich ganze Heerscharen von Wissenschaftlern von Philosophie und Psychologie beschäftigt haben und heute immer noch nach einer gültigen Antwort suchen, meine liebe Freundin, wir haben gerade zuvor darüber schon einmal gesprochen.«

»Mein Vater war ein unverbesserlicher Monarchist. Das demonstrierte er auch sehr eindrücklich mit seinem Kaiser-Wilhelm-Bart. Ich kannte ihn niemals anders. Er bestand aber ausdrücklich darauf, dass sein Backenbart auf den ersten Kaiser Wilhelm zurückginge, den Reichsgründer von 1871. Von dem zweiten Kaiser Wilhelm hielt er nicht viel.

Er sagte, dieser habe aus dem großen Amt das Schlechteste gemacht, was man überhaupt daraus hätte machen können. Mit der Monarchie war es nach dem Ersten Weltkrieg zu Ende. Der gute alte Kaiser-Wilhelm-Bart war auch aus der Mode gekommen. Nur nicht bei meinem Vater, er trug ihn bis zu seinem Tod. Mein Vater überlebte meine Mutter in Gräfenhausen, in diesem schrecklichen Altersheim, nur ein paar Monate und ist dann wahrscheinlich vor lauter Gram am 18. Januar 1963, nur ein halbes Jahr später als unsere Mutter, 87-jährig gestorben. Meine eigenen Kinder haben das Verhalten von uns, ihren Eltern, nie richtig verstanden. Sie haben uns das immer vorgeworfen. Und das tat mir richtig weh. Insgeheim hoffte ich, dass sie unseren Lebensabend einmal würdevoller gestalten würden, wenn wir nicht mehr für uns selbst entscheiden können. Und so ist es auch wirklich gekommen. Als mein Mann und ich pflegebedürftig wurden, sind wir in unserer eigenen Wohnung geblieben. Mein jüngster Sohn lebte mit seiner Familie im gleichen Haus und hat sich sehr einfühlend um uns gekümmert. Er engagierte eine professionelle, sehr liebevolle Pflegekraft. Sie war bei uns, bis wir starben, und zwar vorbildlich, kompetent, würdevoll und sehr gefühlvoll. Eine ausgebildete Altenpflegerin, die bei uns in der Wohnung lebte und uns 24 Stunden lang rund um die Uhr betreute. Und das mit einem menschenfreundlichen Hospizgedanken. Sie trug dazu bei, dass wir im hohen Alter nicht mehr in ein Krankenhaus mussten, sondern zu Hause sterben durften. Den Tod erleben in den eigenen vier Wänden. Hier trug der Tod nicht die Farbe weiß, wie bei dem überwiegenden Teil der Menschheit. Mit meinem Mann konnte ich noch bis kurz vor seinem Tod darüber reden. Und als ich ihn einmal fragte: ›Wie wünschst du dir denn deinen eigenen Tod?‹, sagte er: ›Ach, weißt du, Mutti‹, so nannte er mich, als unsere Kinder auf der Welt waren, immer, ›schnell soll es gehen, alle hektischen Rettungsversuche sollten möglichst unterlassen werden und am allerbesten möchte ich ohne Schmerzen in meinem eigenen Bett einschlafen und nicht mehr aufwachen‹. Und genauso ist es gekommen. Schade, dass wir das meinen Eltern versagt hatten.«

Hermines Mutter

Meine Mutter wurde am 2. Juni 1881 geboren. Ihr Vater, Johann Georg Hartmann, war selbstständiger Mühlenarzt aus der Pfalz und schon mit 40 Jahren gestorben, da war sie erst 14 Jahre alt. Sie wusste nicht allzu viel von ihm. Er war sehr viel unterwegs gewesen bis in den hessischen und badischen Odenwald. Mühlenärzte bauten und reparierten Mühlen. Es war ein sehr angesehener Beruf. Mühlenbaumeister benötigte man zu dieser Zeit überall. Allein im nahen Odenwald gab es Tausende von Wassermühlen, die immer in Betrieb waren zum Mahlen des Korns.

Meine Mutter war fünf Jahre jünger als Vater. Als treue, ihrem Mann tief ergebene Ehefrau und Mutter kümmerte sie sich ruhig und unauffällig um den Haushalt und ihre Kinder. Sie sah das als ihre Aufgabe an, sie schien niemals unzufrieden. Wir waren drei Kinder. Meine fünf Jahre ältere Schwester Elisabeth Eleonore, genannt Lisa, ich, die mittlere, und das Nesthäkchen, meine sieben Jahre jüngere Schwester Elfriede, Friedel oder ›mein Friedchen‹, so genannt von unserer Mutter. Bei uns zu Hause kam niemals Langeweile auf. War eine Tochter aus dem Gröbsten heraus, kam schon die nächste. Und Enkelkinder gab es später auch. Mutter hatte ihre eigene ganz besondere Angewohnheit, die auch von ihrem Mann toleriert wurde. Sie war glühende Anhängerin der zu Beginn des 20. Jahrhunderts populären Lebensreformbewegung. Wir werden später noch ausführlicher darüber sprechen.

Und es gibt noch etwas ganz Besonderes, das ich von meiner Mutter gelernt und übernommen habe. Sie liebte Bauernregeln und kannte unheimlich viele. Daran merkte man, dass sie aus dem Odenwald und vom Land stammte. Mai kühl und nass, füllt des Bauern Scheun' und Fass, »Säst du im März zu früh, ist's oft vergeb'ne Müh … Aber auch Daten wie der Siebenschläfertag am 27. Juni waren wichtig. Die Eisheiligen vom 11. bis zum 15. Mai kannte sie auswendig: Mamertus, Pankratius, Servatius, Bonifatius und die heilige kalte Sophie. Zu ihren Lieblingssprüchen gehörten: Pankraz, Servaz, Bonifaz machen erst dem Sommer Platz, und: Pankrazi, Servazi und Bonifazi sind drei frostige Bazi.«

Harriet wandte ein: »Hermine, weißt du, dass die Bauernregeln bereits in der Antike entstanden sind und als Grundlage viele Naturerscheinungen hatten?«

»Ja … Auch in der Schule konnte ich mit diesen Weisheiten punkten. Meine Lehrer staunten und wunderten sich, woher ich diese Sprüche schon als kleines Mädchen bloß herhatte.«

Viele naturwissenschaftliche, völlig neue Entdeckungen und Erkenntnisse wurden damals entwickelt, die bei einem großen (Laien-)Publikum ein ungeheures Interesse weckten. Ein Wissen, das die Welt dieser Zeit verändern sollte. Es entstanden auch viele Vereine und Institutionen, die sich das Lebensreformthema auf ihre Fahnen geschrieben hatten. Eine naturbewusste und naturnahe Lebensweise. Plötzlich wurde es modern, ökologische Landwirtschaft zu betreiben. Vegetarismus und Veganismus wurden bekannt. Viele Frauen und Männer trugen sogenannte Reformkleidung. In der Medizin wurden uralte, meistens fast vergessene Naturheilverfahren angewandt. Die schon 1796 von dem deutschen Arzt Samuel Hahnemann vorgestellte Homöopathie wurde plötzlich gesellschaftsfähig. Vor allem sogenannte Naturärzte und Heilpraktiker, aber auch Schulmediziner, verordneten sie. Die ersten Reformhäuser entstanden. In England tauchte in den Dreißigerjahren des

20. Jahrhunderts ein Dr. Edward Bach auf mit einem »Heal thyselve«, der Selbstheilung, soweit es geht. Bach-Blüten könnten die ideale Ergänzung für fast alle Krankheiten sein. In der Schulmedizin wurde und wird Bach oft belächelt. Aber vielleicht ist er in der »Salutogenese« neben Paracelsus und Hahnemann in der abendländischen Medizingeschichte eine der bedeutendsten Figuren.

Hermines Mutter wurde Mitglied im Darmstädter Naturheilverein. Und das war ihr ganz besonders heilig. Als eine für die damalige Zeit sehr moderne Frau besuchte sie das neu entstandene Luftbad auf der Lichtwiese. Hinter hohen Bretterzäunen, die jede Einsicht verwehren sollten, setzten sich Männer und Frauen streng getrennt in einer gewissen bis dahin unbekannten Freizügigkeit mit ihrem Körper der Luft und Sonne aus. Auf diesem Gelände an der Nieder-Ramstädter-Straße stehen heute die Gebäude der Georg-Büchner-Schule und der Technischen Universität.

Die Sehkraft von Hermines Mutter ließ, je älter sie wurde, immer mehr nach. Es kam zur völligen Erblindung. Noch sehr lange konnte sie ihren Haushalt trotzdem selbst versorgen. Doch auf der Straße war sie sich selbst und anderen eine große Gefahr. »Vater musste alle Besorgungen machen und es war für mich immer wie ein Wunder, wie sie noch den Haushalt versah und auch jeden Tag kochte. An den Geburtstagen unserer Eltern kam ihr von der ganzen Familie so geliebte Kartoffelsalat auf den Tisch. Für mich war er der beste auf der Welt. Niemals konnte ihn jemand besser zubereiten als sie.

Doch man kann sich vorstellen, dass das nicht mehr lange so weitergehen konnte. Die beiden Alten stießen an ihre Grenzen und brauchten Hilfe. Ich muss noch einmal zu meiner Schande gestehen und ich habe es mir nie verziehen, dass wir meine Eltern in ein damals sehr schäbiges städtisches Altersheim gebracht haben. Sie waren zeitlebens nie sehr wohlhabend und lebten von einer schmalen Rente. Sie verloren in zwei Weltkriegen alles, was sie sich jemals erarbeitet und gespart hatten. Das Einzige, was ihnen geblieben war, waren wir drei Töchter mit unseren gut verdienenden Männern. Warum konnten wir mit unseren gut situierten Ehegatten nicht dafür sorgen, dass sie würdevoller untergebracht wurden für den kurzen Rest ihres Lebens? Mutter hat diesen Wechsel in dieses schreckliche Altenheim nie verwunden. Wie auch? Sie wurde in der Frauenstation des Altenheims, getrennt von ihrem Mann in der Männerstation, untergebracht. Sie konnten sich wohl tagsüber sehen und treffen, aber nach über 60 Jahren nebeneinander im Ehebett musste jetzt plötzlich jeder allein schlafen. Und das noch in einem Mehrbettzimmer mit völlig fremden Menschen. Wie schäbig von uns drei Töchtern und unseren Männern. Es dauerte nicht lang, bis Mutter zu randalieren und um sich zu schlagen begann. Man hielt sie für verrückt und ich weiß nicht mehr, was sie mit ihr gemacht haben. Aber man kann sich so vieles gut vorstellen. Gestorben ist meine Mutter 81-jährig am 17. Juli 1962 in einer geschlossenen psychiatrischen Anstalt. Von dem Altersheim in Gräfenhausen in der Nähe von Darmstadt wurde sie in die Irrenanstalt nach Goddelau verlegt. Vom Auszug aus der eigenen Wohnung bis dahin war kein halbes Jahr vergangen.

Wir waren genau zu dieser Zeit mit unseren Kindern in den Sommerferien in Grado in Italien. Es war der erste Sommerurlaub, den mein Mann mit der Familie gemeinsam verbrachte. Niemals habe ich verwunden, dass wir nicht sofort unseren Urlaub nach Erhalt der Todesnachricht abgebrochen haben und zur Beerdigung nach Hause gereist sind. Noch heute schäme ich mich auch für dieses Verhalten. Mein Mann, der bis dahin noch nie zusammen mit seiner Familie Sommerurlaub gemacht hatte, entschied, dass wir blieben. ›Wenn wir nach Hause fahren würden, könnten wir sie auch nicht mehr lebendig machen‹, meinte er. Ich hatte meinen ganzen Mut zusammengenommen und fest vor, allein oder mit den Kindern mit dem Zug nach Hause zu fahren. In Grado ging ich zur Touristeninformation und fragte nach einer Zugverbindung nach Hause. Zu dieser Zeit war das aber dermaßen kompliziert und unheimlich teuer, sodass ich mein Vorhaben stillschweigend unter Tränen abgebrochen habe. Wahrscheinlich hätte es auch nichts genutzt, erstens hatte ich nicht so viel Geld für die Fahrkarten und zweitens hatte ich nicht den Mut, mich gegen die Entscheidung meines Mannes zu stellen. Mir fehlte einfach diese Selbstständigkeit. Ich war vollständig abhängig von meinem Mann und ihm lebenslang eine nicht aufmüpfige, liebe, brave Ehefrau. Und das war sicher sehr dumm von mir. Oder was meinst du, Harriet? Tagelang heulte ich. Aber weißt du, Harriet, das Schlimmste für mich war, dass das meinem herzlosen, unsensiblen und patriarchalischen Mann überhaupt nichts auszumachen schien. Ja, so war er, der Heinrich. Ich kam niemals gegen ihn an, nicht einmal in dieser Situation. Ich glaube, ich habe es nie verwunden, nicht bei der Beerdigung meiner eigenen Mutter mit dabei gewesen zu sein. Nietzsche schreibt in seinem Buch ›Menschliches, Allzumenschliches‹: ›Man liebt weder Vater, noch Mutter, noch Frau, noch Kind, sondern die angenehmen Empfindungen, die sie uns machen.‹ Das war hinsichtlich meines Mannes eine der unangenehmsten Empfindungen, die ich in Verbindung mit ihm hatte, und das geht mir bis heute nicht richtig aus dem Kopf. Niemals, nicht ein einziges Mal, habe ich daran gedacht, mich von diesem Menschen zu trennen. Es gab damals schon Ehescheidungen, aber das gehörte sich nicht. Die geschiedene Frau wurde in der Gesellschaft ausgegrenzt, sie hatte jegliche Reputation verloren. Insbesondere, wenn sie aus einer bekannten Familie stammte.

Vater überlebte Mutter in diesem grässlichen Altersheim

nur ein paar Monate und ist dann wahrscheinlich vor lauter Gram gestorben. Er hatte auch nicht an der Beerdigung von Mutter teilnehmen können. Es ging ihm nicht gut und er hatte niemanden, der ihn zur Beerdigung auf den Eberstädter Friedhof hätte hinbringen oder sagen wir besser hinfahren können. Als er mir das gleich nach meiner Rückkehr aus Italien erzählte, habe ich zum ersten Mal meinen Vater bitterlich weinen gesehen. Ich dachte, er hätte den Tod seiner Frau eigentlich gar nicht mehr so bewusst mitbekommen. Oh, doch, er schluchzte laut und die Tränen liefen seine Backen herunter. Das muss schrecklich für ihn gewesen sein, nach 60 Jahren Ehe und dem langen Zusammenleben. Ich heulte mit ihm.«

Harriet war sehr betroffen, als Hermine ihr diese bisher schrecklichste aller schrecklichen Geschichten erzählte. »Hermine, dazu fällt mir der alte Spruch ein: Eine Mutter kann für zehn Kinder, aber zehn Kinder nicht für eine Mutter sorgen.« »Du hast recht, Harriet«, sagte Hermine sehr traurig. »Wir waren drei Töchter und vermochten es nicht, unseren Eltern einen würdevollen Lebensabend zu gestalten und dafür zu sorgen, dass es ihnen auch in ihrem sehr hohen Alter gut ging. Ich hatte Verständnis dafür, dass meine Schwestern es ablehnten, die Eltern bei sich zu Hause aufzunehmen und zu pflegen. Das wäre auch in unserem Haushalt schon räumlich nicht möglich gewesen. Doch Kinder haben eine moralische Verpflichtung, für ihre Eltern zu sorgen. Wie war das mit den zehn Kindern und der einen Mutter? Sie versorgte uns drei Schwestern und war immer für uns da. Während zweier Weltkriege und trotz aller Entbehrungen für die ganze Familie und des Umstands, dass unser Vater im Krieg war. Wir haben eine Pflicht, für unsere Eltern zu sorgen, es sind schließlich die Menschen, denen wir unsere Existenz verdanken. Sie wurden im hohen Alter allein gelassen, auf sich selbst gestellt, obwohl es uns sehr gut ging in dieser Zeit. Wo waren bloß unsere Dankbarkeit und Liebe? Heute erkenne ich, wie es so weit kommen konnte. Lag es vielleicht daran, dass wir drei Schwestern nach außen eitlen Sonnenschein vorgaben und immer etwas schauspielerten, aber durch die unterschiedlichen Charaktere uns im Grunde genommen nie besonders gut leiden konnten? Das fing schon im jugendlichen Alter an und besserte sich eigentlich nie. Doch über meine Schwestern werde ich dir gleich noch ausführlich erzählen.«

Hermines Schwestern Lisa und Friedel

Hermines fünf Jahre ältere Schwester, Elisabeth Eleonore, genannt Lisa, geboren am Samstag, den 25. Juli 1903, hatte es nicht leicht mit ihrer jüngeren, ewig heulenden Schwester. Von klein auf musste sie das Frühchen immer beaufsichtigen. Und das mochte sie überhaupt nicht gerne. Sie war froh, als sie endlich in die Schule kam. Nun musste sie wenigstens vormittags nicht mehr das Kindermädchen spielen. »Wie ich dir schon erzählt habe, liebe Harriet, war meine größere Schwester nicht unbedingt der Liebling unseres Vaters. Er konnte ihre dunklen Haare und den etwas dunkleren Hauttyp nicht leiden und sagte zu unserer Mutter immer: ›Setz die doch mal in die Badewanne und schrubb sie so lang, bis sie hell wird.‹ Lisa hatte wundervolle braune Augen, sie trug ihr krauses, naturgewelltes Haar immer sehr kurz und sah mit ihrem dunkleren Teint immer wie frisch sonnengebräunt aus dem Urlaub kommend aus. Ich fand meine ältere Schwester toll und war ein bisschen neidisch auf ihre Klugheit. An mir hatte unser Vater einen Narren gefressen. Ich war das liebe, brave, schüchterne Mädel, der helle, blonde Typ mit blauen Augen, den er so mochte, genauso sah auch unsere Mutter aus, als sie jung war. Ich wage es kaum auszusprechen: Ob er vielleicht annahm, nicht Lisas leiblicher Vater zu sein? Doch das hätte ich niemals meiner Mutter zugetraut. Lisa hat es ihm gezeigt in ihrem weiteren Leben. Sie war immer die Beste in der Schule, ganz im Gegensatz zu mir. Als sie die Mädchenmittelschule II mit der Mittleren Reife abschloss, wollte sie eigentlich weiter auf ein Gymnasium gehen und ihr Abitur machen. Doch das scheiterte irgendwie, warum weiß ich nicht mehr so genau. Unser Vater meinte, glaube ich, dafür sei kein Geld da, und er wollte es auch nicht. Sie solle einen anständigen Beruf lernen, das genüge, Mädchen würden eh irgendwann heiraten und bräuchten das nicht. Trotzdem setzte sie durch, dass sie wenigstens noch die zweijährige Hessische Handels-Lehranstalt des Diplomhandelslehrer Wilhelm Siedersleben in der Rheinstraße besuchen durfte. Diese Schule war damals ziemlich neu, wurde von Darmstädter Firmen unterstützt und kostete nicht so viel Schulgeld wie ein Gymnasium. Die Firmen nahmen die Abgänger dieser Schulen mit Kusshand als Lehrlinge auf. So bekam Lisa eine damals schon sehr begehrte Lehrstelle bei der pharmazeutischen Firma Merck. Sie wurde 1924 bereits mit 21 Jahren Sekretärin von Bernhard Pfotenhauer, der zur gleichen Zeit in die Geschäftsleitung von Merck aufgestiegen war. Die Familie Merck hatte kurz zuvor beschlossen, dass auch Mitarbeiter in die Unternehmensleitung kommen konnten, die nicht Mitglied der Familie waren. Die Familie behielt sich aber vor, dass der Vorsitz des Direktoriums in jedem Fall nur von einem Firmeninhaber, einem Familienmitglied, bekleidet werden durfte. Harriet, du kannst dir vorstellen, wie stolz meine Schwester auf ihren fantastischen Posten bei Merck war. Aber das Schlimme dabei war, dass sie sich ihrer Eltern schämte.

Lass' mich das bitte etwas genauer erklären. Ich habe das erst viel später verstanden, weil es mir gerade umgekehrt ging. Ich war sehr stolz auf meine Eltern, habe sie immer verehrt und konnte Lisas Haltung nicht verstehen. Meine Mutter habe ich bewundert mit ihren modernen Gedanken um die Lebensreformbewegungen in ihrer Zeit und mein Vater war ein sehr angesehener Mann. Er arbeitete in einer Firma, in der er immer weiter die Leiter nach oben geklettert war. Er war stolz wie ein Pfau, als man ihn zum Oberbuchhalter befördert wurde und er Prokura von seinem Chef erhielt. Doch das beeindruckte meine ältere Schwester nur wenig. Durch ihre gute Stellung als Sekretärin eines Merck-Direktors geriet sie in einen neuen, intellektuellen Freundeskreis. Sie kam in Berührung mit Studenten und Professoren gleichermaßen. Es gab einen philosophischen Gesprächskreis, an dem sie teilnahm. Und eine interessante Verbindung zu dem indischen Literatur-Nobelpreisträger Rabindranath Tagore. Der Inder besuchte Familie Wolff 1921 in München. Wolff war Verleger und mit Elisabeth Wolff-Merck aus der Darmstädter Merck-Familie verheiratet. Aus diesem Grund besuchte der Schriftsteller auch Darmstadt, wo auf Initiative der Firma Merck die ›Tagore-Woche‹ stattfand. Der indische Dichter und die Kultur seines Landes faszinierten Lisa. Sie wollte mehr erfahren und ihr sehnlichster Wunsch war, einmal nach Indien reisen zu dürfen. Merck hatte 1912 innerhalb der Firma Martin & Harris eine Vertretung in Indien. Diese Verbindung hatte den Ersten Weltkrieg überstanden und wurde weiter ausgebaut. Seit 1928 hatte Merck einen deutschen Geschäftsführer in Indien.

In diesen ›höheren‹ Kreisen lernte Lisa ihren späteren Ehemann kennen. Er kam ursprünglich aus Oldenburg, hatte in Darmstadt Ingenieurwissenschaften studiert und bei dem weltberühmten Professor Otto Berndt promoviert. Die nach ihm benannte Otto-Berndt-Halle in Darmstadt ist heute Mensa der Technischen Universität. Nun wurde es ihr im Elternhaus zu eng, zu wenig weltoffen. Es gab in diesen Zeiten eine vornehmlich aus Großbritannien und den Vereinigten Staaten neu aufkommende Frauenbewegung, deren teilnehmende Frauenrechtlerinnen als Suffragetten bezeichnet wurden. Das gefiel Lisa sehr gut. Sie machte mit bei den Versammlungen, die auch in Darmstadt nicht öffentlich und im Untergrund stattfanden. Die jungen, meistens aus dem

Bürgertum kommenden Frauen traten ein für mehr Rechte der Frauen, obwohl schon nach dem Ersten Weltkrieg am 12. November 1918 das Frauenwahlrecht in Deutschland eingeführt worden war. Heute würde man vielleicht etwas abwertend diese Frauen als Emanzen bezeichnen. Unserem Vater hat das überhaupt nicht gefallen, war sie doch seine älteste Tochter, und er war stolz auf ihre Karriere, die sie bei Merck gemacht hatte. Er sagte immer: ›Lisa ist das Verkehren in Akademikerkreisen zu Kopf gestiegen.‹ Er war Pragmatiker und konnte mit Intelligenzbolzen, wie er sie immer nannte, nichts anfangen. Vielleicht wollte er es auch nicht, weil er sie nicht verstand und sie ihm nicht sympathisch waren.

Die Eltern unserer Mutter, unsere Großeltern, sind beide schon sehr früh verstorben. Meine Mutter wurde 1895, mit 14 Jahren, Vollwaise. Im Februar starb zuerst mein Großvater und im Mai die Großmutter. Die beiden hatten einen kleinen Bauernhof in Ober-Modau im Odenwald, wo noch meine Urgroßeltern, also die Großeltern meiner Mutter, lebten. Und dorthin zu den Großeltern kam unsere Mutter. Sie erzählte immer, wie hart sie als junges Mädchen arbeiten musste und wie schwer man ihr das Leben gemacht hatte. Wir sind später als Kinder noch manchmal mit ihr zu den Hartmanns nach Ober-Modau gefahren. Es war eine kleine Landwirtschaft. Mir hat es dort nicht besonders gut gefallen, es war alles ziemlich heruntergekommen. Aber wir bekamen jedes Mal Butter, Eier und Kartoffeln geschenkt.

Mein Großvater väterlicherseits war Bierbrauer in Eberstadt. Ich habe ihn nie kennengelernt. Opa Michael, wie er genannt wurde, ist schon 1906 gestorben. Die Großmutter Hermine, genannt Mina, von der ich meinen Namen habe, ist gestorben, als ich zehn Jahre alt war. An sie kann ich mich noch erinnern. Sie hatte es sehr schwer, weil ihr Mann früh verstorben war.

Und mit einer solchen Verwandtschaft konnte man in den studierten Kreisen, in den Lisa nun verkehrte, keinen Staat machen. Lisa wollte alles anders machen als ihre Eltern. Sie heiratete 1932 ihren Mann Alfred Woeltjen in Graz. Niemand von der Familie war bei der Hochzeit dabei. Ich weiß heute nicht mehr, ob sie absichtlich niemanden eingeladen hatte oder einfach keiner hingegangen ist. Es war in dieser grässlichen Zeit sicher auch nicht ganz unbeschwerlich, diese lange Reise von Darmstadt nach Graz zu bewältigen. Wir werden später noch einmal darauf zurückkommen.

Im Alter hat mich meine ältere Schwester dafür bewundert, dass ich vier Kinder auf die Welt gebracht habe. Sie hat mir oft bei meinen vielen Krankheiten geholfen und den Rücken gestärkt. Das rechne ich ihr hoch an. Sie selbst hatte eine Tochter, die 1936 in Berlin geboren wurde. Lisas Mann Alfred Woeltjen war zu dieser Zeit Generaldirektor bei der weltberühmten Firma Knorr Bremse in Berlin. Man hatte ihm 1934 die Wohnung des österreichischen Komponisten Ralph Benatzky angeboten, der Berlin 1932 in Richtung Schweiz verlassen hatte, weil ihm das hakenkreuzlerische Leben nicht gefiel, wie er das schon 1924 in seinem Tagebuch kommentiert hatte: ›Urgermanen mit Wampe und Nackenspeck, mit rückwärts rasiertem und oben hahnenkammartig durch eine Scheitelfrisur gekröntem Schädel, [...] arisch-arrogant, provinzlerisch gackernd.‹

Alfred Woeltjen arbeitete zwar in einem ›kriegswichtigen Betrieb‹, wie das bei den Nazis so tönte. Er war aber kein überzeugter Nationalsozialist und konnte sich erfolgreich dagegen wehren. Er nahm die angebotene Luxuswohnung nicht an und trat auch nicht in die NSDAP ein, wie man das von ihm erwartete. Er sagte, NSDAP hieße Nationalsozialistische deutsche Arbeiterpartei und er sei schließlich kein Arbeiter. Am meisten imponierte das seinem Schwiegervater, alle diese Intellektuellen waren ihm verdächtig, wenn aber einer gegen Hitler und sein braunes Regime etwas sagte, dann gefiel ihm das ganz besonders gut.

Harriet, ich muss dir diese Geschichte unbedingt weitererzählen. Lisas Mann hatte nach dem Krieg 1949 eine Stelle angenommen bei dem Maschinenbauunternehmen Werner & Pfleiderer in Stuttgart. Leider starb er 1958 sehr früh mit erst 63 Jahren an Magenkrebs. Von da an begann eine sehr schöne Verbundenheit mit meiner älteren Schwester, wie wir sie niemals zuvor hatten. Sie war 55 Jahre alt und verkraftete den Tod ihres Mannes auf der rationalen Vernunftebene doch recht gut. Über ihre Trauer wurde nie gesprochen, so war halt meine große Schwester. Sie hatte nie einen Führerschein gemacht und der Opel Rekord ihres Mannes stand in Stuttgart in der Landhausstraße 55 vor der Tür. Sie meldete sich kurzerhand bei der Fahrschule an und machte tatsächlich ihren Führerschein. Wir waren bass erstaunt, als sie eines Tages mit dem Auto vor unserer Tür in Darmstadt stand. Von nun an besuchte sie uns oft an den Wochenenden, wobei sie jedes Mal bei uns übernachtete.

Da gestand sie mir noch einmal, sie hätte mich immer bewundert, weil ich vier Kinder bekommen hatte. Sie nahm plötzlich an unserem Familienleben teil, fuhr sogar das eine oder andere Mal mit uns zusammen in den Schwarzwald in Urlaub. Aber vor allem stärkte sie mir den Rücken, als ich wegen meines Brustkrebses operiert werden musste. Sie versorgte in dieser Zeit unseren Haushalt und kümmerte sich um unsere Kinder. Mein jüngster Sohn war erst acht und der mittlere 14 Jahre alt, als ich für einige Wochen ins Krankenhaus musste. Mein sehnlichster Wunsch und meine größte Hoffnung war, diese schreckliche Krankheit zu überwinden. Ich wollte doch meine Kinder noch groß werden sehen. Die Brustoperation, die anschließenden Bestrahlungen, die schreckliche Übelkeit danach und die seelische Belastung waren enorm und das werde ich nie in meinem

Leben vergessen. Meine große Schwester tröstete mich, wie ich es niemals von ihr erwartet hätte. Plötzlich hatte ich wirklich jemanden, der mir in dieser schweren Zeit beistand. Und nicht nur seelisch, sondern auch pragmatisch und dafür war ich ihr und meinem Schöpfer im Himmel sehr dankbar. Ich hatte das alles überlebt dank der Menschen um mich herum. Das Nahziel war jetzt erst einmal die Konfirmation meines mittleren Sohnes im März 1959. Spätestens dann wollte ich wieder aus dem Krankenhaus zu Hause sein und mitfeiern. Und das hat auch wirklich geklappt.«

Harriet meinte: »Auf dieses Thema werden wir noch zurückkommen und einmal philosophisch darüber nachdenken, ob Lebenskrisen und Krankheiten eigentlich einen Sinn machen.«

»Lisa hatte ihre Eigenheiten. Sie benutzte eine ganz besondere Zahncreme aus dem Reformhaus, sie wusch sich nur mit Speick-Seife und sie führte bei uns zu Hause das Odol-Mundwasser ein. Plötzlich wollte mein mittlerer Sohn das alles auch. Er hatte das bei seiner Tante heimlich mal probiert und ihm gefiel so etwas Besonderes schon immer. Außerdem diskutierte Lisa mit Heinrich politische und wirtschaftliche Themen aus der Frankfurter Allgemeinen Zeitung. Wir hatten, so lange ich denken kann, neben dem Darmstädter Echo die FAZ abonniert. Lisa war eine leidenschaftliche Zeitungsleserin. Zu Hause bei sich in Stuttgart las sie nur die Süddeutsche, bei uns die FAZ und häufig stritt sie mit Heinrich darüber, welche von beiden die bessere Zeitung wäre.

Meine sieben Jahre jüngere Schwester Elfriede, Friedel genannt, wurde am Freitag, dem 5. Februar 1915 geboren. Mir ging es so ähnlich wie Lisa, ich musste auf Friedel immer aufpassen und mit ihr spielen. Mit ihren rehbraunen, unschuldig blickenden Augen, ihrem langen, gewellten, brünetten Haar war sie wie Lisa ein eher dunklerer Typ. Sie strahlte schon als Kind immer jeden an, sie benahm sich sehr prätentiös, eben wie eine Dame von Welt. Friedel nahm alles so leicht und fröhlich. Dafür beneidete ich sie. Als ich 1914 in die Schule kam, verglichen mich die Lehrer immer mit meiner schlauen älteren Schwester, mit der ich nie mithalten konnte. Lisa hat dann 1919 die Schule verlassen und zwei Jahre später, 1921, kam meine jüngere Schwester in die gleiche Schule. Bis ich mit der Schule fertig war, stand ich bei den Lehrern plötzlich in Wettbewerb mit meiner jüngeren Schwester. Auch sie war viel besser als ich, sagten jedenfalls die Lehrer. Ich war mir nie ganz sicher, ob sie sie nicht um den Finger wickelte.

Friedel wechselte von der Mittelschule auf die Viktoriaschule, das Mädchengymnasium in der Hochstraße, und ging nach der Mittleren Reife genauso wie Lisa noch zwei Jahre auf die Städtische Handelsschule. Sie bekam danach sofort eine gute Lehrstelle bei der Firma Jacob Nohl, Rohrleitungsbau in Darmstadt. Friedel war von Natur aus sehr gesellig und definierte sich über ihre sozialen Kontakte, die sie in der erfolgreichen Firma bis hin zum Inhaber Herrn Nohl auch gleich hatte. Der Chef hatte keinen Führerschein und ließ sich von ihr durch die Gegend fahren. Sie erzählte immer von seiner Luxuskarosse, mit der sie ihn chauffierte. Natürlich tauchte sie zusammen mit ihm auch einmal bei ihrer Schwester in Berlin auf. Sie war so stolz auf ihren berühmten Schwager, den Generaldirektor Dr. Alfred Woeltjen von der weltberühmten Firma Knorr Bremse. Und mit ihm konnte sie bei ihrem Chef einen guten Eindruck schinden. Das passte zu meiner jüngeren Schwester.

Sie hatte eine tolle Begabung, für die ich sie immer bewunderte, weil die mir völlig abging. Sie konnte mühelos eine Unterhaltung führen und lockte andere Menschen leicht aus sich heraus. Sie war unbeschwert und kokett, hatte immer eine Menge Freundinnen und Freunde um sich herum. Mit ihrem durchdringenden, eiskalten Blick, den sie immer dann hatte, wenn jemand sie ärgern oder sich über sie lustig machen wollte, konnte sie alles abwehren. Sie drehte dann den Kopf gleichzeitig in den Nacken und zur Seite und schaute den anderen gewissermaßen von oben herab verwundert und mitleidig an. Diese Gesten beherrschte sie meisterhaft, dem konnte fast niemand entkommen, der sie irgendwie nicht ernst nehmen wollte. Natürlich rauchte Friedel auch. Sie hatte immer ihre blaue Packung der Marke Nil in ihrer Handtasche. Das war eine sogenannte Orientzigarette und besonders in Intellektuellen- und Künstlerkreisen sehr beliebt. Sie sagte, diese Zigarette würde Hanf enthalten, was aber gar nicht stimmte, und rege sie deshalb so sehr an. Natürlich fehlte auch niemals ihr Hinweis, dass beispielsweise auch Otto Dix Nil-Zigaretten rauchte. Für mich war sie einfach die vollkommenste von uns drei Schwestern. Friedel roch ihr ganzes Leben nach sehr teurem Parfüm. Ich hatte immer nur ein Parfüm, Kölnisch Wasser 4711, wenn ich denn überhaupt welches benutzte, doch ich liebte es und war zufrieden damit, wenn es auch viel billiger war als die teuren Duftwässerchen meiner jüngeren Schwester.

Bei ihren umfangreichen beruflichen Kontakten lernte sie auch ihren Mann kennen. Sie haben sich 1938 verlobt und ein Jahr später geheiratet. Ihr einziger Sohn kam 1942 auf die Welt. Mein Schwager war eine rheinische Frohnatur. Ein Mensch, der immer gut drauf war, immer fröhlich, lachend und gut gelaunt. Er sah aus wie ein Filmschauspieler, der von Plakaten herunterlächelt. Manchmal beneidete ich meine jüngere Schwester auch wegen ihres tollen Mannes. Er nahm das Leben so leicht wie sie und alles schien ihm zu gelingen. Heinrich war dann immer etwas zornig, wenn ich von ihm sprach und manchmal schwärmte. Das konnte mein Mann gar nicht leiden. Ihm war er zu lebensfroh, zu leichtsinnig und vielleicht auch ein wenig zu großspurig. Leider ist Paul nicht sehr alt geworden. 1956 starb er viel zu früh an Magenkrebs. Friedel war gerade einmal 41 Jahre alt, mitten im Leben. Ihr Mann hatte ihr eine respektable Maschinenfabrik hinterlassen, die sie in der damaligen Zeit, einer Männerdomäne, in einem harten wirtschaftlichen und industriellen Umfeld nicht selbst führen konnte. Sie engagierte einen Betriebsleiter, den sie kurze Zeit später, sehr zum Leidwesen ihres gerade pubertierenden Sohnes, auch heiratete. Der Stiefvater konnte gar nicht verstehen, wenn »dieses verwöhnte Söhnchen« mit seinem Heiligtum, einem Geschenk seines Vaters, einem Porsche-356-Tretauto, durch den Fabrikhof düste. Mit der Fabrik ging es nicht sehr gut weiter. Ich glaube, darunter hat sie auch seelisch sehr gelitten. Meine Schwester ist mit 71 Jahren ebenfalls viel zu früh verstorben. Wir hatten alle in der Familie den Eindruck, dass ihr das Leben nach dem Tod ihres Mannes keine Freude mehr machte.«

Hermine konnte mit der distinguierten Lebensart ihrer Schwestern wenig anfangen. Die ältere verkehrte am liebsten in intellektuellen, akademischen Kreisen, die jüngere liebte das noble, mondäne, vielleicht auch neureiche Leben. Sie selbst war die bodenständige und wünschte sich sehnlichst und insgeheim nur eines, einen verständnisvollen Mann und liebe Kinder. Ein Leben lang war sie gehorsam und tat, was andere von ihr verlangten oder erwarteten. Zuerst ihre Eltern und Lehrer, später ihr Mann.

Es war ja klar, dass an dieser Stelle Harriet nicht nur philosophierte, sondern wie immer gern auch psychologisierte. »Stell' dir vor oder frage dich einmal, Hermine, was deine beiden Schwestern zu ihrem Verhalten brachte. Warum distanzierten sie sich so deutlich von ihrem Elternhaus? Friedel war 1915 mitten im Ersten Weltkrieg auf die Welt gekommen. Sie erlebte, vielleicht zuerst noch unbewusst, die schlimmen Zeiten an ihrem eigenen Körper. Es musste immer gespart werden, nichts konnte man sich leisten. Als sie in der Pubertät war, mitten in der Weimarer Republik, den Weltwirtschaftskrisen und dem Hitler-Regime, konnte sie ihr Leben nicht gestalten. Entbehrung, Hunger und keine Aussichten auf nur ein bisschen Lebensqualität. An Spaß und Freude der Jugend war überhaupt nicht zu denken. Als sie dann das Glück hatte, einen reichen Mann kennenzulernen und nach all' diesen schweren Zeiten endlich das ›richtige‹ spontane Leben nach dem Krieg genießen zu können, kann ich mir schon vorstellen, dass, aus dieser Perspektive gesehen, wir ihr das gönnen sollten. Jeder Mensch ist doch in seiner Ganzheit in Ordnung. Er lebt sein Leben aus einer persönlichen Sicht, so wie er es selbst für richtig befindet, zumindest in diesem Augenblick, in der Gegenwart. Jeder Mensch ist ein denkendes Wesen und hat die Fähigkeit, seine Probleme zu lösen. Und jeder löst sie auf seine eigene Art und Weise. Der amerikanischen Psychiater Eric Berne (1910–1970) begründete Mitte des 20. Jahrhunderts eine psychologische Lehre, die Transaktionsanalyse. Und danach hat der Mensch das Recht und die Freiheit, sich selbst völlig autonom zu bestimmen. So sollten wir den beiden dieses Recht zugestehen, auch wenn du, liebe Hermine, das nicht verstehen kannst oder möchtest.«

Die Brandnacht in Darmstadt

Hermines Eltern waren wie beschrieben sehr bescheidene Menschen. Als Lisa 1903 geboren wurde, lebten sie in einer kleinen Wohnung in der Stiftsstraße. Kurz vor Hermines Geburt 1908 zogen sie in den Donnersbergring in eine für die größer werdende Familie geeignetere Wohnung. Von 1921 bis 1929 wohnten die Müllers in der Riedeselstraße. Als der Vater 1930 mit 54 Jahren zum Oberbuchhalter mit Prokura in seiner Firma aufgestiegen war, konnten sie sich ein komfortableres Heim in einem Neubau in der Kattreinstraße leisten. Dort hatte Wiwobau, Wirtschaftliche Wohnungsbau e.G.m.b.H., zwei Achtfamilienhäuser errichtet – die einzigen Häuser in der neuen Straße in Darmstadt. Es war damals wie heute: Menschen mit einem eher bescheidenen Einkommen konnten sich kein Eigentum leisten und mussten sich immer wieder aufs Neue irgendwo eine Mietwohnung suchen.

Das Schicksal oder der Zufall wollte es, dass gute Freunde von Hermine und Heinrich, die Familie Max Schneidewind, 1935 umzogen und die Eltern deren wunderschöne Wohnung im ersten Stock, der Beletage, in der Moosbergstraße 84 übernehmen durften. Neun Jahre später am 11. September 1944 wurden sie dort beim Angriff auf Darmstadt ausgebombt und haben ihr ganzes Hab und Gut verloren.

Hermines Vater wurde ja schon geschildert als sehr stur, widerspenstig und starrköpfig. Alle Hausbewohner suchten in der Nacht vom 11. auf den 12. September 1944 nach einem vorausgegangenen Sirenenalarm den Luftschutzkeller im Nachbarhaus in der Moosbergstraße auf. Nur Wilhelm Müller nicht! Als seine Frau ihn weckte – er schlief wie immer sehr tief und schnarchte laut – verkündete er fatalistisch, nicht mit in den Keller gehen zu wollen. Sie sollten schon einmal vorgehen und wenn es richtig losginge, käme er schon nach.

Der Einsatz begann um 22.35 Uhr durch einen in großer Höhe fliegenden Masterbomber, der eine Markierungskette für die nachfolgenden Bomber setzte. In Darmstadt erprobte die britische Royal Air Force zum ersten Mal die Taktik eines ausgeklügelten Fächerangriffs. Zuerst wurden Tausende Sprengbomben in der Form eines Viertelkreises sowie mehrere hundert Luftminen abgeworfen. Durch die Druckwellen der Explosionen wurden die Dächer aufgerissen. Danach kamen mehr als 250.000 sogenannte Elektron-Thermitstäbe zum Einsatz, die in die aufgerissenen Dachstühle der Gebäude fielen und diese innerhalb kürzester Zeit in einen Vollbrand versetzten. Diese besondere Methode, eine ganze Stadt auszulöschen, diente in Darmstadt als Generalprobe für die Ausradierung Dresdens im Februar 1945. Die Bomber klinkten ihre verheerende und alles vernichtende Fracht aus entlang der markierten Punkte vom ehemaligen Exerzierplatz – das ist etwa dort, wo sich heute die Hochschule Darmstadt befindet – bis zum alten Darmstädter Schlachthof und von dort weiter bis zum Böllenfalltorstadion. Dafür brauchten sie nur wenige Minuten und Darmstadt war zu 90 Prozent zerstört.

Hermines Vater war zum Schrecken seiner Frau bis dahin nicht im Luftschutzkeller erschienen. Sie hatte furchtbare Angst um ihn und wollte aus dem Keller noch einmal raus und nach ihm suchen. Doch der Luftschutzwart ließ sie nicht mehr hinaus. Die Tür war schon fest verschlossen. Der Bombenhagel war direkt über Darmstadt und sie hörten, wie es über ihnen heftig einschlug. Nach kurzer Zeit, etwa 20 Minuten, war alles vorbei und Darmstadt lag in Trümmern. Hermines Mutter war in Panik. Gott sei Dank hielt wenigstens der Luftschutzkeller stand und sie konnten nach einiger Zeit, als sich alles einigermaßen beruhigt hatte, die Treppen hinauf und nach draußen auf die Straße.

Es sah schrecklich, grauenhaft, ungeheuerlich aus. Dieser schwere britische Luftangriff hatte die Stadt in dieser einen Nacht schrecklich verwüstet. Ungefähr 70.000 Menschen wurden auf einen Schlag obdachlos und mehr als 11.500 Menschen verloren ihr Leben. Dieser Montag, ein recht warmer Spätsommertag, war tagsüber etwas verregnet und eigentlich nachts kühl. Doch in Darmstadt glühte sogar das Pflaster. Viele Häuser standen in Flammen. Auch das Wohnhaus der Müllers in der Moosbergstraße 84 war stark zerstört.

Hermines Mutter suchte immer noch nach ihrem Mann. Wo war er? Hatte es ihn erwischt? Sie irrte ziellos und verzweifelt umher. Menschen liefen schreiend herum. Sie konnten nicht mehr in ihre Häuser. Trümmer versperrten ihnen den Weg. Verstorbene lagen auf der Straße. Die Hitze des Pflasters der Moosbergstraße war dermaßen, dass man sie durch die Schuhe hindurch spürte, als liefe man auf von der Sonne aufgeheiztem heißem Sand am Meer. Plötzlich entdeckte sie ihren Mann, er saß wie ein Häufchen Elend auf einem aus einem Fenster herausgeschleuderten Hocker und ihm liefen die Tränen beide Wangen herunter. Er dachte, seine Frau sei ums Leben gekommen. Tatsächlich hatte er doch noch ganz kurz bevor es losging versucht, schnell in den Luftschutzkeller zu kommen. Doch hier ging es ihm wie seiner Frau, die nicht mehr herauskam: Er kam in keinen mehr hinein. Die dicken, bombensicheren Luftschutzkellertüren waren mit ihren schweren Riegeln geschlossen worden. Sie mussten schließlich den schweren Detonationen standhalten.

In seiner Not war Wilhelm auf der Straße umhergeirrt und hatte das schlimme Fiasko des Bombenhagels dort hautnah erleben und mit ansehen müssen. Der Einsatz der britischen Royal Air Force von Spreng- und Brandbomben war für den schlimmen Feuersturm verantwortlich. Die Brandsätze sorgten unaufhaltsam für Vernichtung. Wie durch ein Wunder wurde Wilhelm von umherfliegenden brennenden Bomben- und Trümmerteilen nicht getroffen.

Er und seine Frau fielen sich weinend und dennoch erleichtert in die Arme. Alles zu verlieren ist furchtbar schlimm, aber was bedeutete es für eine Gnade, in diesem schrecklichen Chaos mit dem Leben davonzukommen! Sie waren überglücklich wie noch nie zuvor in ihrem Leben. Doch von da an hatte Vater Müller eine Ohrschädigung. Die schweren Detonationen hatten ihm ein Ohr zerstört und auf dem anderen hörte er nur noch wenig. Gott sei Dank hatte diese außergewöhnliche Bedrohung an Leib und Leben keine nachhaltigen psychischen Belastungen bei ihm hinterlassen. Zumindest zeigte er keine. Er schimpfte nur noch lauter über die Nazi-Barbarei und den Verbrecher Adolf Hitler und was der alles angerichtet hatte. Da ließ er sich auch kaum von seiner Frau besänftigen. Sie hatte große Angst um ihn, schließlich waren der Krieg und das Regime noch nicht am Ende. Und es gab immer noch genügend Denunzianten, die noch an den »Endsieg« glaubten und die es zu fürchten galt.

»Liebe Harriet, war das nicht alles furchtbar schlimm? Zusammen mit meinem Sohn war ich im Luftschutzkeller in der Sandbergstraße. Wir konnten uns noch rechtzeitig in Sicherheit bringen. In den letzten Nächten ging das ständig so. Sirenenalarm, das Kind wecken und schnell in den Keller rennen. Ich getraute mich schon gar nicht mehr, ihn nach einer solchen Nacht am nächsten Tag aus dem Haus gehen zu lassen, geschweige denn in die Schule zu schicken.

Sie war auch von den Bomben getroffen worden und es hätte sowieso kein Unterricht mehr stattfinden können. Ich konnte meinen Sohn aber nicht halten, er war acht Jahre alt und wollte unbedingt rausgehen und gucken, was passiert war. Meine Nerven lagen blank. Entschuldige, wenn ich ein wenig weiter aushole, aber ich muss dir dazu noch eine weitere Geschichte erzählen. Mein Mann war im Krieg und ich war mit meinem kleinen Jungen alleine. Wie ich schon erzählt habe, wurde Heinrich 1942 Anfang des Jahres zum Kriegsdienst eingezogen und in Fritzlar als Bordfunker ausgebildet. Wir besuchten ihn dort in der Kaserne noch einmal, bevor er zur Luftwaffe nach Italien zum fliegenden Bordpersonal abkommandiert wurde. Ob das reiner Zufall war oder er sich freiwillig für den Auslandseinsatz meldete, wusste ich nicht. Aber es passte nur zu gut zu ihm, Heinrich war ein Draufgänger, er war zwar nicht leichtsinnig oder verantwortungslos, aber er brauchte diese Herausforderung. Wem er damit imponieren wollte, habe ich nie herausbekommen.

Seinen Dienst leistete er sowohl an Bord der sogenannten Stukas, der Sturzkampfbomber Junkers Ju 87, ab als auch in den Aufklärungsflugzeugen, der Junkers Ju 86. Wir, die ganze Familie, bangten zu Hause immer um sein Leben. Wie oft wurden diese Maschinen abgeschossen! Später erzählte er einmal, dass er ein einziges Mal angeschossen wurde, aber trotzdem noch einigermaßen heil notlanden und die gesamte Besatzung sich irgendwie retten konnte. Als Funker in einem Flugzeug war er dazu angehalten, auch fremde Funksprüche aufzufangen und abzuhören. So hörte er einen englischen Funkspruch der British Royal Navy im Sommer 1944 ab. Alles war verschlüsselt, aber als Funker hatte er auch einiges gelernt über die Decodierung. Es ging zunächst nur um einen Probeflug für den schrecklichen Vernichtungsschlag auf Darmstadt, aber mit dem Ziel, Anfang

September die Stadt zu bombardieren. Er erzählte später, dass er so aufgeregt war, dass er den genauen Inhalt nicht so schnell erfassen konnte. Jedenfalls war er sich darüber ganz sicher, dass es sich um Darmstadt handeln musste. In einem Feldpostbrief schrieb er das nach Hause.

Ich war, wie du dir vorstellen kannst, ebenfalls sehr aufgeregt, als ich den Brief erhielt, und wusste zuerst überhaupt nicht, was ich tun sollte. Ich untersuchte den Umschlag sehr genau und konnte keine Spuren feststellen, die darauf hindeuteten, dass er bei einer Kontrolle geöffnet worden wäre. Wenn ich allen Leuten, Verwandten, Bekannten und Freunden davon erzählte, würde ich ja auch meinen Mann in Gefahr bringen. Er sagte später einmal, dass das nicht so schlimm für ihn geworden wäre, denn er hatte seinen nächsten Vorgesetzten, einen blutjungen Unteroffizier, von diesem Funkspruch in Kenntnis gesetzt. Doch dieser hätte scheinbar die Nachricht nicht offiziell weitergeleitet. Also informierte ich nur meine Eltern und meine besten Freunde. Meine Eltern blieben in ihrer Wohnung, aber einige unserer Freunde nutzten die Gelegenheit, verließen Anfang September Darmstadt und flohen aufs Land. Einige hatten Verwandte im Odenwald und am Rhein und nahmen andere Frauen und Kinder einfach mit. Da wir nicht genau wussten und es wohl auch nicht richtig wahrhaben wollten, was da geschehen sollte und wann genau, blieben wir allerdings zu Hause. Was hätten wir denn anderes tun sollen? Ich sah keine Alternative und außerdem wollten wir es einfach nicht glauben, was sich da anbahnte.

Wir schliefen in diesen Nächten in den Kleidern, um im Fall des Falles möglichst schnell in den Luftschutzkeller zu kommen. Tatsächlich waren wir dann auch in dieser Nacht, als es passierte, als Erste im Keller. Schreckliche Angst hatten wir, als auch noch plötzlich das Licht ausfiel und kurz davor das Radio den Anflug feindlicher Flugzeuge vom

Rhein kommend auf Darmstadt gemeldet hatte. Als die Bombardierung endlich aufhörte, öffnete der Luftschutzwart die Türen und wir konnten ins Freie. Es roch schrecklich verbrannt und wir sahen als Erstes, dass unser Haus noch stand. Nur im Dachgeschoss war eine Rauchfahne zu sehen. Dort musste eine Brandbombe eingeschlagen haben. Menschen liefen kreischend auf der Straße herum. Andere Häuser hatte es schlimm getroffen. Am Himmel Richtung Innenstadt sah man einen hellen Feuerschein. Wir konnten nicht mehr in unsere Wohnung im zweiten Stock, das wäre zu gefährlich gewesen. Ob meine Eltern in der Moosbergstraße überlebt hatten, wusste ich zu diesem Zeitpunkt noch nicht, ich wollte erst einmal meinen achtjährigen Sohn unterbringen und dann nach ihnen schauen. Mein Schwager Paul hatte zusammen mit seiner Frau und seinen Eltern den Angriff im Luftschutzkeller des Hauses der Drogerie Straub in Bessungen ebenfalls überlebt. Ihr Wohnhaus, die Werkstatt und das Geschäft in der Bessunger Straße 55 waren total zerstört und bis auf die Kellermauern niedergebrannt.

Paul war es, der für uns ein neues Zuhause – wenn auch zuerst einmal nur vorübergehend – schaffen konnte: in Groß-Zimmern, wo sich die Bettfedernfabrik des Familienunternehmens befand, in der Angelgasse. Dort kam unsere gesamte Familie nach der Ausbombung unter. Paul hatte für den Ernstfall schon alles vorbereitet. Es gab dort im Vorderhaus ein Schlafzimmer für meine Schwiegereltern, im Wohnzimmer auf einem Schlafsofa übernachteten er und seine Frau Änne und wir bekamen ein winziges Zimmerchen über der Torhalle.

Ich werde den Termin nie vergessen, wir waren erst ein paar Tage in Groß-Zimmern: Am Montagmorgen, dem 18. September 1944, stand plötzlich mein Mann in voller Fliegeruniform vor unserem Haus in der Angelgasse. Er hatte sogenannten Bombenurlaub bekommen und durfte kurz zu seiner Familie nach Hause. Seit bald zwei Jahren hatten wir uns nicht mehr gesehen. Jetzt waren wir überglücklich. Er konnte sich nur ein paar Tage aufhalten, um festzustellen, dass Gott sei Dank seine ganze Familie noch lebte. Du kannst dir nicht vorstellen, wie schrecklich es für mich war, dass er ein paar Tage später wieder zurück in den Krieg musste. Ohne zu wissen, ob man sich je wiedersehen würde. Unser Junge verstand das alles schon sehr genau, er wurde am 19. Januar schon neun Jahre alt.

Nach diesem Blitzbesuch war das einzige Lebenszeichen von Heinrich ein Feldpostbrief. Ich bewahrte ihn mein ganzes Leben in meinem Nachtkästchen auf. Er kam kurz vor Weihnachten 1944, eins der schlimmsten Kriegsweihnachten. Mein Mann war im Krieg, wo genau, wussten wir nicht. Noch als Erwachsener erzählte unser ältester Sohn, dass er zu Weihnachten eine Tafel Schokolade bekommen hatte. Das war damals ein großes Geschenk. Niemand wusste, wo mein Schwager, sein geliebter Onkel Paul, sie aufgetrieben hatte. Doch das Wichtigste war erst einmal, dass unsere Familie komplett den schweren Angriff auf Darmstadt überlebt hatte.

Meine Eltern mussten einige Zeit in einer Notunterkunft in Darmstadt verbringen, wie so viele ›Ausgebombte‹. Vater war 68 Jahre alt und half trotz seines Alters sofort in seiner Firma, die Trümmer zu beseitigen. Mutter war 63 Jahre alt und gelangte irgendwie zu ihren Verwandten nach Ober-Modau, wo sie versuchte, etwas zu hamstern, um die Familie zu ernähren. Doch auch dort war in diesen schrecklichen Endkriegszeiten nicht mehr viel zu holen.

Es gibt noch eine spannende Geschichte zu erzählen, die in dieser Zeit passiert ist. Der Fronturlaub meines Mannes im September 1944 blieb nicht ohne Folgen. Um die Weihnachtszeit kündigte sich Nachwuchs an. Ich war ziemlich sicher, wieder schwanger zu sein. Eigentlich war ich damals darüber nicht besonders glücklich. Würde unser Kind jemals seinen Vater sehen? Oder stand ich vielleicht mit meinen beiden Kindern nach dem Krieg allein auf der Welt? Wie sollte ich sie durch all die schlechten Zeiten bringen? Ich war schon immer eine eher ängstliche Natur und hatte viel zu viel Zukunftsangst.

Zuerst erzählte ich niemandem davon, aber das enge Zusammenleben auf kleinem Raum ließ kaum eine Privatsphäre zu. Und so merkte meine Schwägerin Änne als Erste, wenn es mir morgens immer übel war und ich auf die Toilette rannte. Aber meine Schwangerschaft sollte sich später noch als eine besondere Hilfe für uns und alle Mitbewohner der Angelgasse in Groß-Zimmern als Vorteil herausstellen. Und das kam so: Am Palmsonntag, dem 25. März 1945 marschierten Fußtruppen der Amerikaner in Groß-Zimmern ein. Sie waren auf der Suche nach Partisanen, die immer noch Widerstand leisteten in diesem längst verlorenen Krieg, und drangen in jedes Haus ein. Wir hatten in der Angelgasse weiße Betttücher außen an die Häuser gehängt. Die amerikanischen Fußtruppen wurden begleitet von schweren Panzern. Kleinere Soldatenverbände drangen in die Häuser ein und suchten nach eventuell sich noch versteckenden Widerständlern.

Als ein Panzer direkt vor unserem Haus hielt, bekam ich es doch ziemlich mit der Angst zu tun. Und jetzt half unerwartet auf wundersame Weise uns allen meine Schwangerschaft. Ich war zu Beginn des sechsten Monats und mein Bauch konnte sich schon ganz schön sehen lassen. Als zwei Soldaten an unsere Haustür klopften, schickte mich die Familie vor, ich sollte die Tür öffnen. Ich hatte wahnsinnige Angst, als ein großer schwarzer Soldat vor mir stand und sagte mit einer erstaunlich hohen Stimme: ›Young woman is pregnant? All the best for the baby. How many people are still in the house?‹ Ein ganz kleines bisschen konnte ich

Englisch und stotterte sehr unbeholfen: ›My old parents in law, but not my husband, he is still at the war, or perhaps already dead or in captivity, I don't know nothing from him.‹ Die beiden Soldaten bemerkten, dass mir die Tränen kamen, als ich das sagte. Sie waren erstaunlich freundlich und wollten nicht mehr herein. Sie verabschiedeten sich sehr schnell, ausgesprochen höflich, wünschten mir alles Gute und zogen weiter. Allen fiel ein Stein vom Herzen, die im Flur versteckt gelauscht hatten. Wenn sie wirklich hereingekommen wären, hätten sie eine große Schar von Menschen entdeckt und das wäre zwar nicht schlimm für uns gewesen, aber doch ziemlich aufregend. Die vielen Flüchtlinge in der Fabrik, die mittlerweile dort untergebracht waren, wären sicher alle von den amerikanischen Soldaten einzeln genau unter die Lupe genommen worden. Und was dabei herausgekommen wäre, konnten wir nicht einschätzen. Als Erste fragte Änne: ›Hermine, woher kannst du denn so gut Englisch?‹

Ich gestand ihr, dass ich nachts oft heimlich und ganz leise gestellt mit dem Ohr direkt am Lautsprecher von unserem Volksempfänger Radio BBC London gehört hatte. Dieser Radioapparat war für den Empfang von Mittel- und Langwellenrundfunk im Auftrag von Reichspropagandaleiter Joseph Goebbels entwickelt worden. Ein recht preiswertes Gerät mit der Typenbezeichnung VE 301, weil es wenige Monate nach der Machtergreifung Adolf Hitlers am 30. Januar 1933 vorgestellt worden war, das als eines der wichtigsten Propagandainstrumente der nationalsozialistischen Machthaber galt. Es war sehr viel billiger als die herkömmlichen bisher entwickelten Radiogeräte und sollte den Empfang der Propagandareden von Goebbels und Hitler möglichst vielen Deutschen ermöglichen. Damit sollte im ganzen Deutschen Reich mindestens der Empfang des Deutschlandsenders gewährleistet sein.

Eigentlich sollten mit dem Volksempfänger keine ausländischen Stationen empfangen werden können. Doch es ging trotzdem mit etwas Geduld am Senderdrehrad. Und besonders war dies zu den Nachtstunden möglich, in denen aufgrund der Raumwelle die Reichweite vergrößert ist. Es war strengstens verboten, ausländische Feindsender, wie das damals bezeichnet wurde, zu hören. Wenn mich jemand gehört oder gar verraten hätte, wäre ich bestraft worden. Woher ich diesen Mut nahm, weiß ich selbst nicht. Denn das durfte damals niemand wissen.

Unsere Wohnung in der Sandbergstraße 69 im zweiten Stock war nahezu unversehrt. Im dritten Stock darüber gab es einige minimale Schäden, nur der Dachboden hatte von einer Brandbombe etwas abbekommen. Die Hausbesitzer, Familie Rettig, kümmerten sich darum, dass das bald wieder repariert war. Da wir eine relativ große Vierzimmerwohnung hatten, konnten wir unsere Eltern mit einquartieren. Bald schon konnten wir wieder nach Darmstadt in unsere Wohnung zurückkehren. Meine Eltern waren schon eingezogen und hatten die Wohnung aufgeräumt und notdürftig repariert. Ein weiteres ausgebombtes älteres Ehepaar wurde vom Wohnungsamt bei uns einquartiert. Doch das war mir lieber, als noch länger in Groß-Zimmern zu bleiben. Obwohl ich mein ganzes Leben meinem Schwager Paul dankbar war, dass er uns dort aufgenommen hatte.«

»Die Welt als Wille und Vorstellung«

Nach dieser Katastrophe, die in der Nacht vom 11. auf den 12. September 1944 über Darmstadt hereingebrochen ist, war die Schreckenszeit noch lange nicht vorbei. Bis zum Kriegsende am 8. Mai 1945 dauerte es noch acht Monate. Das Bewusstsein, dass es noch viel schlimmer hätte kommen können, gab den Menschen schon wenige Tage nach der schrecklichen Brandnacht die Kraft, nicht nur die Trümmer wegzuräumen, sondern auch bereits wieder mit dem Neuaufbau zu beginnen. Die Glut in den zerbombten Häusern war noch nicht richtig erkaltet, als viele begannen, nach ihrem Hab und Gut zu suchen, was vielleicht noch nicht zerstört oder was noch zu retten war. »Harriet, wie kann man sich das erklären?«, meinte Hermine.

»Ganz sicher auch mit dem großen deutschen Philosophen Arthur Schopenhauer«, jetzt war die alte Philosophin Harriet wieder in ihrem Element. »Schopenhauer geht in seinem Hauptwerk ›Die Welt als Wille und Vorstellung‹ auf diesen unbändigen Willen ein, der in allen Lebewesen diesen Drang zum ständigen Wiederaufstehen bewirkt. Schopenhauer wird oft auch als der Misanthrop der Philosophiegeschichte gesehen: Alles Leiden entstehe im Wollen und der Mensch sei ein wahrhaft Getriebener in seinem Wollen. Er folge unweigerlich seinen Trieben und dreht zwanghaft wie ein Hamster sein Rad. Alles Weltgeschehen sei von einem irrationalen und blind wütenden Willen getrieben, der die Menschen in rastloses Streben versetze. Schopenhauers Pionierleistung war die Entdeckung des Willens. Der Wille sei die weltbildende Kraft, die alles Geschehen antreibe wie eine verborgene Kraftquelle. Der Pessimist Schopenhauer sah diesen allmächtigen Willen in erster Linie als Unfreiheit des Menschen, der ihn zu seinem Sklaven werden ließe. Er sei andererseits aber auch die Triebfeder, der Antrieb für den Menschen, der ihn wieder aufstehen und weitermachen ließe.

Und der Schwarzmaler hatte auch einen Ausweg aus diesem Hamsterrad. Der Mensch gewinne Freiheit vom Willen – in der Kunst, der Musik und in der indischen Philosophie. Mit seiner Philosophie des Willens und der in ihr enthaltenen Kunstauffassung hatte Schopenhauer vor allem auf die Literatur Einfluss – und auf die spätere Psychoanalyse. Weißt du, Hermine, Schopenhauer verstand die Philosophie als Lebenslehre. Er war ein großer Gegner der Katheder-Philosophie, wie er das selbst nannte. Seine Lehren, insbesondere seine Aphorismen der Lebensweisheit sind leicht verständlich und spannend. Und die können den Menschen in vielen Lagen helfen.«

In der Psychologie gibt es für dieses »Immer-wieder-aufstehen« des Menschen den Begriff »Resilienz«. Das kommt vom lateinischen resilire: zurückspringen, abprallen. Man bezeichnet solche Menschen als resilient, die trotz schlimmer psychischer und körperlicher Belastungen, denen sie ausgesetzt waren, es verstehen, ihr Schicksal in die Hand zu nehmen und alle Gelegenheiten und Möglichkeiten zu ergreifen, um es zu wenden. Dieser allen Lebewesen a priori (»von vornherein« oder »grundsätzlich«) unbewusst innewohnende Wille ist es, der ihnen zu dieser Kraft verhelfen kann.

Wieder aufzustehen, neu anzufangen und wieder aufzubauen, was der Krieg und diese grässliche Hitler-Barbarei angerichtet und vernichtet hatten, war gar nicht so einfach.

Aber der Erfolg gab ihnen Recht. Schon wenige Jahre nach dem Krieg sprachen die Menschen von einem Wirtschaftswunder in Deutschland. Sicher werden wir später noch einmal darauf zurückkommen, was der große Philosoph mit seinem »Die Welt als Vorstellung« meinte.

Hermines schwere Zeit

Wie schon so oft sprudelte es aus Hermine geradezu heraus. Sie erzählte und erzählte, als würde sie bei einem Psychiater auf der Couch liegen. Da konnte sie keiner mehr bremsen und in Harriet hatte sie jederzeit eine aufmerksame Zuhörerin. Was sollten sie auch den lieben langen Tag anfangen? Und wenn Hermine es brauchte, dann sollte es so sein, meinte Harriet verständnisvoll. Ihr Leben war gewiss nicht einfach gewesen und jetzt konnte sie sich alles von der Seele reden.

Als 1939 der Zweite Weltkrieg ausbrach, war sie 31 Jahre und ihr Sohn gerade drei Jahre alt. Ihr Mann wurde sehr spät, erst 1942 als 39-jähriger, zum Wehrdienst eingezogen. Der von einem Wahnsinnigen angezettelte Krieg hatte schon schlimme Ausmaße angenommen und ob ihr Mann jemals zurückkommen würde, stand in den Sternen. Sowohl ihre eigenen Eltern als auch ihre Schwiegereltern waren damals schon im Rentenalter. Von ihnen wurde sie in der schlimmen Kriegszeit voller Entbehrungen und seelischer Belastungen ohne ihren Mann jederzeit unterstützt. Oft hörte sie monatelang nichts von ihm, dann kam wieder einmal ein Lebenszeichen in Form eines heiß ersehnten Feldpostbriefs.

Wie bereits berichtet, hatte Heinrich eine kurze Ausbildung als Bordfunker im hessischen Fritzlar und wurde danach zum »Stab Kesselring« nach Italien einberufen. Albert Kesselring war von Hitler zum Oberbefehlshaber Süd für die in Nordafrika und dem Mittelmeerraum operierenden Luftwaffeneinheiten ernannt worden. »Ich glaube«, sagte Hermine, »meinem Heinrich hat das Kriegspielen, wenigstens zu Anfang noch, ziemlich begeistert. In seinen Luftpostbriefen schrieb er enthusiastisch und euphorisch von seinen Einsätzen in Süditalien und Nordafrika. Immer an Bord eines Jagdbombers als Bordfunker. Ich muss es noch einmal sagen: Ich hatte wahnsinnige Angst um sein Leben und seine Briefe verstärkten meine Angst noch. In einem Feldpostbrief schrieb er einmal:

Ich bedauere meine Kameraden, die am Boden auf dem Schlachtfeld kämpfen und sterben, wir haben da in der Luft größere Chancen zu überleben. Und Kesselring ist ein großartiger Oberbefehlshaber, ich verehre ihn. Liebste Hermine, du brauchst dir keine Sorgen um mich zu machen, wenn der Krieg aus ist, bin ich bald wieder bei Euch. Gib meinem lieben Sohn einen Kuss von mir und sage ihm, dass ich wieder nach Hause kommen werde.

Auch in der Heimat genoss Kesselring hohes Ansehen. Immer wieder hörten wir im Radio von seinen hohen militärischen Auszeichnungen. Jedes Mal lief es mir heiß und kalt den Rücken hoch und runter, wenn im Radio sein Name fiel. Er schien Hitler und seinem Regime stets loyal ergeben. Mein Vater sagte immer, dieser Kerl werde auch noch seine gerechte Strafe bekommen. Und so kam es. Am 4. Mai 1945 unterzeichnete Kesselring die Kapitulation der Heeresgruppe Süd und wurde am 15. Mai 1945 in amerikanische Gefangenschaft genommen. Zusammen mit Heinrich, sie kamen in das gleiche Kriegsgefangenenlager. Wie durch ein Wunder wurde mein Mann nicht abgeschossen, auch niemals verwundet. Er hatte den Krieg überlebt, doch das erfuhren wir erst Wochen später. Darüber werde ich dir noch genauer berichten.«

Erst in der »zweiten« Hälfte ihres langen Lebens, nach dem schrecklichen Krieg, der, einem Wunder gleich, Gott sei Dank niemanden aus der Familie weggenommen hatte, konnte Hermine beginnen, das Leben endlich etwas mehr zu genießen. Sie setzte sich zum ersten Mal wieder an das Klavier und spielte mit großartigem Engagement. Auch ging sie zwei Mal die Woche in die Turnstunde. Übrigens hatte sie damals als 16-Jährige ihren Mann beim Sport kennengelernt. Er war bei der Turngemeinde Bessungen bei den Geräteturnern und da lief man sich halt so über den Weg. Da Hermine ein sehr hübsches blondes junges Mädchen war, war es nicht verwunderlich, dass sie ihm auffiel und er mehr als einen Blick auf sie warf.

Erst im fortgeschrittenen Alter, als alle ihre drei Söhne aus dem Haus waren, hatte sie endlich Zeit, sich mehr um sich selbst zu kümmern. Sie bedauerte das eine oder andere Mal, dass sie eigentlich keine richtige Beschäftigung, keine erfüllende Aufgabe hatte. Und das war nicht gut, wie Harriet meinte. Sie zitierte den römischen Philosophen Cicero: »Erfolgreich altern kann man nur, wenn der Grundstein dazu in der Jugend gelegt wird.« Aber Hermine wuchs einfach in schlechten, ungünstigen Zeiten auf. Dafür konnte sie schließlich nichts. Als sie sechs Jahre alt war, begann der Erste Weltkrieg, bald danach kündigte sich die Weltwirtschaftskrise mit der Inflation an. 1931 heiratete sie und später kamen die Kinder. »Wir waren vier Jahre verheiratet und bekamen unser erstes Kind. Heinrich und ich, wir waren überglücklich. Wir wohnten in der Sandbergstraße im dritten Stock unter dem Dach im Haus von Schlossermeister Friedrich Rettig. Als sich unser erstes Kind ankündigte, bekamen wir durch einen Glücksfall die größere Vierzimmerwohnung im zweiten Stock, eine Etage darunter. Wir hatten im Schlafzimmer eine schöne Krippe für unser Kind. Sie war von Paul, Heinrichs Bruder, geschreinert worden. Die gesamte Babyausstattung hatte ich selbst genäht.

Paul Heinrich ist am Samstag, dem 23. März 1935 geboren. Es war mein erstes Kind und du weißt ja, Harriet, wie ängstlich ich war, weshalb mein Mann und ich entschieden hatten, in der Privat-Frauenklinik und Entbindungsstation von Dr. Klaus Hoffmann und Dr. Paul Wolff in der Riedeselstraße unser Kind zur Welt zu bringen. Diese feine, vornehme Privatklinik befand sich nur ein paar Häuser neben der Wohnung, in der meine Eltern mit uns Kindern von 1921 an gewohnt hatten. Ich hatte schon lange vorher immer wieder Wehen, wurde beim Besuch bei Dr. Hoffmann aber jedes Mal wieder nach Hause geschickt, weil es noch nicht so weit war. Zwei Tage vor der Geburt behielt er mich dann in der Klinik.

Als dann Paul Heinrich auf die Welt kam, geschah etwas Fürchterliches. Sie untersuchten ihn und stellten fest, dass er mit einem Herzfehler geboren war. Aber scheinbar konnte man das damals noch nicht so genau diagnostizieren. Ich wurde bald nach Hause geschickt. Paul Heinrich aber musste dort bleiben. Ich besuchte ihn täglich und saß an seinem Bettchen. Zu Gott betete ich, dass er am Leben bliebe. Doch es sollte anders kommen. Eines morgens erhielt ich die traurige Nachricht. In der Nacht von Donnerstag auf Freitag, dem 5. April 1935 starb er. Er war auf dieser Welt nur zwei Wochen und ist sicher in den Himmel gekommen. Dr. Hoffmann tröstete mich, jedes hundertste Kind käme mit einem Herzfehler auf die Welt. Er hätte wohl nie ein sorgenfreies, aktives Leben führen können. Die Probleme zögen sich vom Kindergarten bis zur Berufswahl und die Angst vor Herzinfarkten und Schlaganfällen hätten sein Leben überschattet. Ich sollte Gott danken, dass er ihm das erspart hätte.

Heinrich und ich trauerten sehr, unser erstes Kind war uns genommen worden. Er konnte nie in seiner kleinen Krippe liegen, die wir ihm mit so viel Liebe hergerichtet hatten. Er wurde am 10. April auf dem Waldfriedhof bei den Kindergräbern beerdigt. Es war schreckliches Aprilwetter, der Himmel weinte mit uns. Wir haben damals eine Todesan-

zeige im Darmstädter Tagblatt veröffentlicht:
Auch wenn Deine Füße nie die Erde berührt haben, so hast Du doch tiefe Spuren in unsern Herzen hinterlassen. Voller Trauer nehmen wir Abschied von unserem ersten Sohn Paul Heinrich. Die tieftraurigen Eltern.
In unserem großen Schmerz hatten wir uns vorgenommen, dennoch nicht zu verzagen, und wollten schon bald wieder ein Kind haben. Und der liebe Gott hat es gut mit uns gemeint: Im Januar 1936 bekam ich unseren zweiten Sohn, Juli 1945 den dritten und August 1951 den vierten, alle in großen Abständen.«

Harriet meinte: »Da warst du jahrzehntelang nur für deine Kinder da und daneben gab es nichts anderes für dich?«

Hermine antwortete: »Ja, Harriet, kaum war der eine etwas selbstständiger geworden, kündigte sich der Nächste an. Mein Beruf und meine Berufung sollten nun mal meine Kinder und mein Mann sein. Wahrscheinlich wollte es das Schicksal so. Und um alle bangte ich mein ganzes Leben. Beim zweiten Sohn stand immer doch das Trauma des Todes des ersten im Mittelpunkt. Der dritte kam unmittelbar nach Kriegsende zur Welt, der ständige Kampf um das tägliche Brot beherrschte jegliche Gedanken, und beim vierten war ich immerhin schon 43 Jahre alt. Damals meinten die Ärzte, das sei ein kritisches, nicht ungefährliches Alter, um noch Kinder zu bekommen. Aber weißt du, Harriet, ich wollte es einfach.«

Hermine holte tief Luft, bevor sie weitersprach. Diese Erinnerungen an die alten Zeiten regten sie doch unheimlich auf. »Hermine, beruhige dich doch«, meinte die fürsorgliche Harriet.

»Nein, jetzt will ich dir alles erzählen und ich bin dir sehr dankbar, dass du mir zuhörst«, seufzte Hermine. »Erst als der jüngste Sohn das Haus verließ, begann ein neues Zeitalter für mich. Endlich konnte ich einmal an mich selbst denken. Wie du schon gehört hast, hatte ich angefangen, wieder regelmäßig Klavier zu spielen. Und stell' dir vor, bei einem Solorepetitor vom Hessischen Landestheater nahm ich sogar heimlich Klavierstunden. Dieser tolle Lehrer hat mir wahnsinnig viel beigebracht und ich habe diese Stunde jede Woche sehr genossen. Besondere Freude hatte ich dann jedes Mal, wenn die ganze Familie bei Geburtstagsfesten oder Weihnachten um mich herumsaß und mir beim Spielen zuhörte.«

Wenn Hermine Harriet von ihren Krankheiten erzählte, nahm das kein Ende. Sie war oft krank gewesen. Begonnen hatte alles mit dem Brustkrebs, den sie mit vielen, besonders auch mit psychischen Schmerzen, Operationen und Bestrahlungen überwinden konnte. Immer wieder bekam sie schwerste Gallenkoliken und irgendwann wurde die Galle herausoperiert. Sie hatte einen Heilpraktiker und Psychotherapeuten, der ihr erklärte, Gallensteine bedeuteten aus ganzheitlicher, alternativ heilkundiger Sicht versteinerte Aggressionen vor allem im Rahmen von familiären Zwängen. Es müssten sich über viele Jahre Ausbrüche bei ihr verfestigt haben, die sie sich über lange Zeit verkniffen habe. Dazu gehörten auch ganz grundlegende Bedürfnisse nach Anerkennung, Liebe und Verständnis.

»Weißt du, Hermine«, sagte Harriet, »bei deinem dominanten und nicht gerade sehr gefühlvollen, wenig empathischen Mann hatte deine Seele keine andere Wahl als die Krankheit, um auf deine eigenen Bedürfnisse und Notstände hinzuweisen. Die Natur kam dir gewissermaßen in dieser Form zu Hilfe. Schmerzen und Krankheiten hatten Signalwirkung für deine Kinder, aber auch in erster Linie für deinen Mann: Bitte nehmt etwas mehr Rücksicht auf eure geplagte Mutter und Ehefrau.« Friedrich Nietzsche schreibt in seinem Buch »Menschliches – Allzumenschliches« in Teil I über den »Werth der Krankheit. – Der Mensch, der krank zu Bette liegt, kommt mitunter dahinter, dass er für gewöhnlich an seinem Amte, Geschäfte oder an seiner Gesellschaft krank ist und durch sie jede Besonnenheit über sich verloren hat: Er gewinnt diese Weisheit aus der Muße, zu welcher ihn seine Krankheit zwingt«. Das »Werde der du bist« des griechischen Dichters Pindar, der weit vor der Zeitenwende lebte, taucht bei Nietzsche in seiner Autobiografie »Ecce homo« wieder auf unter dem Titel »Wie man wird, was man ist«. Im Laufe ihres langen Lebens hatte Hermine sich ihre Position erst mit vielen seelischen und auch körperlichen Schmerzen erkämpfen müssen. Als ihren Mann im hohen Alter die Kräfte verließen, konnte man in ihren Augen ihr Mitleiden, aber auch ein kleines bisschen Schadenfreude erkennen. Sie sagte manchmal zu ihm, der Zeit seines Lebens nie ernstlich krank war: »Jetzt siehst du einmal, wie es mir oft ergangen ist.« Sie war eine bewundernswerte Mutter, hatte vier Kinder unter Schmerzen geboren, war immer für sie da und wurde doch so oft allein gelassen.

Wie bereits erwähnt, hatten Gott sei Dank die schlimmen Kriegsereignisse, die außergewöhnlichen Bedrohungen katastrophenartigen Ausmaßes an Leib und Leben bei Hermines Vater keine nachhaltigen psychischen und körperlichen Belastungen hinterlassen. Ganz anders bei Hermine selbst. Sie war immer schon eine sehr zarte, fast zerbrechliche Frau gewesen. Ihr Mann erzählte, dass sie bei ihrer Hochzeit nur 98 Pfund gewogen habe. Und ihr Schwager titulierte sie sogar als ausgemachtes »Pinzchen«, obwohl sie zwei Monate nach dem Krieg schon ihr drittes Kind geboren hatte. Und darauf war sie auch immer sehr stolz. Doch danach litt sie bis ins hohe Alter immer wieder an einem sehr stark ausgebildeten Reizdarmsyndrom. Diese Krankheit ist nicht direkt lebensbedrohlich, Hermine wurde damit immerhin 87 Jahre alt. Doch das Gefühl der Menschen mit dieser Symptomatik ist, dass sie sich meistens sehr krank fühlen. Hermine unterzog sich vielen Diagnostikverfahren und war jedes Mal sehr enttäuscht, wenn kein direktes organisches Leiden für ihre beklagten Symptome gefunden werden konnte. Ihr Mann tat das ganz einfach damit ab, dass er sagte: »Mutti, du bist eingebildet krank.« Doch das war sie keineswegs, sie machte tatsächlich alle diese Symptome sehr schmerzhaft durch, wie Bauchschmerzen, einen oft krampfartig aufgeblähten Bauch, Magenschleimhautentzündungen – das besonders bei Stress und Aufregungen. Ganz schlimm wurde es, wenn das nach dem Krieg neu aufgebaute Sirenensystem für den Katastrophenschutz mittwochsmorgens um 10.00 Uhr getestet wurde. Das Signal der auf- und abschwellenden Sirenen erinnerte sie jedes Mal an den Fliegeralarm des Zweiten Weltkriegs, bevor die Bomber herangeflogen kamen, als sie hochschwanger mit ihrem Sohn meistens mitten in der Nacht in den Luftschutzkeller rennen mussten. Das war Stress pur. Von da an spielte ihr Bauchgehirn bis zum Lebensende verrückt. Alle Aufregungen fuhren ihr direkt in den Leib.

Neuere Forschungen ergaben, dass bei kaum einem anderen Organ so enge Zusammenhänge zwischen Körper und Psyche bestehen, wie das beim Darm der Fall ist. Ein Nerven-Bauchgehirn haben die meisten Säugetiere. In der Anatomie spricht man auch vom Plexus solaris, dem Solarplexus, einem dichten Geflecht sympathischer und parasympathischer Nerven. Der sogenannte Nervus vagus entstammt dem parasympathischen Anteil und ist der Verbinder zum Gehirn im Kopf. Es soll schon Menschen gegeben haben, die sich diesen Nervenstrang operativ durchtrennen ließen, weil sie im wahrsten Sinne des Wortes ihre »Bauchhirnschmerzen« nicht mehr aushalten konnten. In der Darmwand befinden sich mehr als 100 Millionen Nervenzellen. Diese regulieren die gesamte Verdauung. Die Wissenschaft hat festgestellt, dass diese Neuronen die gleiche Sprache sprechen wie die verwandten Zellen im Gehirn. Ein Großteil des als Serotonin bekannten Glückshormons wird tatsächlich im Darm produziert. Das »Kopf-Hirn« und das »Bauch-Hirn« haben denselben Ursprung und teilen sich im Embryo auf. Die Humanbiologie spricht vom vegetativen Nervensystem, das der selbstständigen Aufrechterhaltung des inneren Gleichgewichts dient. Alle lebenswichtigen Funktionen wie Herzschlag, Atmung, Verdauung und der gesamte Stoffwechsel werden hier kontrolliert und gesteuert, ohne dass das willentlich beeinflusst werden kann. Hermine konnte deshalb ihre Beschwerden nicht selbst steuern. Ihre Bauchnerven hatten durch diesen Krieg viel auszustehen gehabt. Und diese Symptome begleiteten sie ihr ganzes Leben.

Hermines Mann Heinrich

Heinrich Johann Georg wurde am 12. Juli 1903 im Sternzeichen Krebs in Darmstadt geboren, ein Sonntagskind. Er starb am 26. September 1993, kurz nach seinem 90. Geburtstag, zu dem er noch Familie und Freunde zu einem Geburtstagsempfang zu sich nach Hause eingeladen hatte. Er hatte eine nicht so einfache Kindheit und Jugend. Als sein Vater 1915 als Soldat in den Ersten Weltkrieg eingezogen wurde, war er zwölf Jahre alt und besuchte die Mittelschule II in Darmstadt. Im Kriegsjahr 1917 war die achtjährige Schulzeit zu Ende. Besonders schlimm fand er, dass sein Vater nicht bei seiner Konfirmation 1917 in der Bessunger Petruskirche dabei sein konnte. Normalerweise hätte er als ältester Sohn das Handwerk seines Vaters erlernen sollen. Dieser war Tapezier- und Polstermeister mit einer ansehnlichen, großen Werkstatt, in der er auch immer Lehrlinge ausbildete und Gesellen beschäftigte. Besonders stolz war er auf das Schild an seiner Werkstatt »Großherzoglicher Hoflieferant«.

Heinrich wollte kein Handwerker werden und ausgerechnet der Krieg leistete diesem Wunsch Beistand. Durch die Teilnahme seines Vaters am Krieg lagen die Werkstatt und das kleine Ladengeschäft, das seine Mutter Pauline betrieb, weitestgehend still. Er bekniete seinen Vater während eines kurzen Heimaturlaubs 1917, dass er sich in einer weiterführenden Schule, der Ludwigs-Oberrealschule – heute heißt sie Lichtenbergschule –, anmelden durfte. Das war nicht so ganz einfach, schließlich hatte er auf der Mittelschule keine zweite Fremdsprache, nämlich Englisch, gelernt und das war ein Prüfungsfach für die Aufnahme ins Gymnasium. Wenn Heinrich sich aber etwas in den Kopf gesetzt hatte, führte er es meistens auch erfolgreich durch. Der Krieg hatte seine Spuren in Darmstadt hinterlassen, so fand er einen kriegsverletzten Lehrer, bei dem er ein halbes Jahr Englischunterricht nahm und danach tatsächlich die Aufnahmeprüfung in das Gymnasium bestand.

Das damals noch obligatorische Schulgeld musste auch gezahlt werden. Immerhin mussten Monat für Monat acht Reichsmark Schulgeld bezahlt werden. Doch durch den Krieg fehlte es der Familie an allen Ecken und Kanten. Aber auch dieses Problem ließ sich lösen. Zu Beginn unterstützte ihn seine Mutter. Sie verdiente sich ein kleines Einkommen, indem sie möblierte Zimmer an verletzte Soldaten vermietete. Dank seines Fleißes war Heinrich ein außergewöhnlich guter Schüler mit einem Notendurchschnitt »gut« und damit vom Schulgeld befreit. Er hatte eine sogenannte Freistelle.

Als der Vater aus der Gefangenschaft des Ersten Weltkriegs unverletzt und wohlbehalten zurückkehrte, bestand Heinrich gerade die Mittlere Reife, die sogenannte Obersekundareife. Wieder bettelte er bei seinem Vater, weiterhin das Gymnasium besuchen zu dürfen. Schweren Herzens stimmte der Vater zu. Heinrichs Bruder Paul hatte großes Interesse am Handwerk des Vaters und wollte unbedingt in dessen Fußstapfen treten. Heinrich erzählte Hermine immer wieder, wie glücklich er über diese Wendung war. Nun konnte er seinen Plan verwirklichen, das Abitur zu machen und im Anschluss daran wollte er bei Prof. Waldemar Petersen an der Technischen Hochschule in Darmstadt Elektrotechnik studieren.

Im März 1923 war es dann soweit. Mit einer guten Durchschnittsnote im Abitur hatte er sich an der TH beworben und war auch angenommen worden. Seine Sportbegeisterung und die Teilnahme an vielen Turnfesten in ganz Deutschland hatten ihm diesen Weg geebnet. Und das kam so: Petersen war von 1921 bis 1923 Rektor der TH in Darmstadt. In seiner Amtszeit stellte er den ersten hauptamtlichen Sportlehrer der Technischen Hochschule ein, den 25-jährigen Ernst Söllinger. Dieser war sieben Jahre älter als Heinrich und hatte ab 1920 an der Deutschen Hochschule für Leibesübungen in Berlin studiert. Dort hatte er Vertreter der Darmstädter Studentenschaft kennengelernt, die sich um die Einrichtung einer Sportlehrer-Stelle an der TH Darmstadt bemühten. Heinrich und Ernst Söllinger hatten sich bei einem Sportfest in München kennengelernt.

Im März 1923 schloss Söllinger das Studium mit einer Prüfungsarbeit über »Die Bedeutung des Hochschulsports« ab mit dem Grad »Diplomierter Turn- und Sportlehrer«. An der TH Darmstadt förderte er fortan sehr engagiert den Hochschulsport und setzte sich unter anderem für den Bau einer Skihütte oberhalb von Hirschegg im Kleinwalsertal ein, die im Dezember 1929 eingeweiht werden konnte und den Namen Waldemar-Petersen-Haus trug. Zu seinen besonderen Leistungen gehörten der Ausbau des Hochschulstadions an der Lichtwiese und die Organisation der IV. Internationalen Meisterschaften der Studenten im Jahr 1930. Außerdem nahm er erfolgreich an vielen nationalen und internationalen Meisterschaften teil. Heinrich begleitete seinen Freund und Förderer oft. Aufgrund der »prächtig verlaufenen internationalen Meisterschaften der Studenten« verlieh der hessische Staatspräsident Bernhard Adelung im Jahr 1930 Ernst Söllinger die Amtsbezeichnung Direktor. Im Jahr 1931 wurde an der Technischen Hochschule das Institut für Leibesübungen gegründet, dessen Chef Söllinger wurde. Zur gleichen Zeit wurde auch das Hochschulstadion der TH Darmstadt an der Nieder-Ramstädter Straße eröffnet. Es war klar, dass Söllinger als Sportkamerad bei

Prof. Petersen ein gutes Wort für Heinrich einlegt hatte. Schon damals verstand Hermines Mann, immer die richtigen Kontakte fabelhaft zu nutzen.

Leider wurde aus dem lang gehegten Wunsch und dem Plan zu studieren trotzdem nichts. Die Voraussetzungen von Heinrichs Seite waren vorhanden. Zu gerne hätte er ein Universitätsstudium absolviert. Aber sein Vater stoppte ihn. Wenigstens war er damit einverstanden, dass Heinrich nicht wie sein Bruder Paul eine Handwerkslehre machen musste. Es hing ihm sein ganzes Leben nach, dass der Wunsch zu studieren nicht in Erfüllung gehen konnte. Viele seiner Schulkameraden, mit denen er zusammen das Abitur gemacht hatte, begannen ihr Studium. Er hatte mit einigen einen guten Kontakt und beneidete sie. Es hat halt nicht sein sollen. Heinrich fügte sich dem Wunsch seines Vaters und trat nach einem gut bestandenen Abitur an der Ludwigs-Oberrealschule seine Lehrstelle an bei der Bahnbedarf AG in Darmstadt. Die Firma stellte Eisenbahnwaggons, Schienen und Weichen sowie Kleinbahnmaterialen her und reparierte Lokomotiven. Im Jahr 1928 wurde die Dampfkesselfabrik vormals Arthur Rodberg AG mit der Bahnbedarf AG zur Bahnbedarf Rodberg AG verschmolzen.

In Darmstadt gab es viele studentische Burschenschaften. Leider bekam ein Nichtstudent dort keinen Einlass gewährt. Heinrich gründete prompt eine »eigene« Burschenschaft. Er versammelte seine engsten Freunde, von denen kein Einziger ein Akademiker war, erklärte ihnen das tolle Leben der studentischen Burschenschaften und begeisterte sie, einen Verein zu gründen mit ähnlichen Veranstaltungen und Zielen. Jeder ging seinen beruflichen Aufgaben nach, aber das Leben nach der Arbeit kam nicht zu kurz. Man traf sich einmal die Woche zu einem Kneipabend, feierte kleinere und größere Feste, unternahm gemeinsame Ausflüge aufs Land und in die umliegenden Städte. Natürlich unterstützte man sich auch gegenseitig, besprach und löste gemeinsam Probleme. Unbegrenzte Offenheit und die Annahme jeglicher freundschaftlicher Kritik untereinander gehörten zu den Grundstatuten des Vereins. Alle entschieden zusammen, wer in diesen Klub aufgenommen wurde.

Auch ein Name war bald gefunden worden. Bei einem sonntäglichen Ausflug zur Burg Rodenstein im Odenwald in der Nähe von Fränkisch-Crumbach kamen die jungen Männer auf die Idee, ihre Vereinigung »Klub Rodenstein« zu nennen. Klub mit »K«, nach guter deutscher Tradition. Natürlich waren sie kein Haufen von Traurigkeit. Spaß, feiern und vor allem neue Freundschaften knüpfen waren die Hauptmerkmale ihrer Gemeinschaft. Sie verlangten von jedem neuen Mitglied Engagement. Sie schworen sich gegenseitige Toleranz und Rücksichtnahme und jeder musste sich für den anderen und die ganze Gruppe einsetzen, ähnlich den Corps-Studenten in den Verbindungen. Die Aufgaben bestanden in erster Linie darin, Treffen, Ausflüge und Feste zu organisieren. Die ersten Mitglieder waren Heinrich und sein vier Jahre jüngerer Bruder Paul, ihre besten Freunde, die Brüder Fritz und Karl Fey, Kurt Hering, Max Schneidewind und Hans Künzel. Im Laufe der Jahre kamen immer wieder neue Mitglieder hinzu. Der Klub bestand so lange, bis das letzte Mitglied verstorben war. Man wollte zwar immer wieder auch die jüngeren Generationen dazu bewegen, das Werk ihrer Väter traditionell weiterzuführen, doch daraus wurde nichts. Nur ein einziges Klubmitglied, Hans Künzel, kehrte nicht aus dem Zweiten Weltkrieg zurück.

Insbesondere in der schweren Zeit, die praktisch mit dem Inflationsjahr 1923 und der daran anschließenden Währungsreform 1924 mit all ihren schlimmen Folgen begann, war die gegenseitige Unterstützung besonders hilfreich und wertvoll. Die Sparguthaben der Menschen wurden praktisch im Verhältnis eine Billiarde, das entspricht einer eins mit zwölf Nullen, zu eins entwertet. Die Menschen wurden über Nacht sehr arm, viele versuchten noch schnell, ihr Geld in Sachwerte umzutauschen, um nicht alles zu verlieren. Kapitallebensversicherungen, private Rentenversicherungen, Sparbücher, Bausparverträge, festverzinsliche Wertpapiere, Rentenfonds und Firmenanleihen waren und sind nun einmal alles Geldwerte und bei einer Geldentwertung nicht geschützt. Praktisch nur Aktien und Immobilien waren Sachwerte und die waren für viele die Rettung, weil sie sich nach dem Krieg sehr schnell wieder erholten.

Wie schon erzählt, begann Heinrich 1923 sofort nach seinem Abitur eine kaufmännische Lehre bei Bahnbedarf. Schon bald nach seiner Lehre wurde er Abteilungsleiter des Einkaufs für dieses große Unternehmen. Er verdiente damals schon 900 Mark im Monat. Der Durchschnittsverdienst eines Arbeiters lag zu dieser Zeit bei 128,50 Reichsmark im Monat. Heinrich stieg die Karriereleiter beständig steil nach oben. Sein Bruder Paul war im elterlichen Geschäft ebenfalls sehr erfolgreich. Der Wunsch des Vaters war, dass seine beiden Söhne das Geschäft, das er aufgebaut hatte, zusammen übernehmen sollten. Paul war ein sehr angesehener Handwerksmeister geworden und Heinrich ein äußerst erfolgreicher Kaufmann, eine gute, vielversprechende Konstellation, um das väterliche Unternehmen weiter auszubauen. Heinrich gab, wenn auch mit sehr gespaltenen Gefühlen, dem Wunsch des Vaters nach und trat 1935 in das elterliche Geschäft ein. »Ich stand voll und ganz hinter der Entscheidung meines Mannes«, meinte Hermine, »wenn ich sie auch damals nicht verstehen konnte. Mein Schwiegervater konnte meinem Mann nicht mehr dieses enorm gute Gehalt zahlen, das er schon erreicht hatte. Er hatte zwischenzeitlich zur Firma Adler Junior mit Sitz in Frankfurt am Main gewechselt. Und gerade hatte man ihm die Filialleitung der Niederlassung in Berlin angetragen, einen neuen, sehr aussichtsreichen Posten mit einem wirklich sensationellen Gehalt. Er erzählte damals schon allen seinen Freunden von unserem Umzug nach Berlin. Die Firma hatte bereits eine wunderschöne Wohnung für uns bereitgehalten. Alles war durchgeplant und in die Wege geleitet. Wir waren mächtig stolz. Es sollte uns auch etwas ablenken von unserem großen Schmerz und der Trauer, dass wir unseren ersten Sohn im Frühjahr verloren hatten. Es hat nicht sollen sein, sagte Heinrich mit einem wehmütigen Gefühl. Er war sehr traurig, aber er wollte seinen Vater nicht enttäuschen und folgte seinem Ruf. Nun stand er täglich mit einer einzigen Verkäuferin in dem kleinen Bettenladen, den seine Familie in Darmstadt in der Ludwigstraße übernommen hatte. Ich merkte, was für eine große Enttäuschung das für ihn bedeutete, und wusste, dass es in ihm arbeitete, er schmiedete große Pläne, schließlich wollte er schleunigst weiterkommen und etwas aufbauen. Doch das ist eine andere Geschichte, die ich dir, liebe Harriet, vielleicht ein anderes Mal erzählen werde.«

Beide, Hermine und ihr Mann, waren keine politischen Menschen. Sie zogen am Wahlsonntag immer ihre besten Kleider an und erledigten ihre Bürgerpflicht an der Wahlurne. Heinrich sagte seiner Frau, wen sie wählen sollte, und sie machte sich keine weiteren Gedanken darüber. Diskutiert wurde nicht, Hermine war die brave Ehefrau, die ihrem Mann gehorchte. Er meinte, es sich als angesehener selbstständiger Geschäftsmann nicht leisten zu können, einer Partei anzugehören, welcher auch immer.

Trotzdem war er politisch nicht uninteressiert. Ab Ende der 1960er-Jahre besaß die Familie ein Fernsehgerät und Heinrich schaute jeden Sonntag sehr interessiert, während Hermine in der Küche kochte, die Sendung »Internationaler Frühschoppen mit Werner Höfer«. Die Kinder wurden ferngehalten, niemand durfte ihn dabei stören. Journalisten kommentierten und diskutierten aktuelle Tagespolitik. »Dazu gibt es auch noch eine nette kleine Geschichte zum Schmunzeln, Harriet. Das Fernsehgerät stand in unserem Esszimmer. Und genau in diesem Zimmer befand sich auch unser Hochzeitsgeschenk meiner Schwiegereltern: eine voluminöse, riesige, angeblich antike, aus massivem Eichenholz gefertigte Standuhr mit einem mechanischen Pendel und einem klassischen Uhr- und Schlagwerk mit Seilzug. Sie tickte unüberhörbar und schlug jede halbe Stunde. Das war so laut und mächtig, dass es meinen Mann beim Fernsehen störte. Jeden Sonntag also das gleiche Ritual, Heinrich hielt das Pendel an und die Ruhestörung war behoben. Das hatte aber gleichermaßen die Folge, dass die Uhr nach diesem Eingriff in ihr Eigenleben streikte. Meistens musste sie jedes Mal danach mit sehr viel Mühe und Umständen wieder zum Schlagen und Weiterticken gebracht werden. Das löste dann zwischen mir und meinem Mann oft einen kleinen Krach aus.

Der Uhrenkasten war so groß, dass später der ältere Bruder manchmal seinen nervenden kleinen Bruder darin einsperrte. Und das war auch wieder eine Katastrophe, weil ich Angst hatte, dass der Kleine darin ersticken würde.

Mein Mann Heinrich war ein Visionär und lebte seine Träume von einem Unternehmer, der einen Konzern aufbauen wollte. Vom Handwerksbetrieb des Vaters zum Handelshaus und großen Industrieunternehmen. Mit seinem grenzenlosen, vielleicht auch nicht immer realistischen Optimismus und seinem stets unruhigen, ungeduldigen Aktivitätszwang und Tatendrang setzte er viele seiner Ideen um. Und er hatte immer das notwendige Quäntchen Glück, das ihm meistens Erfolg einbrachte. Tief in meinem Innern bewunderte ich ihn, hätte das aber nie vor ihm zugegeben. Manchmal, vielleicht viel zu selten, hätte ich mir etwas mehr Rücksichtnahme von ihm für mich und auch für die

Kinder gewünscht. Wie oft sehnte ich mich, wenigstens einmal in die Arme genommen zu werden, nach mehr Zuwendung, Verständnis und Liebe. Ich war mir trotz allem sicher, dass er mich liebte, warum fiel es ihm bloß so schwer, es zu zeigen? Und ich kann mich nicht daran erinnern, dass er jemals die drei Worte, die jede Frau und bestimmt auch jeder Mann am liebsten von ihrem Partner oder seiner Partnerin hören möchte, sagte: Ich liebe dich. Meine Liebe zu ihm war bestimmt von einer großen Spannweite von totaler Unterlegenheit bis zum absoluten Geborgensein.«

Harriet fragte: »Hermine, kannst du dir überhaupt nicht vorstellen, wie diese sogenannten Rollenklischees entstehen? Ein echter Mann hat keine Schwäche zu zeigen. Vielleicht wollten die Eltern und explizit der Vater ihn zu einem starken Menschen erziehen. Und das war damals sehr verbreitet, bedingt auch durch das Kriegsgeschehen: Das Überleben war an Stärke gebunden. Die Eltern wollten damit ihren Kindern etwas Gutes tun. Sie waren selbst in dieses Bild verstrickt und konnten einfach nicht anders. Und du weißt, wer sich selbst keine Schwäche zugestehen kann, für den stellen auch Gefühle eine Schwäche dar, die es zu vermeiden gilt. Wer von früh auf von seinen Eltern dazu erzogen wurde, ist darauf konditioniert worden, keinerlei Gefühle zu zeigen.

Eine solche Konditionierung hat diesen Menschen so stark geprägt, dass er kaum in der Lage ist, sie wieder zu verlernen oder zu löschen, wie es in der Verhaltenspsychologie heißt. Gefühle zu zeigen, ist ganz tief im inneren angelegt und leider durch die rigiden Erziehungsmethoden verschüttet worden. Diese Menschen werden von anderen, also auch von dir, als äußerst stark und belastbar angesehen und wahrgenommen. Sie selbst können kaum Emotionen zeigen, geschweige denn sie ausdrücken. Sie sind der Größte und Stärkste und, wie du von deinem Mann sagst, alle anderen sind für solche Menschen Angsthasen. Eigentlich ist dieses Verhalten Ausdruck von Schwäche und daraus ist die mangelnde Empathie entstanden.«

»Ja, Harriet, er suchte die Fehler nie bei sich selbst, immer waren die anderen die Versager oder die Nichtskönner. Menschen, die er nicht leiden konnte oder mit denen er nicht zurechtkam, wurden so tituliert. Doch er differenzierte hier sehr genau und es gab zu diesem Begriff auch einen zweiten. Unsere Kinder wurden von ihm als Angstsschisser bezeichnet, wenn sie sich etwas nicht getrauten oder partout nicht im Schwimmbad vom Fünfer springen wollten. Auch war mein Mann immer felsenfest davon überzeugt, reich und wohlhabend zu sein. Er fühlte sich so und das war auch gar nicht so schlecht. Ich fragte mich immer, ob diese Einstellung eine besondere Form von Größenwahn oder nur Wunschvorstellung war.

Reich oder arm sind sehr subjektive Begriffe. Vielleicht täte es dem einen oder anderen viel besser, sich reich zu fühlen, statt ständig zu jammern und nie genug zu haben. Dabei verschwendete Heinrich kein Geld, sondern war eher sehr sparsam, wenn nicht sogar knauserig. Als unser ältester Sohn mit 44 Jahren insolvent wurde und als frühzeitig ermatteter Mann alles verloren hatte, war es leider auch zu Ende mit Heinrichs, sagen wir einmal, gefühlten und auch dem tatsächlichen Reichtum. Er hatte unserem Sohn vertraut und mit seinem gesamten Vermögen für ihn gebürgt. Zugegeben, das ist wohl auch eine ganz besondere, eine vielleicht sogar bewundernswerte Einstellung, wenn ein Vater seinem Sohn uneingeschränkt vertraut und sein gesamtes Vermögen für ihn haften lässt. Aber vielleicht sah er das auch als sein eigenes Versagen an und wollte nach außen bloß keine Schwäche sichtbar werden lassen und auch hier wieder den starken Mann zeigen. Er konnte ihm leider nicht mehr helfen, das Vermögen war weg. Vielleicht wäre alles anders gekommen, wenn er seinen ältesten Sohn hätte Pfarrer werden lassen, so wie er es immer wollte.«

Hermines Mann war niemals krank. Bis ins hohe Alter strotzte er voller Unternehmungsgeist, fuhr Fahrrad, wanderte gern, ging wöchentlich einmal in die Sauna und ernährte sich sehr bewusst. Er achtete sehr auf sich und seinen Körper. Für ihn gab es nur entweder gesund oder krank. Die aktuelle Weltgesundheitsorganisation definiert das so: Gesundheit ist die Abwesenheit von Krankheit. Das scheint er übernommen zu haben. Wenn er wirklich einmal eine Erkältung hatte, und das kam äußerst selten vor, wandte er seine eigene, selbst entwickelte Rosskur an. Er blieb im Bett und Hermine musste einen Berg Zudecken auf ihn legen. Dann trank er Unmengen heißen Lindenblütentee. Wenige Minuten später hörte man ihn laut schnarchen. Nach spätestens zwei Stunden stand er schweißnass auf, wusch sich mit eiskaltem Wasser ab, zog sich an und ging wieder in das Geschäft, gerade so, als ob nichts gewesen wäre.

Er liebte solche Rosskuren und war sehr stolz darauf. Tatsächlich waren seine Erkältungen danach immer wie weggeblasen. Heinrich plante alles generalstabsmäßig, sogar seine Krankheiten. Hermine erzählte Harriet von ihrem Hausarzt, der immer wieder davon begeistert war und feststellte, dass nur ein äußerst herzgesunder Mensch solche Extremkuren durchstehen könne. Krankheiten stellten für »diesen Mann« so etwas wie eine Bestrafung dar und Hermine, aber auch seine Kinder, waren grundsätzlich selbst daran schuld, wenn sie krank wurden. Entweder waren sie zu dick oder zu dünn angezogen, waren mit frisch gewaschenen Haaren und nassem Kopf draußen, hatten sich einen Zug geholt oder irgendetwas pexiert, etwas angestellt, oder sonst eine Dummheit gemacht, wie er das nannte. »Man ist an allem selbst schuld«, das war seine grundsätzliche Einstellung zu allen Problemen. Besonders ernst wurde es, wenn er mit strenger Miene anhob zu einem seiner beliebtesten Sprüche: »Ich gebe dir einmal einen guten Rat.« Er duldete selten Widerspruch, aber jetzt musste man aufpassen, dass er nicht ärgerlich wurde. Er war zwar nie nachtragend, aber er konnte auch ganz schön laut werden. Das passierte äußerst selten. Die meisten Menschen in seinem Umkreis kannten ihn und wussten ihn zu nehmen, wie er war.

Väter kümmerten sich früher nicht um die Kinder, das war ganz allein die Aufgabe der Frau. Und diese sah ihre Erfüllung im Eheglück und in der Mutterschaft. Heinrich war eine »gute« Partie und er war stolz auf den Kindersegen. Wer viele Münder stopfen konnte, hatte es geschafft und war gesellschaftlich angesehen. Das Familienoberhaupt entschied, ob die Frau einen Beruf ausüben und sogar darüber, ob sie ein eigenes Bankkonto haben durfte. Im Bürgerlichen Gesetzbuch wurde das Gesetz erst 1977 geändert, das vorgeschrieben hatte, dass der Ehemann ausdrücklich und schriftlich seine Zustimmung geben musste, wenn seine Ehefrau einem Beruf nachgehen wollte. Noch bis 1962 durfte die Ehefrau ohne Zustimmung ihres Ehemanns kein eigenes Bankkonto unterhalten.

Erst kurz vor seinem Ableben, nur wenige Monate davor, verließen ihn die Kräfte. Er lag dann meistens mit geschlossenen Augen auf dem Sofa. Wenn ihn jemand besuchte und fragte, wie es ihm denn ginge, öffnete er kurz die Augen und es kam immer die gleiche Antwort: »Beschissen. Ja, so ist es nun mal, wenn einen die Kraft verlässt.«

»Harriet, glaubst du, dass es für einen solch starken Mann, der er sein ganzes Leben war, schwer gewesen sein musste, die körperliche Degeneration mit geistig klarem Kopf mitzubekommen?« Harriet antwortete: »Ein Mensch, wie du deinen Mann geschildert hast, kann sich mit dieser Situation, dass er überhaupt nichts mehr für sich selbst tun kann, nur sehr schwer abfinden. Er wird resigniert haben.

Sein ganzes Leben war bestimmt von einem starken Durchhalten, alles zu planen und durchzuführen, immer das Heft in der Hand zu behalten und damit schwierigste Situationen zu durchstehen, und nun war er hilflos geworden und auf die Hilfe anderer angewiesen. Wie schrecklich muss das für ihn gewesen sein.«

Der Umzug in das eigene Haus

Gestern habe ich sehr ausführlich von meinem Mann erzählt. Von einem sehr bedeutenden Einschnitt in meinem Leben, für den ich meinem Mann am meisten dankbar bin, möchte ich dir heute einmal erzählen, Harriet. Bist du damit einverstanden?« »Na klar«, brummelte sie. »Du weißt doch, dass ich dir gern zuhöre, und wenn du mir noch erlaubst, dass ich das eine oder andere kommentiere, tue ich es noch lieber.«

»Harriet, ich bin in meinem ganzen Leben nur vier Mal umgezogen. Mit meinen Eltern vom Donnersbergring in die Riedeselstraße, von dort mit meinem Mann in unsere erste gemeinsame Wohnung in die Sandbergstraße. Als sich unser erster Sohn 1935 ankündigte, hatten wir glücklicherweise die Gelegenheit, im gleichen Haus in eine größere Wohnung mit vier Zimmer umzuziehen. Doch das hatte ich schon erzählt. Nachdem Heinrich sehr gut verdiente, konnten wir uns die größere Wohnung leisten. Und nach dem Zweiten Weltkrieg war dann der alles verändernde Umzug in die Uhlandstraße. Mein letzter Umzug, in diesem Haus habe ich bis zu meinem Tod gelebt. In der Woche vor dem Totensonntag 1950 war der große Moment. Von unserer Wohnung in der Sandbergstraße, wo wir seit der Ausbombung meiner Eltern gemeinsam mit ihnen gelebt hatten, zogen wir in unser eigenes neues Haus in die Uhlandstraße, direkt hinter dem Bessunger Friedhof. Die hervorragende Entwicklung unseres Familienunternehmens gleich nach dem Krieg machte das möglich. Außerdem wurde die Wohnung mit den drei Generationen dann doch etwas eng, obwohl mittlerweile die vom Wohnungsamt zwangseinquartierten Flüchtlinge, die wir übrigens sehr lieb gewonnen hatten, wieder ausgezogen waren. Der Mann arbeitete mittlerweile in unserer Firma und seine Frau half mir noch viele Jahre im neuen Haus.

Eine alte Binsenweisheit besagt, dass es nicht so förderlich ist, wenn Alt und Jung so dicht beieinander leben. Aber es hatte auch nicht zu unterschätzende Vorteile, meine Mutter war mit ihren 69 Jahren noch sehr rüstig und half mir sehr viel. Sie kümmerte sich um unsere beiden Kinder. Meine Eltern blieben in ›unserer‹ schönen alten Wohnung, sie konnten sich jetzt endlich etwas mehr ausbreiten. Sie vermieteten trotzdem gleich ein Zimmer weiter. Die Wohnungsnot nach dem Krieg war immer noch sehr groß und ein junges Ehepaar aus Oberschlesien freute sich, bei den beiden Oldies zu wohnen. Mein Vater war 74 Jahre alt und ging noch jeden Tag bei der Firma Eisen-Rieg seiner Arbeit nach. Das hatte ich schon erzählt. Er arbeitete bis zu seinem 80. Lebensjahr.

Unsere neue Adresse Uhlandstraße befindet sich im sogenannten Tintenviertel, auch Neu-Jerusalem genannt, am östlichen Ende der Seekatzstraße. Dort liegt auch der jüdische Friedhof von Darmstadt. Am Rande des Stadtteils Bessungen hatten sich zu Beginn des 20. Jahrhunderts insbesondere Lehrer, Professoren, Dichter und Denker, mit Tinte schreibende und arbeitende Menschen, in einem neu entstandenen Wohngebiet angesiedelt und sich schöne Ein- und Zweifamilienhäuser bauen lassen. Die Straße direkt entlang der östlichen Friedhofsmaurer wurde nach dem Dichter, Juristen und Politiker Ludwig Uhland genannt. Eine ganz kleine verwunschene Straße mit einem breiten Grünstreifen direkt an der Friedhofsmauerseite. Entlang der Mauer war eine Reihe Birken gepflanzt worden, damit man von den Balkonen der neuen Häuser nicht so direkt auf den Friedhof sehen musste. Die südliche Querstraße dazu wurde Küchlerstraße getauft nach dem berühmten Augenarzt Heinrich Georg Küchler. Er gehörte zu den Pionieren der Augenheilkunde seiner Zeit und wurde insbesondere bekannt durch seine ersten Grauer-Star-Operationen, die er in Darmstadt durchführte. Das Quadrat wurde auf der östlichen Seite begrenzt von der Büchnerstraße, nicht benannt nach dem großen Dichter Georg Büchner, sondern nach seinem Bruder Ludwig Büchner, der in Darmstadt bekannt wurde als Arzt, Philosoph und Politiker. Von der Büchnerstraße konnte man das Viereck beschließen mit der in westöstlicher Richtung führenden Seekatzstraße nach dem berühmten Darmstädter Maler Johann Conrad Seekatz, dessen Werke sich heute zum Teil im Besitz der Darmstädter Kunstmäzene Gisa und Hans-Joachim Sander befinden.

Übrigens wurde die Uhlandstraße in den 1960er-Jahren umbenannt in Wilhelm-Michel-Straße wegen der Verwechslungen mit der gleichnamigen Straße in Eberstadt. Das fanden damals alle in unserer Straße als sehr ungerecht. Man hätte schließlich auch die Eberstädter Uhlandstraße umbenennen können, zumal der südliche Vorort erst im Jahre 1937 Darmstadt eingemeindet wurde. Wilhelm Michel war ein weitgehend unbedeutender deutscher Schriftsteller, der in Metz geboren und im Krieg in Darmstadt umgekommen war. Nie haben wir etwas darüber erfahren, warum gerade ihm ein Denkmal gesetzt wurde.

Ich weiß noch sehr genau, dass ich mich einerseits freute auf unser neues eigenes Haus mit dem großen Garten, aber auch ganz schön traurig war, meine vertraute Umgebung verlassen zu müssen. Zuerst vermisste ich unsere Nachbarn von der Sandbergstraße doch sehr. Viel Spaß hatten wir immer mit Familie Diehl, die gegenüber von uns wohnte und neun Kinder hatte – eine so fröhliche und unkomplizierte Familie, an der ich mir oft ein Beispiel nahm, wenn es bei mir einmal nicht so gut lief. Auch unsere Hauswirtsleute

Herr und Frau Rettig, die selbst keine Kinder hatten, fehlten mir. In Frau Rettig hatte ich eine liebenswerte, wunderbare ältere Dame, die mir zuhörte, der ich oft meine Sorgen erzählen konnte.

Das Trümmergrundstück in der Uhlandstraße mit dem durch die Bomben zerstörten Haus konnten wir damals nur deshalb erwerben, weil die Eigentümer, ein pensioniertes Lehrerehepaar Haster, zwar den Krieg überlebt hatten, aber wegen ihres Alters sich nicht mehr in der Lage sahen, ihr ausgebombtes Haus wieder aufzubauen. Zum einen hatten sie alles verloren im Krieg und auf der anderen Seite war ihnen das Haus im fortgeschrittenen Alter zu groß geworden. Sie zogen in eine kleinere Wohnung in der Nähe.

Ursprünglich war es ein Einfamilienhaus gewesen. Mein Mann beauftragte den in Darmstadt sehr renommierten und bekannten Architekten Peter Müller mit der Planung eines Zweifamilienhauses. Im Erdgeschoss wollten wir die Wohnung vermieten, um damit einen Teil der Zinsen für den Baukredit bezahlen zu können. Der Architekt plante, das ursprünglich innen liegende Treppenhaus herauszunehmen und in einem Anbau an der Nordseite des Hauses wieder anzufügen. Somit wurde das ehemalige Einfamilienhaus zum Zweifamilienhaus. Da die Mauern des Hauses noch bis über das erste Stockwerk hinaus den Bombenangriff überlebt hatten und es möglichst originalgetreu im Stil, wie es einmal gewesen war, wieder aufgebaut werden sollte, musste dem benachbarten Schullehrer Jakob Reck – er war in der Mittelschule einer meiner Lehrer gewesen – über die gesamte Tiefe des Grundstücks ein Streifen von ungefähr drei Metern Breite abgekauft werden. Dessen Haus war übrigens unversehrt und hatte nichts abbekommen. Mein Mann einigte sich mit ihm schnell auf den Kaufpreis und schon stand der gewonnene Platz für den Treppenhausanbau zur Verfügung. Im Erdgeschoss entstand eine separate, komfortable Dreizimmerwohnung mit Küche, Bad, WC und einem sonnendurchflutenden Wintergarten zur Westseite. Für diese Wohnung in bester Villenlage war schnell ein Mieter gefunden. Professor Dr. Rudolf Völkel, Geografielehrer am humanistischen Ludwig-Georg-Gymnasium in Darmstadt, zog mit seiner Frau Marie kurz vor uns im Spätherbst 1950 ein. Sie wohnten dort fast 17 Jahre bis zum Frühjahr 1967. Wir hatten ein harmonisches Verhältnis untereinander und waren froh, so gute Mieter gefunden zu haben.

Im ersten und zweiten Stock war unsere Wohnung. Wir hatten eine große Diele mit Wohn- und Esszimmer, Küche, Garderobe und Gästetoilette. Jeweils von der Küche und vom Wohnzimmer führte eine Tür auf den Balkon. Dort hatten wir einen großen Tisch mit Stühlen. Hier aß die Familie im Sommer zu Mittag und zu Abend. Wenn die Sonne im Hochsommer allzu heiß brannte, gab es noch einen Schattenplatz im Garten an der Hausecke unter dem Blätterdach einer riesigen Birke. Vom Balkon konnte man direkt auf den Bessunger Friedhof schauen. Das war ehrlich gesagt schon ein bisschen gewöhnungsbedürftig. Besonders meine Mutter fand das ganz schrecklich, wenn sie uns besuchen kam.

Von der Diele im ersten Stock führte eine wunderschöne, innenarchitektonisch außergewöhnlich gut gestaltete, geschwungene massive Eichenholztreppe in das zweite Obergeschoss. Sie stammte von Heinrichs bestem Freund, dem Bessunger Schreiner Valentin Müller aus der Sandbergstraße. In der großen Wohndiele hatte Valentin auch eine gelungene Eckbank aus massivem Eichenholz eingebaut. Davor stand ein massiver großer Esstisch, an dem fortan die Familie zu den Mahlzeiten zusammensaß. Endlich hatte ich auch ein großes Fenster zur Nordseite mit einer breiten Marmorfensterbank, auf der ich viele Zimmerpflanzen unterbringen konnte. Ganz besonders liebten diesen Platz auch meine

Azaleen und Alpenveilchen, die jedes Jahr pünktlich um die Zeit meines Geburtstags zu blühen anfingen.

Den Umzug in das neue Haus hatte auch meine heiß geliebte Kapländische Zimmerlinde gut überstanden, sie schien ihren neuen Standort direkt vor dem großen Nordfenster sehr gut zu vertragen. Diese inzwischen raumhoch gewordene Pflanze stammt aus der Familie der Malvengewächse, die ausschließlich in Südafrika beheimatet ist. Unsere Besucher haben mich regelmäßig um diesen wunderschönen großen Baum beneidet. Mein Mann hatte es nicht so besonders mit Pflanzen. Das Einzige, was er in dieser Hinsicht als seine Aufgabe sah, war, unseren gekiesten Weg von der Gartentür bis zur Haustür von Unkraut frei zu halten.

Ich liebte unseren großen Garten. Wie schon in der Sandbergstraße hatte ich ein großes Beet anlegen lassen, in das ich jedes Jahr alle Gartenkräuter, Salat- und Tomatenpflanzen selbst pflanzte. Es gab auch einige große Blumenrabatten. Es war für mich immer etwas Besonderes, bei Einladungen Blumen aus dem eigenen Garten mitzubringen. Darauf war ich sehr stolz. Oben befanden sich das Elternschlafzimmer, das Kinderzimmer und das Dienstmädchenzimmer. Gemütliche kleine Dachstuben mit Schrägen und kleinen Fenstern. Ja, da staunst du, meine liebe Harriet, mein Ehemann hatte mir damals ein Dienstmädchen erlaubt. Dass er so großzügig war, hatte einen ganz konkreten Grund. Bei mir kündigte sich, wie du weißt, wieder Nachwuchs an. Außerdem bekamen die jungen Mädels nur ein kleines Taschengeld bei freier Kost und Logis.

Endlich hatten wir ein hochmodernes Badezimmer mit einem komfortablen Gasbadeofen und einer separaten Toilette. Der Gasdurchlauferhitzer sorgte für fließend warmes Wasser. Das waren schon moderne Errungenschaften und ein ungewohnter Luxus für uns alle. In der alten Wohnung war der Badeofen noch mit Holz und Kohlen einmal die

Woche samstags angeheizt worden, dann hatte die ganze Familie – oft in ein und derselben Wannenfüllung – gebadet. Jetzt waren in allen Zimmern Heizkörper der Zentralheizung und aus allen Wasserhähnen lief immer warmes Wasser. Das war schon ein großer Luxus für uns und die damalige Zeit.

Kurz vor dem Totensonntag 1950, dem 19. November, sind wir also in das neue Haus eingezogen. Im Frühjahr 1951 wurde der Garten vom akademischen Gärtner Hilsdorf aus der Herderstraße angelegt. Das war ein studierter Gartenbauarchitekt, deshalb nannten wir ihn den akademischen Gärtner. Ich weiß es noch, als sei es gestern gewesen. Der Garten sollte vor Ostern fertig angelegt und bepflanzt sein. Das war in jenem Jahr Ende März. Hilsdorf hatte viele Büsche und Bäume gepflanzt – rechtzeitig plangemäß bis Gründonnerstag. Zu Ostersonntag hatten wir die komplette Verwandtschaft eingeladen und bis dahin sollte alles fein sein.

Doch welch ein Schreck, als wir am Karfreitagmorgen aufwachten! In der Nacht hatte es leicht geschneit. Alle Neuanpflanzungen waren verschwunden. Herausgerissen und einfach weg. Im Schnee konnte man noch die Fußspuren der Diebe sehen. Heinrich rief sofort am heiligen Feiertag bei Gärtner Hilsdorf an und berichtete ihm. Schnell war auch schon die Polizei da und nahm verschiedene Spuren auf. Doch niemals kam etwas heraus. Ein paar Wochen später wurden alle Bäume ein zweites Mal gesetzt und dieses Mal ganz besonders aufwendig an Pfählen festgebunden. Du kannst dir vorstellen, dass wir einige schlaflose Nächte hatten, wobei wir öfters aus dem Fenster lugten. Wir hatten auch noch sehr lange ein sehr ungutes Gefühl. Diebe waren bei uns eingedrungen, auch wenn sie nur bis in den Garten gekommen waren. Immer bangte ich deswegen und ich hoffte, dass sie niemals ins Haus kommen würden.

Mit dem neuen Anwesen gehörte unsere Familie jetzt zur

gehobenen Mittelschicht, man könnte auch wegen der vielen Lehrer und Professoren sagen zum Bildungsbürgertum, das sich in diesem Viertel seit Beginn des 20. Jahrhunderts dort in vornehmen Häusern niedergelassen hatte. Schon damals begann mein Heinrich immer von unserem ›Firmen-Konzern‹ zu schwärmen, zu dem mehrere Firmen gehörten, die er zusammen mit seinem Bruder Paul in dritter Generation aus dem ehemaligen Handwerksbetrieb des Großvaters entwickelt und aufgebaut hatte und die alle nach dem Krieg einen rasanten Höhenflug erlebten. Wir waren wer und fühlten uns dennoch nicht so. Wochentags gab es weiter jeden Morgen unseren guten Muckefuck, den berühmten Lindes-Kaffee aus der blau gepunkteten Packung, und nur sonntags gab es Bohnenkaffee. Mein Heinrich hatte es beim Frühstück immer besonders eilig, so wie er es eigentlich immer recht eilig hatte, und schüttete seinen zu heißen Kaffee aus der Tasse in die Untertasse, damit er abkühlte, woraus er ihn dann schlürfte.

Wir lebten bescheiden, aßen nur sonntags Fleisch und werktags wollte Heinrich immer nach dem gleichen Ritus an jedem Wochentag immer sein gleiches, gewohntes Essen. Er kam mittags pünktlich um ein Uhr nach Hause und da musste die Suppe bereits dampfend auf dem Tisch stehen. Wehe, wenn nicht. Und Suppe musste es vor jedem Essen geben. Montags gab es Reste vom Sonntag, Dienstag war der Reisbreitag, mittwochs gab es Nudeln mit Haschee, donnerstags musste es Bratwurst vom Metzger Kraft aus Bessungen geben, freitags Fisch und samstags im Sommer Pellkartoffeln mit Quark und im Winter eine dicke Bohnen-, Erbsen- oder Linsensuppe. Die gemeinsamen Mittagessen waren oft auch eine Qual für unsere Buben – etwa wenn wieder einmal einer kleinlaut gestand, in einer Arbeit eine fünf geschrieben zu haben. Heinrich bekam furchtbar schlechte Laune und schimpfte sie aus, dass sie, wenn sie so weitermachten, als Müllkastenleerer oder Straßenkehrer ihr Leben fristen müssten. Eine noch schlimmere Strafe war, wenn er ihnen ankündigte, dass er im Geschäft noch einen Hausburschen bräuchte und sie ja nach der achten Klasse die Schule verlassen könnten. Da waren Taschengeldentzug, das sowieso immer zu wenig war, und Hausarrest eher die harmloseren Strafen.

Abends kam Heinrich Punkt halb sieben vom Geschäft nach Hause. Das waren noch die Zeiten, als die Einzelhandelsgeschäfte morgens um acht Uhr öffneten und abends um sechs Uhr schlossen. Unser Geschäft gehörte zu den fortschrittlicheren, die über Mittag geöffnet hatten. Die meisten anderen Läden hatten von 12.30 bis 14.30 Uhr geschlossen.

Kaum war Heinrich zu Hause, gab es Abendessen und um Punkt sieben Uhr mit dem Gong des Hessischen Rundfunks saß er im Wohnzimmer, gewöhnlich im Sessel neben dem Nähtischchen, auf dem unser neues Blaupunkt-Radio stand, und hörte die Nachrichten. Oft saß ich mit dabei, meistens mit einem Strumpf über der Stopfkugel, und stopfte die Löcher in den Strümpfen meiner großen Familie. So war der Ritus Abend für Abend. Wenn ich mit meinem Mann mal etwas reden wollte, vertröstete er mich, er hätte keine Zeit und außerdem wollte er die neuesten Nachrichten hören.

Beinahe jeden Abend hatte er es dann wieder sehr eilig, wegzukommen. Es war immer etwas anderes. Vorstandssitzungen bei den Bessunger Turnern, bei der Industrie- und Handelskammer oder beim Einzelhandelsverband. Heinrich brauchte diese Anerkennungen in seinen vielen Ehrenämtern. Und er war auch sehr stolz darauf. Er verhalf dabei zum Beispiel dem Bessunger Turnverein zu dessen Turnhalle. Zusammen mit seinem Freund Valentin Müller organisierte er den Wiederaufbau nach dem Krieg und das war eine Mordsleistung. Freitagabends kegelte er in dieser

Bessunger Turnhalle und samstagabends war sein Skatabend in jeweils wechselnden Bessunger Gastwirtschaften.

Aber wir gaben im neuen Haus auch große Feste. Da ließ sich Heinrich nicht lumpen. Unvergessen war unser großes Fastnachtsfest am Karnevalssamstag 1952 mit allen Brüdern und Schwestern des Klubs Rodenstein. Schon Tage zuvor hatten die Schaufensterdekorateure unseres Geschäfts die ganze Wohnung närrisch geschmückt. Girlanden hingen in allen Zimmern von den Decken. Überall Konfetti und Luftschlangen dazwischen. In der Diele waren alle Möbel weggeräumt, damit genug Platz zum Tanzen war. Alle Gäste trugen sehr fantasievolle Faschingskostüme, besonders die Frauen hatten sich sehr viel Mühe gegeben und ihre kreativen Verkleidungen fast alle selbst geschneidert. Vielleicht ein wenig zu schrill und sexy? Einige trugen Masken und Perücken und waren auch sehr auffällig geschminkt, vielleicht schon etwas zu herausfordernd, wie Heinrich meinte. Aber auch die Männer waren von ihren Frauen sehr originell und geschmackvoll zurecht gemacht worden. Es schien, als ob wir alle mit dem besonders ausgelassenen und fröhlichen Feiern alles nachholen wollte, was wir durch die Kriegsjahre an Lebensfreude eingebüßt hatten. Der Krieg hat uns während unseres besten Alters unser kostbares Leben einfach so weggenommen. Wir hatten so viel nachzuholen und wollten fröhlich und ausgelassen endlich alles genießen.

Im Esszimmer wurde das Kulinarische dargeboten. Alle Frauen hatten leckere Salate und Platten mitgebracht. Die Musik kam aus dem Radio, das an diesem Tag besondere Musikprogramme mit Fastnachtsliedern sendete. Der beste Freund von Heinrich, Fritz Fey, saß oft am Klavier und alle sangen, tanzten und schunkelten. Eine tolle Stimmung! Zur Sicherheit hatten wir unsere Mieter im Erdgeschoss und die Nachbarn von den Häusern links und rechts neben uns gleich miteingeladen. Dieses grandiose Fest ging bis in den frühen Morgen.

Unser jüngster Sohn, gerade ein halbes Jahr alt, schlief die ganze Nacht seelenruhig und bekam Gott sei Dank nichts mit. Erst am Morgen um sieben Uhr meldete er sich, ich hatte doch tatsächlich vergessen, ihm sein Fläschchen zu geben. Gerade waren die letzten Gäste gegangen und es kehrte Stille ein.«

Der kälteste »Jahrhundertwinter«

Dieser Umzug in das neue Haus war für Hermine schon ein gewaltiger Einschnitt in ihr bisheriges Leben. Von einer Etagenwohnung im zweiten Stock eines in die Jahre gekommenen und nicht sehr komfortablen Mehrfamilienhauses in Bessungen, einer nicht so vornehmen Wohngegend, in eine neue Wohnung auf zwei Ebenen mit einem großen Garten in einer kleinen Anliegerstraße im feinsten Viertel der Stadt. Sie musste sich erst daran gewöhnen und das brauchte bei ihr immer eine gewisse Zeit. Sie war im Prinzip in dieser Hinsicht ein durch und durch zufriedener, bescheidener Mensch und konnte mit dem neuen Luxus noch nicht so schnell umgehen. Doch sie dachte sich, es würde schon werden und an etwas Positives könnte man sich schneller erfreuen als umgekehrt.

Schon bald kam ihr viertes Kind auf die Welt und das krempelte das ganze Leben der Familie wieder gewaltig um. Auf einmal waren drei Kinder da, und das mit großem Altersunterschied. Der Älteste war schon 15 und der Mittlere sechs Jahre alt, als der Jüngste geboren wurde. Ersterer hatte gewaltige Schulprobleme und stand mitten in der Pubertät. Sein jüngerer Bruder war Ostern 1951 in der Bessunger Knabenschule gerade eingeschult worden. Die Jahre gingen verflixt schnell dahin.

Ein ganz besonderes Jahr war 1956. Am Samstag, dem 4. Februar 1956 war in Darmstadt sibirische Kälte. Schon Tage davor hatte sich ein Witterungswechsel angekündigt. Die Temperaturen waren weit unter die Null-Grad-Grenze abgestürzt. In Frankfurt war der Main zugefroren. Hermine erinnerte sich, dass schon einmal in dem Jahr, als sie sich mit Heinrich verlobt hatte, der Main zwischen dem 14. Februar und dem 4. März 1929 ebenfalls total zugefroren war. Glühweinstände und Karussells mitten auf dem Fluss hatten die Menschen angelockt. Sie waren damals auch nach Frankfurt gefahren, um sich das seltene Spektakel anzusehen, obwohl die Fahrt mit der Deutschen Bundesbahn nicht so problemlos geklappt hatte. Heinrich kannte sich mit dem Zugfahren aus, weil er oft in Frankfurt beruflich zu tun hatte.

Am Sonntag, dem 5. Februar 1956 war ein Ausflug nach Frankfurt geplant. Der Zug kam von Mannheim mit einer ziemlichen Verspätung. Am nächsten Tag konnte man im »Darmstädter Tagblatt« lesen, dass Bundesverkehrsminister Hans-Christoph Seebohm im Bundestag die außergewöhnlichen Verspätungen der Bahn mit der großen Kälte entschuldigte. Die technischen Einrichtungen der Bahn seien auf maximal minus 15 Grad eingerichtet.

Zu Hause in der Uhlandstraße stand das Thermometer tagelang auf unter minus 25 Grad. Auf dem Feldberg im Taunus wurden sensationelle minus 30,7 Grad gemessen. Wie gut, dass sie im neuen Haus eine gut funktionierende Zentralheizung hatten. Heinrich stöhnte zwar, dass die Vorräte für diese Temperaturen niemals bis zum Frühjahr ausreichen und er bald Koks nachbestellen müsste. Tagelang ließ Hermine die Kinder nicht im Freien spielen. Sie war sehr ängstlich und meinte, das täte den Kindern nicht gut. Im Treppenhaus und am Nordfenster in der Diele waren morgens wunderschöne Eisblumen am Glas. Man war zu diesen Zeiten noch sehr sparsam und ließ gewöhnlich die Koksheizung nachts ausgehen. Doch das funktionierte jetzt nicht mehr. Es musste auch nachts durchgeheizt werden.

»Harriet, ich muss dir unbedingt von Onkel Walter erzählen. Er hieß eigentlich Heinrich Walter, war der Bruder von Heinrichs Mutter und wurde von allen nur der Baron genannt. Er spielte in unserem Familienleben und insbesondere für mich im neuen Haus in der Uhlandstraße eine nicht unerhebliche Rolle. Onkel Walter war, wie sein Vater Konrad, Schuhmachermeister und hatte seine Werkstatt in der Ludwigshöhstraße 7. Seine Frau war vor ihm gestorben und es tat uns sehr leid, dass er im hohen Alter allein war. Wir haben ihn jeden Sonntag zum Mittagessen eingeladen. Das war für ihn jedes Mal ein Fest.

Er kam immer bestens gekleidet mit seinem schwarzen Anzug mit Weste, in deren Tasche seine goldene Uhr steckte, die an einer Kette befestigt war. Selbstverständlich war der vornehme alte Herr mit einem ›Vatermörder‹ bekleidet. Das war ein sehr steifer, vorne offener, recht hoher Stehkragen des Oberhemdes, ein Utensil aus der Zeit des Biedermeiers. Er konnte das gut tragen als hagerer Mann mit einem schmalen langen Hals und einem kantigen Gesicht. Für ihn gehörte es sich, dass er als ein feiner älterer Herr alter Schule seinen Sonntagsanzug damit schmückte. Mit seinem goldenen Nasenkneifer, er nannte ihn vornehm französisch Lorgnon, einer Lesehilfe mit einem goldenen Griff, sah er sehr intellektuell aus, mehr wie ein Professor und nicht wie ein Schuhmachermeister.

Mit seinem gepflegten Äußeren, seinem immer mit Pomade versehenen Bürstenhaarschnitt und dem korrekten Kaiser-Wilhelm-Schnauzbart stand er pünktlich um 12 Uhr vor der Tür in der Uhlandstraße. Er begrüßte mich jedes Mal sehr galant und ganz selbstverständlich mit einem Handkuss. Ich genoss seine vornehme Art ungemein. Mein Mann grinste nur süffisant und machte sich lustig über ihn. Immer hatte er einen Blumenstrauß dabei, den er von Frühjahr bis Herbst aus seinem eigenen Garten an der Ludwigshöhstraße sehr kreativ zusammenstellte. An hohen Feiertagen, Ostern, Weihnachten und sonstigen besonderen Sonntagen brachte er mir immer noch ein Schmuckstück von seiner verstorbenen Frau mit. Manchmal war mir das richtig peinlich, weil er als gut situierter Schuhmachermeister, der auch für die bessere Gesellschaft in Darmstadt und natürlich auch für den Großherzog gearbeitet hatte, seiner Frau zeit ihres Lebens immer recht teuren Schmuck geschenkt hatte, den er mir jetzt so einfach mitbrachte. Doch er verehrte mich außerordentlich, wie er immer ausdrücklich betonte.

Vielleicht waren es aber auch meine Kochkünste, die er sehr lobte. Besonders witzig fanden die Kinder immer, wenn ihm bei der sonntäglichen Fleischbrühe mit Markklößchen und feinen Nüdelchen diese in seinem Schnauzbart hängen blieben. Und der war immer äußerst gepflegt und zurechtgestutzt. Seine Leibspeise war mein Kalbsbraten mit selbst gemachten Kartoffelkroketten und Gemüse. Ganz besonders liebte er auch den süßen Nachtisch. Hier hatte ich ein spezielles Rezept einer russischen Creme, von der er immer noch einen Nachschlag haben wollte. Aber er war auch ein Feinschmecker, denn nach dem Süßen mochte er am liebsten noch ein kleines rundes Stückchen Pumpernickel mit französischem Blauschimmelkäse. Natürlich durfte auch der Wein dazu nicht fehlen. Heinrich holte eine Flasche aus dem Keller von seinem guten Hahnheimer Knopf von den Verwandten aus Rheinhessen.

Er erzählte gern von alten Zeiten und die Familie hörte ihm zu. Nach dem Mittagessen verzogen wir uns alle in die Gemächer, wie das Onkel Walter immer nannte, und er nahm den grünen Sessel im Wohnzimmer in Beschlag. Nach wenigen Minuten hörten wir ihn beim Mittagsschläfchen sogar noch eine Etage höher in unserem Schlafzimmer von unten gewaltig schnarchen. Wenn wir gegen 15 Uhr wieder aufstanden, war er schon verschwunden. Meistens machte er einen Abstecher auf den Bessunger Friedhof und besuchte das Grab seiner Frau. Wenn es warm genug war, sah man ihn dann im Orangerie-Garten auf einer Bank in der Sonne sitzen.

Trotz seines fortgeschrittenen Alters saß er noch jeden Tag in seiner Werkstatt auf seinem typischen Schuhmacherschemel und reparierte Schuhe. Es war selbstverständlich, dass ich ihm die Schuhe der ganzen Familie zum Reparieren brachte. Natürlich kam ich nie so schnell wieder weg. Er hatte in seiner Werkstatt einen Kanonenofen, auf dessen Platte oben stand immer eine Teekanne mit Zitronentee mit Ingwergeschmack, von dem ich unbedingt trinken musste. Ohne diese Zeremonie durfte ich nicht gehen. Die Kinder holten manchmal die Schuhe wieder ab. Sie besuchten ihn sehr gerne, er hatte für sie die besten Karamellbonbons in einem Glas immer griffbereit hinter sich stehen. Die liebten unsere Kinder ganz besonders. Und er war zu allen Menschen äußerst liebenswürdig und höflich, er verstand es ausgezeichnet, die Damen zu charmieren. Eben ein Grandseigneur alter Schule.«

Harriet fragte Hermine: »Der Baron wie er von allen genannt wurde, verehrte dich, warst du nicht auch ein bisschen stolz darauf?«

»Doch, sehr stolz, und ich glaube, mein Mann war auf den alten feinen Herrn sogar etwas eifersüchtig. Wenn er sonntags bei uns klingelte, sagte er immer: ›Mutti, dein Verehrer steht vor der Tür.‹ Es nervte Heinrich auch immer, wenn Onkel Walter mit mir über Musik und Opern sprach. Er war nämlich ein großer Opernfreund und schaute sich alle Premieren in Darmstadt an. Und da ich auch eine Opernmiete hatte, diskutierten wir dann über die Neuinszenierungen, die damals alle wegen des zerbombten Opernhauses in der Stadt in der Orangerie aufgeführt wurden, die als Ausweichquartier für das Landestheater diente.

Übrigens, Harriet, von den Sonntagen bei uns in der Uhlandstraße gibt es noch mehr Interessantes zu erzählen. Wenn wir uns nach dem Mittagessen etwas hingelegt hatten und ich ein bisschen eingedöst war, wurde ich oft geweckt von einem feinen Zigarrenaroma. Ich freute mich gleich, das war das Zeichen, dass mein Vater gekommen war. Wir ließen immer alle Schlüssel an den Türen außen stecken, weil wir wussten, dass meine Eltern oft sonntagnachmittags zu Besuch kamen. Meistens saßen sie dann schon im Wohnzimmer und Vater hatte sich eine dicke Zigarre angesteckt. Das war sein Markenzeichen. Mein ganzes Leben kenne ich meinen Vater mit Zigarre. Und mit diesem Duft verband ich sehr angenehme Erinnerungen. Es war der Duft meines Vaters und die Gewissheit, dass er sich in der Nähe befand. Schon als Kind empfand ich das ungeheuer beruhigend. Er war ein so ruhiger, ausgeglichener Mensch, ihn konnte nichts aus der Ruhe bringen.«

»Ja, Hermine, wir haben schon darüber gesprochen, dass unser limbisches System mit der Amygdala im Großhirn das gesamte Leben über diese Gerüche in der Verbindung mit angenehmen oder aber auch unangenehmen Erlebnissen speichert. Aus der Verhaltenspsychologie weiß man, dass angenehme Empfindungen wesentlich länger gespeichert bleiben als die unangenehmen.«

»Das scheint die Natur völlig richtig eingerichtet zu haben«, meinte Hermine. »Übrigens, der gleiche Duft begleitete auch immer meinen Schwager Paul. Wenn wir manchmal mit ihm in seinem großen Opel Admiral fuhren, roch das Auto danach. – Da fällt mir noch etwas zu Paul ein, der hatte eine ganz besondere Marotte. Wenn er zu uns zu Besuch kam und er seinen großen Wagen vor dem Haus auf der Straße abstellte, ließ er immer den Schlüssel stecken. Das war schon damals nicht unbedingt ratsam, Spitzbuben gab es genügend, aber das schien Paul nie besonders aufzuregen. Er hatte das schon immer so gemacht und meinte, er wolle sich nicht umgewöhnen, es würde schon niemand sein Auto wegnehmen.«

Sonntags im Orangerie-Garten

Liebe Harriet, jetzt habe ich so viel erzählt über unser Leben nach dem Krieg und vom neuen Haus in der Uhlandstraße. Eine schöne Erinnerung habe ich an viele Sonntagnachmittage und unsere obligatorischen Spaziergänge durch den Orangerie-Garten, einen sehr schönen, im französischen Stil angelegten Park ganz in der Nähe unseres Hauses. Dort befindet sich ein Gebäude, das vom Architekten Louis Remy de la Fosse im Auftrag des Großherzogs entworfen und um 1720 erbaut worden war. Es diente als Winterquartier für Orangen- und Zitronenbäume sowie andere nicht winterharte, mediterrane Pflanzen und Sträucher, die im Sommer wieder in der Parkanlage aufgestellt wurden. Das wird noch bis zum heutigen Tag unverändert so gemacht. Die Bäume überwintern nur nicht mehr in dem ehemaligen Orangerie-Gebäude.

Nach dem Krieg wurde das Haus zunächst Spielstätte für das Hessische Landestheater, weil das große Opernhaus in der Stadt total zerstört worden war. Heute ist das ehemalige Opernhaus, der sogenannte Mollerbau, wieder aufgebaut und das Hessische Staatsarchiv ist darin untergebracht. Die Orangerie in Bessungen wird als Veranstaltungssaal genutzt. Für die Orangen- und Zitronenbäume wurde ein neuer, einfacher Zweckbau am Rande des Gartens errichtet. Meistens nach dem Sonntagnachmittagskaffee, manchmal auch schon am Vormittag zum Promenadenkonzert um elf Uhr, flanierte die ganze Familie gemessenen Schrittes durch den Park. Ich schob den Kinderwagen mit unserem jüngsten Sohn, der mit dem Einzug ins neue Haus geboren worden war. Unser Ältester musste nicht mehr die Familie begleiten, er hatte viele Freunde und seine erste Freundin und ging schon langsam seine eigenen Wege.

Heinrich bestand immer auf dem sonntäglichen Spaziergang. Er meinte, sich als Darmstädter Geschäftsmann dort zeigen zu müssen. Dazu gehörte selbstverständlich auch, dass die Familie im allerbesten Sonntagsstaat promenierte. Dort traf man Bäckermeister Geyer oder Metzgermeister Kraft, Rechtsanwalt Dr. Koch, Heinrichs guten Freund, Oberamtsanwalt Fey oder Pfarrer Redhardt von der Bessunger Kirche. Am meisten ärgerte ich mich, wenn Heinrich unserem gerade einmal sechs Jahre alten Sohn einen Klaps auf den Hinterkopf gab, wenn der die Honoratioren nicht formgemäß grüßte mit dem leichten Lupfen seines Tiroler Huts – was zur Folge hatte, dass der Hut unseres Kleinen meterweit wegflog, manchmal in den Dreck, und ich hatte dann die Mühe, ihn wieder zu reinigen. Ich glaube, er wollte damit den anderen Leuten demonstrieren, wie ernst er es mit der Kindererziehung nahm. Heinrich schimpfte unseren Jungen immer, das wäre doch wie einem Ochs' ins Horn gepetzt, der Bub lernte nix.

Unseren Ältesten hatte der Vater gerne als Stoffel bezeichnet. Irgendwie kann man das rückblickend aber auch verstehen. Als er im gleichen Alter wie der Kleine war, tobte zwischen 1939 und 1945 der Zweite Weltkrieg und sein Vater war Soldat. Viele Mütter waren allein erziehend. Die hatten wahrlich andere Sorgen, als ihren Kindern das formvollendete Grüßen beizubringen.

Durch diese sonntäglichen Erlebnisse hatte unser Sohn diese mit roher Gewalt erzwungene Freundlichkeit so verinnerlicht, dass er dafür bekannt war, die Leute schon von Weitem freundlich zu grüßen. ›Euer Sohn ist ein so freundlicher Bub‹, dieses Kompliment wurde uns immer wieder gemacht. Ein bisschen stolz war ich schon darauf, muss ich zugeben. Heinrich ging damit auf seine eigene Weise um. Er verbreitete überall, dass sein Filius mit seiner ›angeborenen‹ Freundlichkeit der geborene Einzelhändler wäre und als sein Nachfolger einmal das Geschäft übernehmen würde. Doch bis dahin war noch ein langer, weiter Weg. Aber die Prophezeiung bewahrheitete sich und der Wunsch meines Mannes ging in Erfüllung.«

Sommer im Hochschwarzwald

Hermine erzählt Harriet von ihren wunderbaren Urlauben im Schwarzwald. Zum ersten Mal war sie schon 1925, ein Jahr nachdem sie sich kennengelernt hatten, mit ihrem späteren Ehemann auf dem 1493 Meter hohen Feldberg im Schwarzwald zu dem bekannten Feldberg-Turnfest, das dort jedes Jahr veranstaltet wurde. Seitdem verging so gut wie kein Jahr, in dem die Familie nicht im Schwarzwald war. Hermine berichtete Harriet mit größter Begeisterung von diesem magischen Ort des Wohlfühlens während ihres ganzen Lebens. »Eine geradezu wunderbare Zeit waren für mich die vielen Sommer und später auch die Winter im Hochschwarzwald. Schon bald nach dem Krieg, zum ersten Mal wieder ab 1948, fuhren wir jeden Sommer nach Breitnau. Harriet, du wirst sicher fragen, wie sich das eine Familie so kurz nach dem Krieg leisten konnte? Das hat seine eigene, wirklich spannende Geschichte, meine Liebe.

Wir kannten von den früheren Reisen in den Schwarzwald schon lange vor dem Krieg den Gasthof Löwen in Breitnau, der direkt an der Schwarzwaldhochstraße nach St. Märgen liegt. Ein kleiner, schöner, familiär geführter Gasthof mit Landwirtschaft, Kühen, Kälbern, Schweinen, Hühnern und allem, was damals so dazu gehörte. Kurz nach dem Krieg machten Heinrich und sein Bruder Paul den alten Vorkriegs-Lieferwagen, einen Opel Blitz, wieder flott. Du wirst es nicht glauben, diese beiden cleveren Männer hatten ihn kurz nach Kriegsbeginn in einer Scheune in Groß-Zimmern vor den Nationalsozialisten versteckt. Er wäre sicher konfisziert worden, wenn sie ihn entdeckt hätten. Große

Strohballen deckten ihn sorgfältig ab und davor stand jede Menge Krimskrams, sodass er nicht zu sehen war. Oftmals stand ihnen das Herz still, wenn die Braunen kamen und überall nach brauchbarem Kriegsmaterial suchten. Sie entdeckten ihn niemals und so war er kurz nach Kriegsende rasch wieder fahrbereit. Die Leute in Groß-Zimmern wunderten sich immer wieder aufs Neue, wo denn die beiden Brüder so schnell nach dem Krieg einen Lieferwagen aufgetrieben hatten. Aber das blieb ihr Geheimnis.

Und mit genau diesem fuhren wir im Sommer 1948 mit unseren beiden Kindern, die gerade einmal zwölf und drei Jahre alt waren, in den Schwarzwald. Das war damals eine sehr mühsame Tagesreise. Die Autobahn Richtung Karlsruhe war zu dieser Zeit entweder noch nicht ganz ausgebaut oder noch vom Krieg teilweise zerstört. Jedenfalls schieferten wir große Strecken über die Landstraße, die heutige Bundesstraße 3, über Heidelberg, Karlsruhe, Offenburg. Stunde um Stunde verging, bevor wir endlich in Freiburg ankamen. Von dort ging es durch das Höllental, eine enge Straße mit vielen Serpentinen am Hirschsprung vorbei. Kurz vor Hinterzarten mussten wir links abbiegen, um die letzten drei Kilometer bis zum Gasthof Löwen zu bewältigen. Unterwegs wurden mehrere Pausen eingelegt, entweder weil der Motor heiß geworden war oder den Kindern und auch mir speiübel war von der vielen Kurvenfahrerei. Selbst Anfang der 1960er-Jahre, als man wieder bis Karlsruhe die Autobahn fahren konnte und wir mit dem Opel Kapitän von Heinrichs Bruder Paul anreisten, war das noch eine Mammutstrecke. Meistens brauchten wir sechs bis sieben Stunden.

Doch zurück zu den ersten Ferien nach dem Krieg. Der Lastwagen war gut gepackt. Wir hatten einiges dabei, das man heute eher nicht mehr in den Urlaub mitnehmen würde. Ein Kinderbettchen für den Jüngsten, Zudecken und

Kopfkissen für alle – und eine wertvolle Nachkriegswährung hatten wir ebenfalls im Wagen. Mein Mann hatte, bevor er in den Krieg eingezogen wurde, im September 1942 noch rasch einige große Ballen Inlett, das ist ein Bezugsstoff für Kopfkissen und Federbetten, in sogenanntes Ölpapier wasserfest verpackt. Plastikfolien gab es damals noch nicht. Diese Pakete vergrub er sehr tief im Garten hinter der Scheune in Groß-Zimmern, wo sich damals unsere Bettfedernfabrik befand. Nach dem Krieg waren diese Pakete tatsächlich völlig unversehrt. Und wie ein Wunder war der Stoff noch genau so, wie er vor Jahren verpackt worden war. Ein wahrhaft unschätzbarer Reichtum so kurz nach dem Krieg.

Einen solchen Ballen Inlett hatten wir mit dabei. Die Bauern im Schwarzwald hatten schon wieder Enten und Gänse und von ihnen die Federn und Daunen, aber es mangelte am Stoff. Das war in den ersten Nachkriegsjahren unsere Währung, mit der wir unseren Urlaub dort bezahlten. Außerdem überlebten einige große Ballen Rohbettfedern in Groß-Zimmern den Krieg. Sie waren ebenfalls in der Scheune versteckt hinter Stroh- und Heuballen und hatten den Zugriff der Hitler-Bande überstanden. In der Bettfedernfabrik, die schon bald nach Kriegsende wieder ihren Betrieb aufnahm, wurden die Federn in riesigen Waschmaschinen gewaschen, mit Heißluft desinfiziert und getrocknet und anschließend in einer komplizierten Sortiermaschine, die nach dem aerodynamischen Prinzip arbeitete, sortiert. Auch davon hatten wir immer einige Säckchen mit dabei und konnten sie gut tauschen gegen erholsame Sommerferientage.

Für mich waren viele Sommerferien in Breitnau so bedeutungsvoll, dass ich heute noch mit diesen damaligen Eindrücken ins Schwärmen gerate und sogar damit meditieren kann. Ich rieche heute noch den herrlichen Duft der Schwarzwaldtannen, wenn ich mich darauf konzentriere.

Und der typische Geruch des Gasthofs begegnet mir immer wieder. Die Vollpension im Löwen – schon morgens gab es Butter, Eier, Wurst und Käse zum Frühstück – war insbesondere in den Nachkriegsjahren etwas ganz Besonderes. Der Speiseplan des Tages wurde tagtäglich neu mit der Schreibmaschine geschrieben und immer in einem kleinen Bilderrähmchen im Gastraum aufgehängt. Pünktlich um 12.00 Uhr wurde mit einer großen Glocke vor der Tür zum Mittagessen geläutet. Suppe, Fleisch, Gemüse, Salat und meistens ein köstlicher Nachtisch wurden von den Servierfräuleins aufgetragen und abends konnte man sich wieder auf ein exzellent zubereitetes, meist kaltes Abendessen freuen.

Das war jedoch für unsere Kinder nicht unbedingt die Hauptsache. Für sie war das Leben auf dem Gutsbauernhof eine wundervolle Abwechslung zum Leben in der Stadt. Nie werde ich den Knecht Wasili vergessen. Er war ein desertierter russischer Soldat, der Ende des Kriegs dort aufgenommen und versteckt wurde. Und das war auch eine spannende Geschichte. Wasili spielte die ganze Zeit über meisterhaft einen Taubstummen, was er aber keinesfalls war. Aber so konnte ihn wenigstens keiner fragen, wo er hergekommen war. Er war auf dem Bauernhof der Knecht. Und die Kinder hatten sich mit ihm ziemlich gut angefreundet. Mit ihnen sprach er heimlich in einem gebrochenen Deutsch, das er schnell gelernt hatte. Schon ganz früh am Morgen durften sie ihm im Stall helfen. Nur wenn manchmal der Metzger zum Schlachten eines Schweins oder eines Kälbchens kam, durften sie nicht dabei sein. Das hätten sie wahrscheinlich auch nicht gewollt. Sie merkten es aber meistens gleich, wenn eines im Stall fehlte. Dann wollten sie tagelang kein Fleisch mehr essen, wurden aber trotzdem nicht zu Vegetariern in ihrem weiteren Leben.

Tagsüber durften die Kinder mit Wasili oder Franz, dem

Sohn der Wirtsfamilie Hermann, mit dem Traktor mitfahren auf das Feld und bei allen möglichen Arbeiten auf dem Bauernhof mithelfen. Nicht weit vom Gasthof entfernt stand eine alte Sägemühle und dort gab es einen kleinen Weiher. Das war das Löwenfreibad und in diesem kleinen Teich durften die Gäste des Löwen baden. Wasili und Franz hatten sogar einen kleinen Steg und eine einfache Umkleidekabine gebaut. Das Wasser im Weiher wurde einmal im Jahr abgelassen, um ihn zu reinigen. Es war dunkles, braunes Moorwasser, das Algen und Pflanzen angesetzt hatte. Wenn das nicht gemacht worden wäre, hätte man darin nicht mehr baden können, er wäre zusehends verschlammt und zugewachsen.

Im Löwen hatten wir Erwachsene neue Freunde und die Kinder viele Spielkameraden gewonnen. In den Sommerferien kamen immer wieder die gleichen Gäste zur gleichen Zeit. Und das war jedes Jahr eine helle Freude, wenn man sich dort traf. Eine Familie Schmitt aus Wiesbaden mit ihren beiden Söhnen. Die Baurs mit ihren Töchtern Margrit und Christel aus Frankfurt, eine Frau Schick mit ihrer Tochter Monika aus Kaiserslautern und noch viele, deren Namen ich heute vergessen habe. Unser mittlerer Sohn hatte in einem gleichaltrigen Jungen aus Wiesbaden einen guten Freund gefunden, mit dem er sich dann auch oft bei uns zu Hause oder in Wiesbaden traf. Er fuhr mit seinem Fahrrad von Darmstadt nach Wiesbaden und durfte dann meistens in den Oster- oder Herbstferien einige Tage dort übernachten. Familie Baur mit ihren beiden Töchtern war auch immer zur gleichen Zeit dort. Sie kamen aus Frankfurt-Sachsenhausen. Auch wir Eltern hatten uns angefreundet und besuchten uns gegenseitig. Bei den Kindern hatte sich ein regelmäßiger Briefwechsel entwickelt. Sie schrieben sich untereinander auf ganz besonders schönem Papier. Und wenn ein Brief zurückkam und der auch noch jedes Mal parfümiert war, wusste ich, sie waren halt gerade in der Pubertät und entdeckten das andere Geschlecht.

Die Sehnsucht nach diesem heimeligen Urlaubsort im Schwarzwald war bei mir das ganze Jahr ununterbrochen vorhanden, diese wunderbaren unvergesslichen Sommerwochen aufs Neue zu erleben. Meistens wollte ich dann nicht mehr in den Alltag nach Hause zurückkehren. Viele Bilder habe ich noch heute im Kopf. Der Schwarzwald mit seinen weit in der Landschaft verstreuten typischen Bauernhöfen mit den tief heruntergezogenen Dächern. Die gute Luft, die ganz anders als bei uns in Darmstadt war. Viel würziger und voller gesunden Sauerstoffs. Eine Luft zum Durchatmen. Schon wenn wir ankamen und die Autotür öffneten, strömte beim tiefen Einatmen diese herrliche Luft in den Körper. Das war ein Wohlgefühl, wie ich kaum ein anderes kenne und es auch heute noch abrufen kann. Besonders habe ich genossen, nicht kochen zu müssen für die Familie. Wir wurden auf das Beste umsorgt und darauf freute ich mich genauso wie die Kinder immer schon das ganze Jahr.

Mein Mann brachte uns hin, blieb meistens eine Nacht und fuhr dann wieder nach Hause. Er könne das Geschäft nicht so lange allein lassen, sagte er, obwohl wir immer einen ausgezeichneten Geschäftsführer hatten und ich das nie so richtig verstanden habe. Wollte er nicht so lange mit mir und seiner Familie zusammen sein? Hatte er vielleicht eine Freundin zu Hause, mit der er dann ungestört war? Das waren oft meine Gedanken. Ich habe mich aber nie getraut, ihn direkt danach zu fragen. Und wenn er eine Freundin gehabt hätte, wäre mir das zu Hause ja schon längst aufgefallen. Eine Frau spürt so etwas. Wenn vier Wochen vorbei waren, kam er wieder, blieb eine bis zwei Nächte und brachte uns dann zusammen wieder nach Hause.

Meistens machten wir auf dem Heimweg noch einen Besuch. Entweder bei meiner Schwester Lisa, die in Stuttgart in der Landhausstraße wohnte. Mir sind noch heute ihre sehr guten Mittagessen in Erinnerung. Lisa war eine ausgezeichnete Köchin und lud die ganze Familie ein. Es wurden immer die neuesten Familiennachrichten ausgetauscht und am Spätnachmittag setzten wir die Heimreise fort. Oder wir fuhren über Seelbach, einen kleinen Ort in der Nähe von Lahr. Dort wohnten meine Verwandten, mein Cousin Karl Hartmann mit seinen Eltern. Sein Vater war der Bruder meiner Mutter. Mein Cousin Karl wollte das Polster- und Tapeziergeschäft seines Vaters nicht so gern übernehmen und hat sich einen anderen Beruf ausgesucht. Mir hat das sehr imponiert, dass er sich gegen seinen Vater durchgesetzt hatte. Das ist meinem Mann nicht gelungen und ich bin mir nicht sicher, ob er nicht sein ganzes Leben unter dieser Entscheidung gelitten hat. Karl machte sich von seinem Vater völlig unabhängig, nahm einen Kredit auf und kaufte sich einen Mercedes-Kleinbus. Damit chauffierte er Feriengäste durch den Schwarzwald und so brachte er manchmal auch seine Fahrgäste in den Löwen nach Breitnau zum Kaffeetrinken, wo wir uns dann immer freuten, ihn zu sehen. Zunächst wollte sein Vater den abtrünnigen Sohn verstoßen. Karl war unheimlich erfolgreich mit seinem Geschäftsmodell. Er stellte alsbald noch Fahrer ein, kaufte einen VW-Bus, genannt Bully, und baute sein Tourismusunternehmen aus. Das hat den Vater auch überzeugt und so gingen beide getrennt, aber friedlich ihren Geschäften nach.«

Weihnachten

Weihnachten war immer etwas Besonderes für uns alle. Wir feierten Heiligabend viele Jahre mit der ganzen Familie bei uns im neuen Haus in der Uhlandstraße. Das letzte Weihnachtsfest bei uns zu Hause mit der ganzen Großfamilie war 1957. Von 1958 an fuhren wir über Weihnachten und Silvester in unseren geliebten Gasthof Löwen in Breitnau. Und das kam so. Wir, unsere Kinder und ich, quengelten so lange an ›unserem Vater‹ herum, auch einmal Weihnachten dort feiern zu wollen. Einige Familien, mit denen wir uns im Sommer angefreundet hatten, verbrachten jedes Jahr das Weihnachtsfest dort. Und ich hatte an den Feiertagen wirklich nichts als Arbeit mit der Bewirtung der Großfamilie und unterstützte daher die Kinder bei ihrem Wunsch. An Heiligabend saßen bei uns mitunter 20 Personen um den Tisch. Am ersten Weihnachtsfeiertag gab es dann die obligatorische Gans und wieder aßen mindestens zehn Personen mit und am zweiten Weihnachtsfeiertag ging das so weiter. Da kamen dann oft die Rodensteiner von unserem Klub, von denen ich schon erzählt habe, und es wurde ausgiebig gefeiert. Ich hatte zu diesen Zeiten zwar immer ein Dienstmädchen, ich habe schon davon berichtet, aber gerade an den Weihnachtstagen wollte sie ja auch einmal freihaben, damit sie nach Hause fahren konnte. Dann half zwar oft Frau Schlosser, meine langjährige, sehr vertraute Haushaltshilfe, die mir sehr viel bedeutete und die ich ganz besonders gern mochte, weil sie mich sehr gut verstand und mich immer äußerst liebenswert bemutterte.

Schließlich hatten wir es geschafft. Heinrich willigte ein

und wir fuhren am 22. Dezember los. Und das war toll. Ein völlig neues Weihnachtserlebnis. Im Schwarzwald lag schon Schnee und es war eine richtig weihnachtliche Stimmung, wie man sie sich nicht besser wünschen konnte. Die Ankunft war auch schon äußerst spannend. Die Kinder wollten gleich wissen, wer von ihren Freunden schon da war. Sie schauten ständig zum Fenster hinaus, um ja nicht zu verpassen, wenn ein Auto die Landstraße heraufgefahren kam. Wie groß war der Jubel, wenn dann die Freunde heraussprangen und sie sich um den Hals fielen. War doch wieder ein halbes Jahr seit dem Sommer vergangen.

Am Morgen des Heiligen Abends halfen wir Hermine, den Baum zu schmücken. Sie war die Schwester des jungen Wirts Franz. Er holte den Baum frisch aus dem eigenen Wald und stellte ihn in der Wirtsstube auf. Er wurde jedes Jahr in einer anderen Farbe geschmückt. Einmal ganz in Silber, dann in Gold oder Rot und immer gab es das Lametta in der passenden Farbe. Hermine legte großen Wert darauf, dass es schön glatt gezogen und akkurat über die einzelnen Äste gehängt wurde. Nach dem Kirchgang, für die Katholiken in der Breitnauer Dorfkirche und für die Protestanten in der Kirche in Hinterzarten, versammelten wir uns zusammen mit der Wirtsfamilie und allen ihren Mitarbeitern um den Baum. Es wurden Weihnachtslieder angestimmt und gemeinsam gesungen. Ich erinnere mich, dass eine Freundin von unseren Kindern aus Frankfurt ihre Flöte auspackte und Weihnachtslieder spielte. Meistens begleitete ich sie spontan auf dem Klavier. Danach kam der besondere Auftritt von unserem mittleren Sohn. Er trug zum Erstaunen aller auswendig die Weihnachtsgeschichte aus dem Lukas-Evangelium vor, wie er es auch zu Hause an Heiligabend von klein auf immer getan hatte. Danach wurden die Weihnachtsgeschenke ausgepackt. Es gab für jeden nur eine Kleinigkeit, weil wir unsere Kinder darauf eingeschworen hatten, dass es nicht so viele Geschenke wie sonst gäbe, weil das Weihnachtsgeschenk eigentlich der Weihnachtsurlaub wäre. Auch von den Wirtsleuten erhielten alle Gäste ein kleines Präsent.

Wenn Schnee lag, fuhren wir natürlich auch Schlitten und sammelten erste Erfahrungen auf Skiern. Damals waren das noch sehr primitive Ausführungen gegenüber heute. Skier mit Lederriemen, die man um die Absätze der dicken Stiefel band. Mit ihnen konnte man deshalb auch den Berg wieder hochlaufen, obwohl das schon ganz schön beschwerlich war. Den ersten Skilift gab es auf dem Feldberg im Schwarzwald. Doch dort musste man erst einmal hinkommen. Autos hatten meistens weder Winterreifen, geschweige denn einen Allradantrieb wie heute. Allerhöchstens gab es Schneeketten. Und die Fahrt auf den Feldberg war bei Winterwetter immer ein Abenteuer. Heinrich sagte immer, wir könnten doch auch auf der Weißtannenhöhe Ski laufen, dem Höhenzug oberhalb des Orts, dort gäbe es auch schöne Abfahrten. Oh, wie anstrengend war so ein Skitag. Daher zogen die Kinder auch oft das Schlittenfahren vor. Das konnten sie um den Gasthof Löwen herum an den kleineren Abhängen und es machte ihnen auch einen Riesenspaß.

Sehr spannend empfand ich auch immer die Silvesterfeier. Der Wirt hatte einen Alleinunterhalter mit einer Hammondorgel engagiert. Nach einem hervorragenden Silvester-Abendessen – ich brauchte mich also auch zu diesem Fest nicht um das Essen kümmern – mit mehreren Gängen wurde das Tanzbein geschwungen. Die Kinder spielten oder schauten zu. Das lange Aufbleiben und mit den Freunden spielen bis nach Mitternacht war schon ein tolles Erlebnis für sie, auf das sie sich schon lange vorher gefreut hatten. Es gab dann meistens im Freien ein paar wenige Silvesterkracher, nicht zu vergleichen mit den heutigen Feuerwerken. Es waren einige kleinere Böller. Raketen gab es noch keine.

Wir blieben meistens bis zum 6. Januar, dem Feiertag der Heiligen Drei Könige, im Schwarzwald.

Was ich unbedingt noch berichten muss an dieser Stelle sind meine Ausflüge mit Franz, dem Wirtssohn, der mich oft mitnahm zum Forellenfangen. Immer am Neujahrstag gab es traditionell frische Forellen zum Mittagessen. Durch die familieneigene Wiesen schlängelt sich ein Forellenbach. Es imponiert mir noch heute, wenn ich daran denke, wie Franz sich breitbeinig über den Bachlauf gebückt stellte, mit bloßen Hände zuschnappte und dann eine zappelnde Forelle in den Händen hielt. Wenn sie ihm zu klein erschien, schenkte er ihr wieder die Freiheit. Wir hatten einen Wasserbottich dabei, in den dann die Forellen geworfen wurden. Zu Hause kamen sie in ein großes Aquarium. Dort hatten sie noch eine kleine Gnadenfrist, bis sie zum Braten oder Kochen in die Küche kamen. Schrecklich, ich konnte diese Forellen nie essen. Zu Hause ging es dann langsam wieder – bei einer Einladung oder wenn sie sehr weit vom ursprünglichen Tier weg waren, vielleicht als geräuchertes Forellenfilet.«

»Meine liebe Hermine«, hob Harriet feierlich an, »soll ich dir eigentlich auch davon etwas erzählen, wie Weihnachten bei uns auf Galapagos begangen wird, schließlich ist es dein erstes Weihnachtsfest hier?«

»Harriet, entschuldige bitte, dass ich immer so viel von mir erzähle und du kaum zu Wort kommst. Natürlich interessiert mich dein Leben hier und es macht immer sehr viel Freude, von dir darüber zu hören.«

»Obwohl Weihnachten auf den Galapagosinseln sicher nicht so romantisch ist wie in Europa, ist Weihnachten, Christi Geburt eben doch ein Fest, das auf der ganzen christlichen Welt gefeiert wird.« Harriet ließ es sich nicht nehmen, ihrer gelehrigen Schülerin Hermine etwas über Weihnachten zu erzählen, diese hörte wie immer versonnen und nachdenklich zu. Daher holte Harriet wieder einmal gewaltig aus. »›Ze den wihen Nahten‹ heißt eigentlich zu den geweihten Nächten. Es ist der Geburtstag Christi, die Wintersonnenwende der Weltgeschichte, die uns in allen Auf- und Niedergängen der Äonen die Gewissheit gibt, dass die dunklen Mächte der Finsternis keine Macht besitzen. Im Übrigen ist ›wihen nokten‹ ein Begriff germanischen Ursprungs aus der Zeit, als Wotan in den heiligen Nächten auf der Welt im Sturm ritt. Die Missionare verwendeten dann die germanischen Riten zur Wintersonnenwende für das christliche Weihnachtsfest, das das Licht in die Welt bringen sollte. Durchsetzen konnte es aber erst Papst Liberius im Jahr 354 nach Christi Geburt. Zum Dogma oder Glaubenssatz wurde es auf dem Zweiten Konzil von Konstantinopel 381 n.Chr. unter Kaiser Theodosius erklärt. Im siebten und achten Jahrhundert setzte sich der Brauch, das Fest am 25. Dezember zu feiern, auch in Deutschland durch. Die Mainzer Synode erklärt im Jahr 813 n.Chr. diesen Tag offiziell zum festum nativitas Christi. Mit ihm begann damals das Kalenderjahr. Der erste Januar wurde erst achthundert Jahre später mit Einführung des Gregorianischen Kalenders zum Jahresbeginn erklärt. Im Verlaufe der Christianisierung der Menschheit hat das Weihnachtsfest dann seine heutige weltweite Verbreitung gefunden. Der christliche Weihnachtsfestkreis beginnt mit der vierwöchigen Vorbereitungszeit des Advents und reicht in den katholischen Bereichen bis zum sechsten Januar, dem Feiertag Heilige Drei Könige. Die griechisch-orthodoxe Welt feiert die Geburt Jesu erst am sechsten Januar und die Armenier am 18./19. Januar.«

»Das ist ja hochinteressant«, sagte Hermine, »und warum machen sich die Menschen an Weihnachten eigentlich Geschenke?«

»Das hat seine Wurzeln in dem Bibelwort ›Also hat Gott

die Welt geliebt‹, in seinem Erlösungsgeschenk an uns Menschen in Gestalt seines eingeborenen Sohnes. Die Weihnachtsgeschenke sind jedoch auch eine Erinnerung an die Gaben, die die Heiligen Drei Könige dem Jesuskind darbrachten, wie in der Bibel berichtet wird. Beides soll in der Liebe weiterleben, mit der Weihnachtsgeschenke ausgetauscht werden, was schon darauf hinweist, dass es nicht um irdische Geschenke geht, sondern um Sinnbilder für die Gottes- und Nächstenliebe, die wichtiger ist als die kostbarsten Sachen. Das irdische Gegengewicht und auch der Wunsch nach gewaltigen und reichen Gaben steckt in der zweiten, in der nichtchristlichen Quelle des Gebens. Der Weihnachtstermin deckt sich mit dem der Saturnalien, den römischen Feiern zu Ehren des Gottes Saturn. Diese galten als der Jahresanfang, die römischen Beamten und Sklaven wurden mit Geschenken belohnt. Jenseits der Alpen in Germanien stellten die Dienstherren ebenfalls zum neuen Jahr neue Knechte und Mägde ein und das Gesinde wurde mit reichen Geschenken weiterverpflichtet«, erzählte Harriet.

»Eigentlich brauchen wir doch gar keine Geschenke, Harriet, wir haben doch alles, was wir zu einem zufriedenen Leben auf Galapagos brauchen«, meinte Hermine.

»Ach ja, so ist das leider nicht überall auf der Welt. Dennoch ist eines bei allen Menschen gleich. Die wertvollsten Geschenke kann man nicht käuflich erwerben, und selber etwas zu verschenken, stimmt meistens noch froher, als beschenkt zu werden«, brummte Harriet. »Von weißen Weihnachten kannst du hier nur träumen. Tannenbäume sind selten und teuer. Man trifft sich auf Wiesen, im Wald oder am Strand, wo man dann bis in die Nacht beieinander sitzt, Weihnachtslieder singt und Lagerfeuer entzündet. Dabei ist natürlich der Weihnachtsmann auch immer mit von der Partie.«

Hermine hatte ein langes Leben

Hermine hatte gemeinsam mit ihrem Mann ein langes Leben. Sie sind noch zu Kaiser Wilhelms Zeiten, Anfang des letzten Jahrhunderts, geboren. In vielen Häusern in Darmstadt brannte damals noch Gaslicht. Hermine starb am 30. April 1995. Sie lebte wahrscheinlich, wie schon berichtet, dank der guten, aufopfernden Pflege einer geradezu wunderbaren, ausgezeichneten, examinierten Altenpflegerin gut eineinhalb Jahre länger als ihr Mann. Immerhin wurde sie 87 Jahre alt – trotz ihrer vielen Krankheiten, mit denen sie sich zeitlebens plagen musste. Ihr Mann zog sie immer auf: »Mutti, du bist das ganze Jahr krank und wenn das Jahr um ist, ist nichts zu beerdigen da.« Das sollte eigentlich witzig klingen, mittlerweile kennen wir ihn ja alle, war aber ein weiterer Beweis, wie schrecklich gefühllos er sein konnte. Hermine hatte sich an solche Sprüche im Zusammenleben mit ihm gewöhnt, so war er einfach. Sie hatte sich damit abgefunden. Doch wie oft hatte sie sich trotzdem gewünscht, dass er etwas einfühlsamer, empathischer und liebevoller gewesen wäre, vor allem zu ihr, aber auch zu den Kindern. Sie vermisste die Zärtlichkeit, die sie nie von ihm erhalten hatte.

Als ihm sein bester Freund einmal seinen rauen Ton gegenüber seiner Frau vorwarf, erklärte er, das verstünde er nicht, es wäre nur gut für Hermine, sonst würde sie sich noch mehr hängen lassen, sie bräuchte eine starke Hand. Was für eine Erklärung? Von Mitgefühl und Liebe für seine Frau schien er nicht viel zu halten. Warum war denn seine Frau immer kränklich? Wahrscheinlich hätte sie von ihm ohne ihre ständigen Krankheiten überhaupt keine Aufmerksamkeit erhalten. Erst wenn sie so richtig daniederlag, wurde er ein ganz klein wenig zärtlicher und einfühlsamer. Dann fürchtete er immer das Schlimmste und man konnte seine Angst um sie förmlich spüren, obwohl er sie nie gezeigt hat. Sie konnte ihrem dominanten Mann gegenüber ihre eigenen Bedürfnisse niemals durchsetzen. Doch es gab, so sah es für Außenstehende aus, eigentlich keine Ehekrisen. Hermine gestand Harriet, dass sie sich trotz allem bei ihrem Mann aufgehoben, beschützt und sicher gefühlt habe.

Hermine kuschte und ihr Mann war der alle überragende, chauvinistische »Macho«, wie das heute so modern ausgedrückt wird. Hermine gestand Harriet, dass sie immer schreckliche Angst hatte, sie könnte an einer ihrer vielen Krankheiten sterben und die Kinder wären noch nicht alt genug, um sich selbst zu versorgen. Ihr Mann sagte zu ihr: »Mutti, wenn du einmal nicht mehr bist und die Kinder sind noch nicht groß, muss ich sie in ein Kinderheim geben. Ich muss mich um das Geschäft kümmern und habe keine Zeit für sie.«

»Harriet, ich kann dir sagen, einmal kam mein mittlerer Sohn sehr verstört und verheult zu mir und sagte: ›Mutti, du darfst niemals sterben, dann tut uns Vati in ein Kinderheim.‹«

Hermine war eine herzensgute Ehefrau und Mutter. Sie lebte für ihre Kinder und die Familie war ihr ein und alles. Immer und immer wieder fragte sie sich, was ihren Mann so unsensibel werden ließ. Vielleicht war es sein eigener Vater, von dem er selten etwas erzählte, der auch schon sehr streng zu seinen Söhnen gewesen sein sollte. Am Anfang ihrer Ehe mit Heinrich hatte Hermine immer das Gefühl, dass ihr Schwiegervater und der Bruder von Heinrich sie nicht besonders mochten. Heinrich, der Sohn eines angesehenen selbstständigen Darmstädter Handwerksmeisters, der sich Großherzoglicher Hoflieferant nennen durfte, heiratete eine Frau, deren Vater »nur« angestellter »kleiner« Buchhalter war. Und ihr Schwager, Heinrichs Bruder Paul, sagte oft, sogar öffentlich, Hermine sei ein ausgemachtes »Pinzchen«.

Harriet fragte: »Hermine, das hat dich doch sicher ziemlich verletzt, oder? Solche Kränkungen können einem wie ein Stein im Magen liegen. Doch wir können dagegen etwas tun! Und das will ich dir, meine liebe Freundin Hermine, einmal mit auf den Weg geben. Meistens will man mit solchen Menschen nie mehr etwas zu tun haben. Das ging leider in deinem Fall nicht, du hast ja gewissermaßen in diese Familie hineingeheiratet. Auf keinen Fall solltest du aber diese Kränkung einfach wegstecken. Das geht nicht, wenn es auch manchmal bei manchen Menschen so aussieht. In Wahrheit archivieren wir alles in unserer Seele und das tut in keinem Fall gut.

Natürlich kannst du auch nicht gleich hochgehen und deinem Schwager Paul gegenüber aggressiv reagieren. Aber sicher ist es sehr hilfreich für dich, wenn du einmal darüber nachdenkst, warum er so reagiert hat. War Paul vielleicht neidisch, weil sein Bruder eine so liebe Frau und mit ihr zusammen Kinder hatte? War er vielleicht mit seinem eigenen Leben nicht so zufrieden? Wenn das der Fall ist, dann kannst du ihn heute eher bemitleiden und darüber hinweggehen, weil du dieses Problem für ihn nicht lösen kannst. Wenn du aber darauf hättest reagieren wollen, also wenn du es denn wirklich wolltest und auch musstest, um selbst wieder zufrieden zu sein, dann hättest du ihm sagen können, dass dich seine Aussage, du seist ein Pinzchen, gekränkt hat, und ihn gleich fragen können, warum er das eigentlich tat.«

Hermine war Harriet sehr dankbar, dass sie mit ihr darüber gesprochen hatte. Sie merkte doch, dass Paul sehr darunter gelitten hatte, selbst nie eigene Kinder bekommen zu haben. Ihren zweiten Sohn hatte er schon als kleines Kind und lange Zeit geliebt, unterstützt und gefördert. Auch für ihn war sein Onkel Paul sein ein und alles. »In der Zeit, als Heinrich im Krieg war, betrachtete unser Sohn ihn als Vaterersatz. Paul bastelte mit ihm in unserer Groß-Zimmerner Zeit ein Hundegeschirr mit einem kleinen Wagen. In das Geschirr wurde Pauls Schäferhund eingespannt und unser Junge setzte sich in den Wagen und fuhr mit seinem Hundegespann durch den ganzen Ort. Wie Paul das dem Hund beigebracht hatte und dass der auch noch auf den sieben- bis achtjährigen Jungen aufs Wort gehorchte, war allen, die das sahen, ein Rätsel.

Ganz in der Nähe der Angelgasse in Groß-Zimmern war der kleine Fluss namens Gersprenz. Und hier saßen Neffe und Onkel manchmal stundenlang beim Angeln, obwohl das nicht so arg seine Sache war, er konnte eigentlich keinem Tier etwas antun und schon gar nicht ein Tier leiden sehen.«

Sonntags ging Hermine manchmal in die Kirche, allein ohne ihren Mann. Sie hatte sich ein Ventil geschaffen, indem sie zu Gott betete und ihn um Rat und Hilfe in allen schwierigen Lebenssituationen bat. Sie unterhielt sich richtig mit ihm und bekam bei allem, was ihr durch den Kopf ging oder sie belastete, immer Antworten, mit denen sie leben konnte und die ihr weitergeholfen haben. Das war ihre Art, gläubig zu sein. Die Kirche brauchte sie dazu nicht unbedingt. Sie besprach alle ihre Probleme mit ihrem Schöpfer im Himmel im Gebet. Das tat sie tatsächlich ihr ganzes Leben lang und damit überstand sie auch die schrecklichen Kriegszeiten.

Es heißt, Gott komme zu den Menschen oft auf verborgenen Wegen. Sie war nach außen nicht unbedingt fromm oder gläubig im herkömmlichen Sinn. Doch in vielen erfüllten Augenblicken oder an manchen Tiefpunkten ihres Lebens fand sie Spuren Gottes. Er war ihr dann besonders nah, wenn sie ihn brauchte, und darüber war sie einfach froh, glücklich und dankbar. Glaube lässt sich nicht rational erklären, sondern nur selbst erfahren und genauso war es bei ihr.

Ihr Mann war trotzdem für sie immer ein Vorbild in vielerlei Hinsicht und sie fühlte sich bei ihm aufgehoben, beschützt und sicher. Er war ausgesprochen eitel und immer auf seinen guten Ruf bedacht. Wahrscheinlich war diese ausgeprägte Selbstdarstellung seine Art von Schwäche. Doch sie musste zugeben, dass ihr viele seiner Äußerlichkeiten auch imponierten. Zum Beispiel dass er stets elegant gekleidet war. Sich seine Anzüge nach Maß anfertigen ließ vom renommiertesten, vornehmsten, elegantesten Herrenschneider in der Stadt namens Feldens in der Schulstraße. Er trug immer ein frisch gebügeltes Hemd mit einer feinen Seidenkrawatte. Außerdem pflegte er sich morgens im Bad lange und ausgiebig. Seine Haare waren stets mit Brisk oder Wellaform gestylt, heute heißt es modern gegelt. Er ging einmal in der Woche zum Friseur Leist in der Bessunger Straße. Er ließ sich seinen Schnurrbart noch bis ins hohe Alter akkurat schneiden und kohlrabenschwarz färben. Heinrich war Kaufmann durch und durch und wollte sich seinen Geschäftspartnern immer von der besten Seite zeigen. Er war gebildet, konnte hervorragend reden und wählte seine Worte jederzeit gewissenhaft. Es war ihm sehr wichtig, seinem Gegenüber zu imponieren und zu gefallen.

Heinrich hatte zu vielen Fragen des Lebens immer seine eigene, ganz besondere Meinung. Zum Beispiel, wenn seine Söhne neidisch waren auf die Spielsachen ihrer Freunde, die natürlich immer viel mehr und viel interessantere und auch teurere, tolle Sachen hatten. Wenn sie erzählten, welch viel größere Autos deren Väter fuhren und wie viel schöner deren Kinderzimmer waren, kam stets die gleiche Antwort von ihm: »Ihr Buben, es ist nicht alles Gold, was glänzt.« Ein altes Sprichwort, das er auf seine Art und Weise ergänzte: »Die Leute, die am dicksten auftragen, haben meistens am wenigsten. Wer viel von Geld redet, hat meistens nicht viel.« Und es hat sich in vielen Fällen erst später herausgestellt, dass er wahrhaftig meistens recht hatte.

Der scheinbar unbesiegbare Achilles

Gemeinsam fassten Harriet und Hermine den Entschluss, endlich wieder einmal richtig zu philosophieren. Hermine hatte so viel über ihr früheres Leben nachgedacht und erzählt und brannte nun darauf, mit ihrer Freundin zusammen weiter zu denken. »Harriet, ich muss dich einmal etwas fragen. Du erzähltest mir kürzlich von Achilles, dem scheinbar unbesiegbaren und unverwundbaren Helden der griechischen Mythologie, bekannt auch durch die Ilias von Homer. Ich verstehe einfach nicht, warum er im Wettrennen mit deiner Urururgroßmutter verlor und einfach nicht gewinnen konnte, wie du meintest. Nachdem du mir gestern diese merkwürdige Geschichte erzählt hast, musste ich heute Nacht immer wieder daran denken und konnte kaum schlafen.«

»Ja«, brummelte Harriet, »Achilles, dieser Angeber, hat in seiner Überheblichkeit einen entscheidenden Fehler gemacht und ich wollte einmal wissen, ob du darauf kommst. Pass auf, Hermine, ich erkläre dir das noch einmal ganz genau.« Im Gegensatz zu Hermine erzählte Harriet niemals aus ihrem vorherigen Leben. Das schien merkwürdigerweise Hermine auch nicht sonderlich zu interessieren. Sie wollte immer nur Harriets »Geschichten« hören und je philosophischer sie waren, desto spannender fand Hermine sie. Ihre Wissbegierde war unerschöpflich. Sie hatte enormen Nachholbedarf an Allgemeinwissen, oder war es wirklich die Philosophie, von der sie nicht genug bekommen konnte? Dabei interessierte sie die reine Philosophie weniger, sondern viel mehr die sogenannten philosophischen Geschichten und Kommentare von Harriet. Und so kam es, dass Harriet wieder einmal eine besondere Geschichte für sie bereit hatte.

»Also, liebe Hermine, das war nämlich so: Der scheinbar unbesiegbare Achilles vereinbarte, wie du weißt, ein Wettrennen mit meiner Ururgroßmutter. Und weil meine Ururgroßmutter ja so viel älter und logischerweise nur sehr viel langsamer sein konnte, gab er ihr großzügig einen Riesenvorsprung. Und jetzt folgt die mathematisch-philosophische Seite dieser Geschichte. Neunzig Meter Vorsprung bekommt sie bei einer Gesamtstrecke von hundert Metern. Beide starten. Achilles läuft zehnmal schneller als sie. Nachdem er 90 Meter gelaufen ist, hat meine Ururgroßmutter neun Meter zurückgelegt und liegt natürlich sichtbar vorn. Nach seinen weiteren neun Metern ist sie noch immer an der Spitze, diesmal 90 Zentimeter vor Achilles. Nach weiteren 90 Zentimeter liegt ihr Vorsprung wieder bei neun Zentimetern. Solange Achilles rennt, läuft auch meine Ururgroßmutter weiter und sie wird immer vorne liegen, auch wenn ihr Vorsprung dabei immer kleiner wird. Egal welche Strecke Achilles auch läuft, meine Ururgroßmutter ist während ihrer Laufzeit immer um ein Zehntel seiner Laufstrecke vorgerückt. Achilles holte meine Ururgroßmutter also niemals ein.«

Solche Geschichten liebte Hermine. Sie fand sie herrlich, sie waren gleich heilsamen Balsam für ihren Geist und ihre Seele. Darüber konnte sie beim meditieren, einnicken und träumen, während sie in der Sonne lag. Was ist eigentlich der tiefere Sinn dieser Geschichte, fragte sie sich, Harriet erzählte doch nichts ohne ihn. Hermine dachte laut: »Tun wir im Leben vielleicht auch oft unbewusst das Richtige?« Dabei kam Hermine zu dem Entschluss, dass sie eigentlich in ihrem Alter nicht mehr so viel nachdenken sollte. Einfach tun, war jetzt ihre Devise. Wenn der Tausendfüßler darüber nachdenken würde, wie er am besten laufen soll, käme er sehr schnell ins Stolpern. »Eine alte Binsenweisheit«, sagte sie zu Harriet.

»Weißt du eigentlich, woher dieser Begriff stammt, meine liebe Philosophiefreundin?«, antwortete Harriet.

»Nein, aber du wirst es mir sicher gleich erklären«, meinte Hermine.

»Binsen haben langen Gräsern ähnliche Stängel. Bei den alten Griechen gab es einen Mythos, dass König Midas seinem Barbier verboten hatte, zu verbreiten, dass ihm Eselsohren gewachsen seien, die er unter seinen langen Haaren verbarg. Der Barbier vergaß seine Loyalität, weil er schier zu platzen drohte, wenn er diese Neuigkeit nicht jemandem erzählen konnte. Er rief die Botschaft in ein Erdloch, in dem Binsen wuchsen. Die flüsterten sie leise zurück, wenn der Wind sie bewegte, und alle Welt wusste, was geschehen war. Die Botschaft wurde sehr schnell zu einer sogenannten Binsenweisheit.«

»Es ist unfassbar, was du alles weißt, manchmal ist mir nicht klar, wie ich deine Geschichten aufnehmen soll, meine liebe Harriet, soll ich das wirklich alles glauben?«, murmelte Hermine, während sie wieder einmal genüsslich einschlief.

Das Alter

Ganz anders war es im Alltag des Lebens. Da gab es nicht viel Zeit für solche Art der Entspannung. Darüber dachten die beiden Philosophinnen nach. Im Alter jedoch erzählen die Menschen viele Geschichten. Die meisten handeln von früher und von längst vergangenen Zeiten. »Unsere Eltern erzählten uns zwar immer und immer wieder die gleichen Geschichten, dennoch variierte die Pointe alle paar Jahre. Ist auch ganz logisch«, dachte Hermine laut, »in einem anderen Lebensalter sieht man einiges immer wieder aus einer anderen, einer neuen Perspektive. Der Vorteil des Alters ist ja, dass im Allgemeinen Entscheidungen nicht mehr überstürzt werden. Es ist doch verrückt: Je mehr der geistige Reichtum zunimmt, desto mehr lässt die körperliche Kondition nach.«

Harriet wusste immer sehr genau, wie das bei den Menschen ist: »Das Vergessen oder sich nicht mehr erinnern können an kurz vorher geschehene Ereignisse hat übrigens überhaupt nichts zu tun mit geistiger Intelligenz, Demenz oder gar mit der gefürchteten Alzheimer-Erkrankung. Die Wissenschaft drückt es gelehrter aus, die Plastizität des Gehirns lässt mit zunehmendem Alter nach. Aber es gibt sie sehr wohl noch auch im höchsten Alter, die Vermehrung der Gehirnzellen. Tatsächlich nur dann, wenn täglich trainiert wird. Wer schlau bleiben möchte, muss einfach etwas dafür tun. Von selbst geht das nicht und schon überhaupt nicht im fortgeschrittenen Alter. Vom ehemaligen Papst, Benedikt XVI., dem früheren Kardinal Ratzinger, stammt der Ausspruch von ›der Herzverfettung des Habens und Genießens‹. Der Rückzug in eine Bequemlichkeit, in den Gedanken: Ich will bloß keinen Ärger mehr haben und es mir mit niemandem verderben. Oder ist das vielleicht doch die Altersweisheit? Im Alter denken fast alle Menschen mehr über ihr bisheriges Leben nach. Das meistens sehr hektische Berufsleben bot wenig Zeit für Mußestunden.«

Alle in der paradiesischen Seniorenresidenz liebten und verehrten die alte Harriet, sie hörten ihr gern zu. Die philosophischen Lebensweisheiten der »Grande Dame« bereicherten den Alltag. »Was kann es Schöneres geben?«, meinte Hermine. »Wir haben hier ein märchenhaftes Leben voller Zufriedenheit, ohne quälende Sorgen, ohne Angst vor schlimmen Nachrichten, vor Krankheiten, Kriegen, Hunger. Angst davor, unsere Lieben zu verlieren, vor Armut, vor dem Verlassenwerden und vor der Missachtung anderer. Angst vor Gefühlen und sie nicht ausdrücken zu dürfen oder zu können. Wir leben ein erfülltes Leben im Gefüge von Sein und Zeit. Der Mangel ist nicht mehr unser Lebensinhalt. Und dem ewig sich drehenden Hamsterrad unseres unbändigen Willens sind wir auch entkommen«.

»Und, liebe Hermine«, meinte Harriet, »hast du das einmal bei den heutigen Menschen beobachtet? Die Wissenschaft stellt fest, dass die Menschen immer länger leben und nichts deutet darauf hin, dass sich diese Entwicklung wieder einmal umkehren könnte. Die Menschen, die heute 80 Jahre alt sind, sehen aus wie 70, das Altern setzt sehr verzögert ein. Wie alt ein Mensch wird, liegt zu einem wesentlichen Teil auch an seinem Erbgut. Doch das ist nichts Neues, das war wahrscheinlich schon immer so.

Wenn die Menschen heute immer älter werden, muss das noch andere Gründe haben. Das Genom muss sozusagen ausgetrickst werden. Es müssen also im Leben einige Faktoren dazukommen, die ein längeres Leben ausmachen. Und die gibt es tatsächlich. Dazu zählen ganz bestimmt eine bessere Ernährung, eine hoch entwickelte Medizin und eine bessere Behandlung im Krankheitsfalle. Bei dem Kapitel Intelligenz werde ich auch noch einmal auf das Thema Altern zurückkommen.«

Gerechtigkeit Gottes

Hermine war in ihrem Leben sehr auf Gerechtigkeit bedacht gewesen. Und dabei ging ihr immer wieder der Gedanke durch den Kopf, wie es eigentlich bestellt wäre mit der Gerechtigkeit Gottes. Gibt es die? Gibt es überhaupt einen Gott? Für Hermine schon, aber wie bei vielen gläubigen Menschen kamen auch ihr immer wieder Zweifel. »Harriet, ich möchte dich einmal etwas fragen: Wie ist eigentlich die Allmacht, Güte und Allwissenheit Gottes mit der Existenz des Bösen in der Welt zu vereinbaren? Das kann ich einfach nicht begreifen, möchte es aber gerne verstehen.«

Harriet versuchte immer, auf Fragen schlüssige Antworten zu geben. Sie besaß die Größe zuzugeben, wenn sie einmal keine so überzeugende Antwort bereit hatte. Und diese Frage von Hermine war so ein seltener Fall. »Auf die Frage nach der Gerechtigkeit Gottes, meine liebe Hermine, gibt es seit vielen Jahren von vielen Philosophen verschiedenste Antworten. Nennen wir es einmal vorsichtig Antwortfindungsversuche. Es geht doch darum, warum ein allmächtiger Gott das Leiden der Menschen auf der Erde zulässt. Eigentlich kann es auf diese Frage keine universelle, allgemeingültige Antwort geben«, meinte Harriet. »Alle Gläubigen müssen sie selbst bei Gott suchen. Nur er selbst wird wissen, was er tut und vor allem warum.

Schon die alten griechischen Philosophen beschäftigten sich mit diesem Thema. Auch im Alten Testament im Buch Hiob steht ebenfalls eine ganze Menge dazu. Im 18. Jahrhundert versuchte der deutsche Philosoph der frühen Aufklärung G. W. Leibniz nachzuweisen, dass diese Welt dennoch die beste aller möglichen Welten wäre und deshalb die Existenz des Bösen in der Welt nicht der Güte Gottes widerspräche. Die berühmte religionskritische Theodizee, die Frage nach der Gerechtigkeit Gottes beschäftigte nicht nur Leibniz, sondern auch alle Kulturen der Antike, im alten China, aber auch in Indien, Persien, die Babylonier und die Ägypter.

Sie kam insbesondere in neuerer Zeit wieder verstärkt auf nach den Schrecken des Holocausts. Kardinal Ratzinger antwortete in einem Interview 1999 Peter Seewald, was er denn fragen würde, wenn er eine Frage an den Weltgeist freihätte: ›Warum ist diese Welt so? Was bedeutet das ganze Leid in ihr? Warum ist das Böse so mächtig in ihr, wenn Gott doch eigentlich der Mächtige ist?‹«

»Eine starke, mutige Frage für einen Kardinal und späteren Papst Benedikt XVI., meinst du nicht auch, Harriet?«

»Das stimmt, Hermine, aber Ratzinger wäre nicht Ratzinger, wenn er nicht gleich eine Antwort parat gehabt hätte. Er sagte: ›Wer nicht mehr sehen kann, dass auch in einer bösen Welt der Schöpfer noch durchleuchtet, der kann eigentlich nicht mehr existieren. Der wird zynisch, oder er muss sich überhaupt vom Leben verabschieden.‹«

»Und das hältst du für eine befriedigende Antwort? Na danke, aber darüber muss ich jetzt erst einmal etwas länger nachdenken. Jetzt habe ich wieder eine solche Menge geistiger Anregungen bekommen, ich habe zu tun. Mach's gut, ich brauche jetzt einfach dringend meine Ruhe.«

»Hmm, ich dachte, wir diskutieren jetzt darüber«, brummte Harriet.«

»Jawohl, machen wir gern, aber später, das ist mir im Augenblick ein bisschen zu starker Tobak«, sagte Hermine und verschwand.

Noch am selben Abend hatten Harriet und Hermine ein Streitgespräch. Zugegebenermaßen passierte das nicht sehr oft. Hermine akzeptierte Harriets Aussage, doch es ging ihr einfach nicht in den Kopf, dass es einen Gott geben sollte, der bei allen Schrecklichkeiten auf der Welt gelassen zusehen könnte. Und dass die alte Philosophin darauf keine befriedigende Antwort geben konnte. Ihr ewiges Problem, über das sie mit Gott schon immer haderte. »Ein allmächtiger und gütiger Gott, der Naturkatastrophen, Kriege, zerstörenden Hass und quälende Sorgen unter den Menschen zulässt und nicht eingreift, das verstehe ich nicht und werde es auch niemals verstehen, Harriet.« Der Philosoph und Atheist Ludwig Feuerbach und seine Maxime »Der Mensch schuf Gott zu seinem Ebenbilde« fiel ihr dazu ein. Hatten die Menschen ihre Unvollkommenheit erkannt und sich deshalb einen vollkommenen Gott geschaffen? Wo ist er denn, der vollkommene Gott? Die Religionen sagen viel mehr über die Menschen als über Gott. Nach dem Ideal seiner Wünsche schuf sich der Mensch Gott. Ein von dem Menschen geschaffener Gott, nicht umgekehrt, das könnte die Lösung sein für das Nichteingreifen eines Gottes. Hat denn Gott tatsächlich jemals zu einem Menschen gesprochen, wie es uns einige Autoren der Bibel glauben machen wollen? Oder haben sinnsuchende Menschen in einer Einheit von Fühlen, Denken und Wollen sich diesen Gott geschaffen? Gott, eine Metapher?

Der griechische Philosoph Platon, Schüler von Sokrates, der dessen Denken aufgeschrieben hat, formulierte den Göttervater Zeus als »den unbewegten Beweger«. Eine Metapher für Gott als denjenigen, der bewegt, der aber selbst nicht bewegt wird. Vermutlich wird damit in der Bibel die Frage umgangen, wer Gott erschaffen hat. Gott ist der Anfang von allem und bedarf selbst keines Anfangs. Der Mensch muss sein kleines Leben ständig ausbalancieren zwischen Geist und Leib. Wenn dabei Angst entsteht vor dem großen Ungewissen, bildet die Angst die Unsicherheit.

Aus dieser Schwäche heraus muss das der Punkt gewesen sein, wo vor mehr als 2000 Jahren die Menschen diesen einen Gott mit seinem Menschensohn geschaffen haben, als vollkommenes Wesen, das von Anfang an da gewesen ist.

»Ja, Hermine, die Menschen haben sich einen Gott geschaffen als Ventil für all das, was sie nicht begreifen. Andere nennen es auch Schicksal oder Karma. Der ›Antichrist‹ Friedrich Nietzsche gibt den guten Rat: amor fati, liebe dein Schicksal. Die Menschheit ist nicht in der Lage, auf alle Fragen eine Antwort zu haben.«

Jahrhundertelang ging es darum, wer die Oberhand hätte, die Kirche, namentlich der amtierende Papst, oder der König. Im Investiturstreit zwischen Papst Gregor VII. und König Heinrich IV. ging es darum, wer das Recht zur Investitur hätte. Der Streit im mittelalterlichen Europa zwischen geistlicher und weltlicher Macht um die Amtseinsetzung von Geistlichen durch die weltliche Macht. Seit vielen Jahren waren das die deutschen Kaiser gewesen. Kirchenmänner, Bischöfe und Äbte, waren die zuverlässigsten Lehnsmänner der Könige und Kaiser. Papst Gregor VII. wehrte sich dagegen, dass Heinrich IV. sich das Recht zur Investitur nahm. Er belegte die eingesetzten Kirchenfürsten mit dem Bann, damit waren sie aus der Kirche ausgeschlossen. Als Heinrich IV. sich auf dem Reichstag in Worms im Jahr 1076 auf die Seite der gebannten Bischöfe schlug, wurde er selbst vom Papst mit dem Bann belegt. Es entbrannte ein unerbittlicher Kampf zwischen Kirche und weltlicher Obrigkeit. Die Fürsten verlangten von Heinrich IV., sich innerhalb eines Jahres von dem Bann zu lösen, sonst würde ein neuer König gewählt. Heinrich musste wohl oder übel nachgeben. Da der Papst gerade auf dem Weg nach Deutschland war und nun Angst vor Heinrichs Heer bekam, zog er sich auf die Burg Canossa in Norditalien zurück. Im Januar 1077 zog Heinrich im Büßergewand vor die Burg – alleine, ohne ein

Heer. Dieses Ereignis wurde bekannt als »Gang nach Canossa«. Damit unterwarf sich Heinrich dem Papst, der den Bann löste.

Heinrichs Position blieb dennoch schwierig. Seine Gegner ließen Gegenkaiser einsetzen. Gregor bannte den König schließlich erneut. Heinrich setzte daraufhin einen ihm treuen Gegenpapst ein. Überall wurde um die Macht gekämpft. Nachdem Gregor 1085 verstorben war, ruhte der Streit um die Investitur. Heinrich selbst wurde von seinem Sohn Heinrich V. zur Abdankung gezwungen.

Erst mit dem Wormser Konkordat endete der Investiturstreit. Heinrich V. und Papst Calixt II. einigten sich darauf, dass der Kaiser in weltlichen Dingen die Oberhoheit über die Bischöfe behielt, diese in allen kirchlichen Fragen aber dem Papst unterstellt waren. Man unterschied also nun nach dem geistlichen und dem weltlichen Amt, das die Bischöfe zugleich bekleideten. Ein geistliches Amt ist der Kirche zugehörig, ein weltliches Amt ist nicht-kirchlich. Genauso wie es auch bis heute noch im weitesten Sinne gültig ist. Im Römerbrief 13 steht: 1. Jedermann sei untertan der Obrigkeit, die Gewalt über ihn hat. Denn es ist keine Obrigkeit ohne von Gott; wo aber Obrigkeit ist, die ist von Gott verordnet. 2. Wer sich nun der Obrigkeit widersetzt, der widerstrebt Gottes Ordnung; die aber widerstreben, werden über sich ein Urteil empfangen.

»Liebe Hermine, in diesem Zusammenhang kommt mir eine andere Begebenheit in den Kopf, die ich dir erzählen muss zu unserem Thema Kirche und Religion. Kaiser Konstantin I. hat das Konzil von Nicäa im Jahre 325 einberufen und damals wurde Jesus nach einer entsprechenden Abstimmung zum Sohn Gottes erklärt. Bis dahin war er von seinen Anhängern als sterblicher Prophet betrachtet worden, als ein großer und mächtiger Mensch für sie, aber eben als Mensch und nicht als Sohn Gottes. Erst die 300

Bischöfe, die damals an dem Konzil teilnahmen, erklärten ihn zum Sohn Gottes.«

»Nein, nein, Harriet, da machst du es dir viel zu einfach. Auch der Atheist, oder vielleicht war er auch Agnostiker, Friedrich Nietzsche provozierte mit seinem ›Gott ist tot‹«, bäumte Hermine sich auf.

»Schau mal, Hermine«, begann Harriet jetzt in einem sehr salbungsvollen Ton: »Die gesamte Literatur der Goethe-Zeit ist geprägt von der Auseinandersetzung zwischen Religiosität, Aufklärung und Zwiespalt von Atheismus und Gottesglaube, wie auch viele Persönlichkeiten dieser Zeit von diesem Konflikt geprägt wurden. Das kannst du nachlesen bei Jean Paul oder zum Beispiel auch direkt in Goethes Faust.
Und was hat denn die Selbstmordgedanken des jungen Friedrich Schiller angetrieben? Da kann ich dir mit einem Zitat des französischen Philosophen und Denkers René Descartes antworten: Ich denke, also bin ich, und so lange ich bin, liebe Hermine, denke und zweifle ich, das geht wahrscheinlich allen denkenden vernünftigen Lebewesen so. – Ach Hermine, wer gleich mir in den Worten die Wahrheit sucht, also eine Philosophin ist, ist mehr als meine Freundin. Können wir uns darauf einigen, dass Jesus dennoch eine großartige Erscheinung war und für viele Menschen ganz viel bedeutet und ihr persönlicher Heilsbringer ist?«

»Manchmal habe ich den Eindruck, Harriet«, meinte jetzt Hermine, »für die evangelische Kirche ist Jesus und für die katholische Kirche Maria, die Mutter Gottes, viel wichtiger als Gott. Und dann gibt es noch den Heiligen Geist, was ist eigentlich mit dem?«

»Die Dreifaltigkeit Vater, Sohn und Heiliger Geist entstammt gleichermaßen diesem vorher erwähnten Konzil«, erläuterte Harriet.

»Wie soll ein normal denkender Mensch an die Jungfrauengeburt von Maria glauben?«, wollte Hermine wissen. Zum ersten Mal wurde sie mit solchen Fragen konfrontiert. Sie glaubte, das läge an der Philosophin Harriet, die Kirche und Religion auseinandernahm.

»Alle Religionen sind von Menschen erfunden worden, auch die Bibel ist Menschenwerk. Man versteht die Bibel besser, wenn man sie symbolisch, gleichnishaft betrachtet. Aber das muss einem erst einer erklären, um die Symbologie und religiöse Ikonologie verstehen zu können. Alle Philosophen haben sich damit auseinandergesetzt. Einer der bedeutendsten katholischen Theologen, Thomas von Aquin, hatte einen solchen Respekt vor Aristoteles, dass er ihn als den Philosophen schlechthin bezeichnete. Thomas von Aquin kämpfte fünf Jahre darum, aristotelische Vorstellungen in die kirchliche Philosophie einzubringen.

Alles Wissen wurde hauptsächlich von der Kirche vermittelt, und die führenden Köpfe von Religion und Wissenschaft waren häufig ein und dieselben Personen. Unser christliches Kulturerbe wurde im antiken Rom bewahrt. Der heilige Hieronymus hat dort um 400 n. Chr. die Bibel aus griechischen Texten ins Lateinische übersetzt, später übertrug er sie noch einmal aus dem Hebräischen ins Lateinische. Seine lateinische Bibel, die Vulgata, war lange richtungsweisend für die katholische Kirche. Die Texte der alten Griechen sind uns erhalten geblieben, weil arabische Gelehrte sie vom Griechischen ins Arabische übersetzt und gepflegt haben. So konnten sie später ins Altspanische und letztlich in die europäische Kultursprache Latein übersetzt und im gebildeten Europa bekannt werden.

In den sogenannten großen Übersetzerschulen von Toledo, Cordoba und Bagdad wurden ebenfalls die Schriften von Aristoteles und anderen griechischen Philosophen unter islamischer Oberaufsicht gleichberechtigt nebeneinander arbeitenden Christen, Muslime und Juden aus dem Arabischen ins Lateinische übersetzt. Und wie wir alle wissen, hat Martin Luther die Bibel ins Deutsche übertragen. Zuerst das Neue Testament, das er in nur vier Monaten niederschrieb. Er war beseelt von der Idee einer Übersetzung der Heiligen Schrift für die Bedürfnisse der einfachen, weniger gebildeten Menschen seiner Zeit, die zu den griechischen und lateinischen Texten keinen Zugang hatten. Eine Bibel für das ganze Volk wollte Luther durch seine Übersetzungsarbeit stiften. Nach der Übertragung des Neuen Testaments benötigte Luther für die Übersetzung des Alten Testaments noch einmal zwölf Jahre.«

»Das ist ja wahnsinnig interessant, liebe Harriet. Mir macht es einen riesigen Spaß, so viel von dir zu lernen. Dennoch muss ich dir gestehen, für mich ist und bleibt der liebe Gott mein Beschützer, er sendet mir meinen Schutzengel und zu ihm bete ich täglich. Und in die Kirche gehe ich, wenn ich ihm nahe sein möchte.«

»Hermine, sich zu sich selbst verhalten, sich zu sich einstellen, ist ein immerwährender Prozess. Das Selbst ist bei dem dänischen Philosoph Søren Kierkegaard immer ein Verhältnis, ein Zwiespalt, der ausbalanciert werden muss. Nach ihm ist der Mensch eine Synthese zwischen Endlichkeit und Unendlichkeit, Freiheit und Gebundenheit, eine Einheit von Vermögen durch Gefühle, Erkenntnissen und Willen. Mit Kierkegaard beginnen in der Philosophie Kategorien des Existierens. Unsere gesamte Existenz steht bei ihm unter den Kategorien von Möglichkeit und Wirklichkeit. Im Sinne Kierkegaards können wir sagen, Gott hat den Menschen gesetzt, aber der Mensch ist für sich selbst verantwortlich mit all seinen unendlichen Möglichkeiten.

Zuvor haben wir darüber gesprochen, wie ein gütiger Gott das Elend auf der Welt zu lassen kann. Gott ist für dieses Elend nicht verantwortlich, das ist menschengemacht und Kierkegaard gibt darauf die Antwort. Oft machen wir uns nicht genügend bewusst, dass wir mit dieser großen, individuellen, einmaligen Freiheit ausgestattet sind. Hermine, haben wir das in unserem menschlichen Leben nicht meistens so wie alle getan, aber nicht unserem eigenen Selbst zur vollständigen Genüge? Liegt es daran, dass die Menschen ein zu wenig festes Selbst haben? Keine eigene Identität leben? Kommt es deshalb zu einem ständigen Schwanken und dass wir manchmal verzweifeln und nach unserem Selbst suchen?

Wer bin ich?, fragt der Philosoph Richard David Precht in seinem Buch. Ist man der, wofür man sich selbst hält? Das ist relativ einfach mit einer weiteren Frage zu beantworten. Was zeichnet mich selbst in meiner Unverwechselbarkeit vor allen anderen aus? Natürlich sind wir nach Kierkegaard ein Verhältnis zwischen den Polen und müssen uns ständig ausbalancieren. Das Schwierige dabei ist, dass es ein für immer gelingendes Gleichgewicht nicht gibt. Dennoch brauchen wir darüber nicht verzweifelt zu sein, wenn wir uns dieser Tatsache bewusst sind und lernen, mit ihr umzugehen. Denn wir haben jederzeit die Möglichkeit der Beeinflussung und dabei kann dir dein lieber Gott auch helfen.«

Hermine und die Intelligenz

Hermine hielt sich selbst niemals für besonders intelligent. Sie hatte »nur« einen Mittelschulabschluss an einer Hauswirtschaftsschule und deshalb lebenslang erhebliche Minderwertigkeitskomplexe, die von ihrem Mann auch noch kräftig unterstützt wurden. Er ärgerte sie immer und das nicht selten, sogar in Anwesenheit von anderen mit manchmal sehr geschmacklosen, oft gar unflätigen Witze über seine Frau. Alle lachten und er selbst am lautesten. Er liebte es, im Mittelpunkt zu stehen. Die Menschen um ihn herum mussten ihn schon gut kennen, um solche Späße zu ertragen und nicht schamhaft den Kopf zur Seite zu drehen. Er selbst konnte sich sehr amüsieren über Witze, bei denen andere die Verlierer waren. Und da machte er selbst vor seiner Frau nicht halt. »So war er, unverbesserlich und immer der Größte«, erklärte Hermine.

Harriet dozierte wieder einmal: »Zurück zu deiner Frage nach der Intelligenz. Albert Einstein hat nie an einem Intelligenztest teilgenommen. Nach einer amerikanischen Studie aus dem Jahr 1926 von Catharine M. Cox, Genetic Studies of Genius, soll er einen geschätzten, nicht getesteten IQ von 160 bis 180 gehabt haben. Der durchschnittliche Intelligenzquotient wird in Deutschland für Erwachsene mit ungefähr 100 angegeben.«

»Was ist eigentlich Intelligenz?«, fragte Hermine.

»Wer 100 Experten fragt, erhält nahezu ebenso viele Antworten. Denn über die Erklärung des Begriffs streiten Philosophen, Psychologen und Naturwissenschaftler bereits seit Jahrhunderten. Ganz abstrakt kann man sagen, wie auch der Duden schreibt: Intelligenz ist ein anderes Wort für die Fähigkeit, sich in neuen Situationen durch Einsicht zurechtzufinden und Aufgaben durch Nachdenken zu lösen. Erfahrungen spielen dabei keine so große Rolle, eher eine blitzschnelle Auffassungsgabe, ein guter Durchblick und die Kombinationsfähigkeit. Es gibt besonders kommunikative Menschen, denen diese Gaben in den Schoß fallen. Und ob es ein sogenanntes Intelligenz-Gen gibt, ist man sich bislang nicht sicher. Eines steht fest, Menschen mit einem sogenannten fotografischen Gedächtnis haben es zum Beispiel wesentlich leichter, sich etwas zu merken, es zu verknüpfen und wieder anzuwenden.«

Mit der folgenden Frage verblüffte Hermine Harriet ziemlich. »Suchen sich sogenannte intelligente Menschen intelligente Partner und bekommen mit ihnen auch wieder intelligente Kinder?« Das war typisch für Hermine, sie stellte einfach klingende Fragen, die aber meistens schwierig zu beantworten waren. Sie ließ nicht locker und setzte nach: »Harriet, du hast gesagt, du wolltest bei der Frage zur Intelligenz noch einmal auf das Alter zurückkommen. Leben intelligente Menschen eigentlich auch länger?«

»Natürlich«, brummte Harriet ziemlich spontan, »sie sind ja viel gesünder wegen ihrer intelligenteren Lebensführung in Bezug auf Ernährung, Bewegung und geistiger Beschäftigung. Vielleicht kennen sie auch einige der vielen möglichen lebensverlängernden Maßnahmen!«

»Was ist denn das für ein Blödsinn, wo hast du das bloß her, Harriet?«, fragte Hermine und war einen Moment verblüfft und sprachlos. Eigentlich widersprach sie Harriet nur sehr selten.

»Intelligente Menschen könnten schon länger leben, wenn sie ihre Vernunft, ihren Geist und ihr Wissen für eine gesunde Lebensweise einsetzten«, meinte Harriet. »Das menschliche Herz ist nur etwa so groß wie eine Faust und pumpt Tag für Tag, Nacht für Nacht ungefähr 7000 Liter Blut durch den Körper. Es zieht sich je nach Trainingszustand zwischen 50- und 80-mal pro Minute zusammen und erschlafft dann wieder. Pro Tag sind das ungefähr 100.000 Herzschläge, das sind summa summarum in einem Jahr bereits 35 Millionen. So werden die 90 Billionen Körperzellen mit Nährstoffen und Sauerstoff versorgt. Das ist eine unglaubliche Leistung.

Zu den Haupttodesursachen in Mitteleuropa gehören Durchblutungsstörungen des Herzens, Herzinfarkt und Herzschwäche. Die Grundlage der meisten Herzkreislauferkrankungen sind verengte Blutgefäße. Sie entstehen durch Arteriosklerose – im Volksmund Verkalkung –, Embolien, Verkrampfungen, Entzündungen oder Bindegewebsschwäche. Begünstigt wird die Entstehung dieser Erkrankungen zum Beispiel durch erhöhte Blutdruckwerte, hohen Blutzucker und hohe Blutfettwerte. Die Schulmedizin dehnt verengte Blutgefäße auf, setzt sogenannte Stents oder Gefäßstützen, medizinische Implantate zum Offenhalten von Gefäßen, ein, oder schafft herzchirurgisch einen oder mehrere Bypässe, Umgehungsleitungen. Menschen, die sich diesen Behandlungsmethoden unterzogen haben, müssen zusätzlich lebenslang Medikamente zur Blutgefäßentspannung und Blutverdünnung einnehmen. Cholesterin- und Blutzuckerwerte werden medikamentös gesenkt.« Harriet war schon eine bemerkenswerte weise alte Dame.

Aber auch Hermine war immer mehr gereift in ihrer neuen Rolle auf Galapagos. Sie antwortete Harriet: »Die Schulmedizin und die Pharmazie in allen Ehren, doch ist das wirklich eine befriedigende Dauerlösung? Mein geliebter Heilpraktiker in meinem früheren Menschenleben, von dem ich dir schon mehrfach erzählte, Harriet, hatte da ganz andere Vorschläge. Er meinte, eine Heilung des Herzens kann in vielen Fällen auch mit natürlichen Heilmethoden ganz entscheidend erfolgen oder zumindest ergänzt werden. Meine Mutter ließ, wie ich dir schon erzählte, nichts auf ihren Naturheilverein kommen und praktizierte die empfohlene gesunde Ernährung. Ab und zu brutzelte sie unserem Vater und uns Kindern auch einmal ein richtiges Stück Fleisch, aber das passte erstens nicht so richtig zu ihrer Überzeugung und zweitens war es auch sehr teuer in den schlechten Jahren, die wir durchmachen mussten. Doch diese Ernährung war hilfreich, in diesen Zeiten gab es praktisch keine dicken Menschen. Junker Schmalhans war der weit verbreitete Koch, dessen Kost die Menschen gesünder erscheinen ließ, als das später in den Wirschaftswunderjahren der Fall war. Wir haben viel Gemüse gegessen, das wir entweder im Garten selbst anbauten oder es bei den Bauern im Odenwald – unsere Mutter hatte als Kind ihr Leben in Ober-Modau im Odenwald verbracht – hamsterten, wie man damals das Betteln um Lebensmittel umschrieb.

Früher wurde auch sehr viel gelaufen oder Fahrrad gefahren, das kam einem ständigen leichten Ausdauertraining gleich. Wir hatten auch immer etwas Krafttraining. Oder wie kann man das anders nennen, wenn man täglich die Kohlen für den Kachelofen vom Keller in den zweiten Stock schleppen musste? Und da waren wir Kinder nicht ausgeschlossen, das gehörte zu unseren täglichen Pflichten.«

»Gut, Hermine, kommen wir zurück auf unseren Ausgangspunkt. Intelligenz ist tatsächlich ein sehr umstrittener Begriff. Eine von allen Psychologen geteilte, eindeutige Begriffsdefinition gibt es wahrlich nicht. Der Lateiner würde es so erklären: Inter bedeutet zwischen und legere lesen. Also etwa so: zwischen den Zeilen lesen und verstehen. Vielleicht hat es doch zu tun mit der kognitiven, das heißt der auf der individuellen Erfahrung oder Erkenntnis beruhenden Leistungsfähigkeit des Menschen.«

»Bin ich vielleicht doch nicht so dumm, wie mein Mann

mich immer zu machen glaubte«, hielt Hermine Selbstgespräche und hatte bei ihrem folgenden ausgiebigen Mittagschläfchen, bei dem sie so tief schlief wie selten, einen merkwürdigen Traum. Sie war wieder einmal in der Schule. Davon träumte sie sehr oft. Sie sah sich im Traum in keiner gewöhnlichen Schule, in der Kinder Lesen, Rechnen und Schreiben lernen, alles war völlig anders. Sie besuchte eine Lebensschule. Dort standen ganz andere Fächer auf dem Stundenplan, zum Beispiel: »Wie man die Hauptrolle in seinem Leben spielt«, »Die hohe Kunst des Genießens«, »Wie bringen wir das Glück in unser Leben«, »Kommunikation mit anderen Menschen«, »Fähigkeiten, wie zuhören und den anderen richtig zu verstehen«, »Denken-lernen-Stunde« und »Problemlösungsstunde«. In dieser Schule gewann sie unglaubliche Einsichten und Erkenntnisse über die Zusammenhänge des ganz normalen und doch so komplizierten Lebens, bei denen sich der Lebenserfolg ganz von selbst einstellte. »Erfolg im Leben« als Schulfach. »Wie du eine gewinnende Persönlichkeit wirst« und »Wie du Charisma entwickelst und eine ständige Erfolgsaura erlebst« standen als Themen auf dem Lehrplan. Und die Lehrer dieser Schule behaupteten, dass alle Schülerinnen und Schüler bei einem dennoch eventuell auftretenden Misserfolg dann wenigstens das richtige Rüstzeug im Gepäck hätten, um auch diesen in Erfolg umzuwandeln.

»Das ist es, genau, so ist es«, murmelte Hermine beim Aufwachen. »Diesen Traum muss ich sofort Harriet erzählen. Über mein Lebensglück lasse ich nicht mehr meine Niederlagen entscheiden. Ich lasse auch nicht andere darüber entscheiden, was ich falsch und richtig mache. Auch werde ich mich nicht mit Selbstvorwürfen und Selbstmitleid bestrafen.« Das waren Hermines Erkenntnisse und Gedanken, die ihr so durch den Kopf gingen und bei denen sie so ein wohlig warmes, angenehmes Gefühl in sich verspürte. Fühlte sich so das Selbstbewusstsein an, das ihr immer abging im Leben? Diesen Traum hätte sie schon früher in ihrem Leben einmal gern träumen wollen. Vielleicht wäre dann alles ganz anders gekommen.

Was bedeuten eigentlich Träume?

Apropos Träume, die beiden trafen sich am wunderbaren blautürkisfarbenen Meer und Hermine erzählte Harriet gleich von ihrem fantastischen Traum. Und wie sollte es anders sein, Harriet hatte für Hermine dazu wieder interessante Nachrichten: »Weißt du, Hermine, ich habe einmal von einem sehr alten Traumbuch erfahren. Es ist mehr als 2000 Jahre alt. Es heißt ›Die Traumdeutung‹ und ist von dem alten Griechen Artemidor von Daldis und Ephesos. Er teilt Träume in zwei Arten ein: eine, die gegenwärtige Zustände anzeigt, und eine zweite, bei der sich Träume auf die Zukunft beziehen und zum Handeln reizen bis in das Aufwachen hinein. Einen Traum als Schülerin einer Schule würde Artemidor erklären als ultra educationem, zu Deutsch: Weiterbildung, danach solltest du im Traum spüren, dass du dich selbst schulen solltest, und zwar im ganz praktischen, konkreten, aber auch im übertragenen Sinn.«

In der griechisch-römischen Antike galt ein erstaunlich unbefangenes Verhältnis zum Traum. Auf antiken Tontafeln wurden ganze Lexika für Traumdeutungen gefunden. Jeder, der damals ein bisschen was auf sich hielt, hatte seinen eigenen Traumdeuter. Dieser war ein angesehener und auskömmlicher Beruf. Man legte sehr umfangreiche Traumdeutungsbücher an. »Träumen ist eine irdische Angelegenheit und seinem Wesen nach durch und durch profan«, so Novalis im 18. Jahrhundert. Homer, ein früher Dichter des Abendlandes und Autor der Ilias und der Odyssee, war davon überzeugt, dass der Traum ein Lebewesen sei, das der Göttervater Zeus zu einem anderen Lebewesen hinkommandieren konnte, ganz so wie er es brauchte. Aristoteles meinte, Träume kämen von Göttern und nur die besten Menschen würden damit geehrt.

»Siehst du, Hermine, halte nur an deinem Traum fest, träume ihn von Zeit zu Zeit weiter und du wirst immer dazulernen. Dein Wunsch nach lebenslangem Lernen geht auch hierbei in Erfüllung, lernen hört niemals nach der Schule auf.«

Irgendwo hatte Harriet auch schon einmal gehört von einem »luciden Traum«, einem realistischen klaren Traum, mit dem man viel leichter seine Probleme im Leben lösen könne. Doch darüber wollte sie erst einmal ausführlich nachdenken, bevor sie wieder bei Hermine damit anfing.

Princeps Mathematicorum

Hermine holte tief Luft, bevor sie weitersprach und sich getraute, Harriet noch einmal nach der »Mathematikergeschichte« zu befragen. Sie brannte immer auf Harriets interessante und spannende Geschichten und wurde jedes Mal ganz aufgeregt. Bei dieser Geschichte ging es ebenfalls um die Schule und einen weltberühmten Schüler. »Ach Harriet, erzähl mir doch einmal diese fantastische Geschichte, von der du schon einmal angefangen hattest.«

»Meinst du die Geschichte von dem neunjährigen Carl Friedrich, wie er zur Verblüffung seines Mathematiklehrers eine Aufgabe, für die der Lehrer schon eine längere Zeit angesetzt hatte, in weniger als drei Minuten löste?«

»Genau!« Diese Geschichte hatte Hermine schon einige Male gehört, aber da war sie wie ein kleines Kind, das immer wieder die gleiche Gute-Nacht-Geschichte erzählt haben möchte. »Die könnte ich immer wieder hören«, sagte Hermine.

Harriet wusste ja, dass Mathematik in Hermines früherem Leben gerade nicht zu ihren Lieblingsfächern gehört hatte. »Also gut, wenn du es willst, so pass auf und ganz langsam zum Verstehen und Mitdenken: Ein total fauler Lehrer einer Grundschule, das soll tatsächlich auch schon damals im Jahr 1786 vorgekommen sein, gibt seiner dritten Klasse eine Rechenaufgabe. Die Neunjährigen sollen die Zahlen von eins bis 100 zusammenzählen, also 1 + 2 + 3 + 4 und so weiter. Er hoffte, bei dieser Aufgabe eine Zeitlang seine Ruhe zu haben und genüsslich im Unterricht seinen mitgebrachten Apfel zu schälen, den ihm seine Frau jeden Tag in die Tasche packte und den er jeden Vormittag in einem besonderen, immer gleichen Ritual bearbeitete und sichtlich genussreich Stück für Stück in den Mund schob. Nach weniger als drei Minuten störte ihn dabei ein kleiner Bursche namens Carl Friedrich mit der Lösung. Da der Lehrer kaum annahm, dass der Junge bereits die Lösung hatte, drohte er ihm erst einmal Schläge mit dem Rohrstock an, wenn er sich nicht sofort an seine Aufgabe machte. Er ließ sich bei seinem kleinen zweiten Frühstück ungern stören von diesem Rotzlümmel.

Carl Friedrich ließ nicht nach und behauptete, die richtige Lösung schon fertig gerechnet zu haben. Der Lehrer fiel aus allen Wolken, als er erkennen musste, dass der kleine Junge tatsächlich schon die Lösung auf seine Schiefertafel geschrieben hatte. Und sie stimmte auch noch. So etwas hatte der Schulmeister während seiner gesamten Zeit als Lehrer noch nie erlebt.

Statt die Zahlen mühsam zu addieren, hat sich der Neunjährige einen simplen Trick einfallen lassen. Er zählt die erste und die letzte Zahl zusammen, also eins plus 100, die zweite und die vorletzte – zwei plus 99 –, die dritte und die drittletzte – drei plus 98 – und so ging das immer weiter. Dabei kam er darauf, dass jede Summe 101 ergibt. Da es insgesamt 50 solcher Zahlenpaare sind zwischen eins und 100, multiplizierte er schnell 101 mit 50 und hatte in kürzester Zeit die Lösung: 5050. Eine phänomenale Kombinationsgabe des kleinen Kerls, der damals gerade neun Jahre alt war. Ein Rechenkünstler. Darauf wäre unser Schulmeister nie gekommen, musste er heimlich vor sich selbst zugeben. Er war begeistert von dem kleinen Rechenkünstler und sich damals überhaupt noch nicht bewusst, wen er da unterrichten durfte.

Dieses Wunderkind wurde schon bald Princeps Mathematicorum, Fürst der Mathematiker, genannt und war kein

Geringerer als der berühmte Carl Friedrich Gauß, der von 1777 bis 1855 lebte. Er musste immer wieder erzählen, dass er Rechnen vor dem Sprechen gelernt habe und als kleiner Junge schon die kompliziertesten mathematischen Aufgaben alle mühelos im Kopf rechnen konnte. Der Mathematiklehrer war von dem kleinen Rechengenie so begeistert, dass er es sogar schaffte, den preußischen König Friedrich II., Friedrich den Großen, auf den kleinen Carl Friedrich aufmerksam zu machen. Wie bekannt, war der ein weltgewandter, weltoffener, intelligenter Regent und hatte viel für die Wissenschaften übrig. Er starb am 17. August 1786 und lernte kurz zuvor tatsächlich noch den neunjährigen Carl Friedrich Gauß kennen. Er stellte ihm die schwierigsten Aufgaben und war völlig verblüfft, in kürzester Zeit die Ergebnisse zu hören. Das war eine Sensation und Carl Friedrich erhielt von ihm die Erlaubnis zum Besuch der höheren Schule, die sonst nur von Kindern aus der höheren Gesellschaft besucht werden durfte. Mit seinen Methoden der Mathematik rechnen unsere modernen Forscher noch heute.«

»Welch ein Wunderkind, wie schafft einer so etwas bloß?«, fragte Hermine.

»Es wird von ihm erzählt«, erklärte Harriet, »dass er etwas verschroben war und schon als Dreijähriger ein besonderes Verhältnis zu Zahlen hatte. Wenn andere Kinder spielten, saß er über einem Buch und las. Er sammelte zum Beispiel auch Entfernungsangaben in Schritten. Und er führte ein Verzeichnis, in dem er die Lebensdauer seiner Familienmitglieder und Freunde in Tagen notierte. Dieser begnadete Mathematiker wurde übrigens genau 28.423 Tage alt. Hermine, kannst du mal schnell ausrechnen, wie viele Jahre das sind?«, meinte die alte Harriet. »Es gibt noch viele solcher mathematischen Geschichten, mit denen man andere total verblüffen kann. Vielleicht erzähle ich dir später noch einmal eine andere, die berühmte mit dem Reiskorn auf einem Schachbrett.«

Der Stein auf dem Panzer und die Angst

Jetzt wollen wir doch auch einmal dieses sonderbare Rätsel mit dem Stein auf dem Panzer lösen. Das passt so hervorragend zur Exaktheit in der Mathematik. Handelt es sich um Intuition oder um zielgenaue mathematische Navigationsberechnung? Wir haben schon erfahren, dass Riesenschildkröten auf Galapagos eigentlich angst- und sorgenfrei leben können. Sie haben praktisch keine Feinde und doch gibt es eine Ausnahme zur vorzeitigen Beendigung ihres Lebens. Und das ist, wenn ein großer Stein aus großer Höhe auf den Panzer einer noch sehr, sehr jungen Schildkröte fällt – so ziemlich das Einzige, was sie jung sterben lässt. Allerdings nur die ganz Kleinen und Jungen, deren Panzer noch nicht vollständig ausgewachsen und stabil sind. Denn ihre einzigen Feinde in dieser wunderbaren Natur sind die großen Greifvögel, vornehmlich Adler, die es ebenfalls in großer Anzahl in diesem Paradies gibt.

Die haben eine ganz eigene Methode entdeckt, wie sie leicht an die delikaten jungen Schildkröten herankommen. Sie lassen aus ziemlicher Höhe einen schweren Stein auf den Panzer der jungen Schildkröten so gezielt fallen, dass er dadurch zerstört wird. Jetzt kommen sie an ihre Beute leicht heran und können sich darüber hermachen.

»Wie diese Vögel das machen, ist mir schleierhaft«, meinte Hermine. »Sie müssen doch eine gewisse Höhe und Fluggeschwindigkeit berücksichtigen, damit der Stein genau auf den Panzer der jungen Schildkröte fällt, um seine Wirkung zu erreichen, und das macht der Riesenvogel im Flug. Wer hat sich dieses Naturspektakel bloß ausgedacht?«

»Gott sei Dank, dass wir Alten davon verschont bleiben und diese verrückten, gefräßigen Raubvögel uns nichts anhaben können. Vielleicht ist dieses Rätsel auch mit Einstein und seiner Relativitätstheorie zu lösen«, meinte Harriet scherzhaft.

Oft hörte Harriet von den Jüngeren, die gerade erst in diesem Paradies angekommen waren, dass sie froh wären, hier endlich keine Angst mehr zu haben. Die größte Angst auf Erden haben Menschen heutzutage, im Alter zum Pflegefall oder unheilbar krank zu werden. Eine Umfrage hat herausgefunden, dass jeder Zweite diese Hilflosigkeit im Alter befürchtet. Unmittelbar danach kommt sofort die große Angst, dass dem Lebenspartner oder den eigenen Kindern etwas zustoßen könnte. Wie schlimm muss es sein, wenn Kinder vor ihren Eltern oder Großeltern sterben? Erst danach rangiert die Angst, in wirtschaftliche Not zu geraten. Heutzutage hört man vermehrt, dass viele alte Menschen große Angst davor haben, dass ihre Rente im Alter nicht für den Lebensabend ausreicht.

Harriet fragte sich, ob die Menschen heute wirklich generell mehr Angst hätten als früher. Es musste wohl so sein. Es gibt mehr Singlehaushalte, die Menschen heiraten später, bekommen weniger Kinder und lassen sich viel öfter scheiden als früher. Diese moderne Entwicklung scheint vielen Menschen trotz bewusster Entscheidung für diese Lebensweise Angst zu bereiten. Dennoch besteht psychologisch gesehen wirklich kein unmittelbarer Zusammenhang zwischen wirtschaftlichen Verhältnissen und Angst. Menschen ohne finanzielle Not sind nicht weniger ängstlich, in vielen Fällen ist es genau umgekehrt. Angst wird auf der Welt heute vielfach auch von den Medien geschürt. Schon immer waren die negativen Nachrichten die, die sich am schnellsten verbreiteten. Radio und Fernsehen berichten nicht über das Normale, sondern über das Außergewöhnliche. Das ist natürlich auch richtig und gut so, wenn nicht die enormen Übertreibungen dazukämen. Dieser neue investigative Journalismus hat nicht mehr viel mit seriöser Berichterstattung zu tun, er wird immer mehr zur Profilneurose einzelner Redakteure.

Hermine erzählte Harriet, ihr hätte Vater immer gesagt, ständig würde eine neue Sau durch das Dorf getrieben. Eine uralte Redensart, die genau dazu passt wie der Stein auf dem Panzer.

Die Menschen bekommen absichtlich Angst gemacht, damit sie auch morgen noch Zeitungen kaufen und Nachrichten in Funk und Fernsehen hören und sehen. Man muss ja informiert sein, um dazuzugehören und mitreden zu können. Und wie ist es, wenn man etwas Negatives erzählt bekommt – jeder kennt doch dann sofort einen, dem es noch ein bisschen schlechter geht und der noch schlimmer dran ist als man selbst. Nur mit solchen Nachrichten kann man punkten, da hört einem auch jemand zu. Es geht uns Menschen doch erst gut, wenn wir uns mit jemandem vergleichen können, dem es ein ganz klein bisschen schlechter geht.

Man sollte sich wirklich einmal die Mühe machen, Zahlen und Fakten hinter all diesen Hiobsbotschaften herauszufinden. Es stimmt keineswegs, dass heute viel mehr Kinder vergewaltigt oder ermordet werden als früher. Sogar die Angst, von einem Fremden ermordet zu werden, ist völlig irreal, die Statistik besagt, dass 90 Prozent aller Morde meistens Beziehungstaten innerhalb der Familie sind oder unter Bekannten stattfinden.

Die Kunst, glücklich zu sein

Beginnen wir diese Unterhaltung der beiden Philosophinnen einmal mit dem Titel des kleinen Handbuchs »Die Kunst, glücklich zu sein: Dargestellt in 50 Lebensregeln« des griesgrämigen Misanthropen und Weltverächters und großen deutschen Philosophen Arthur Schopenhauer. Auf der Rückseite dieses von Franco Volpi, Philosophieprofessor an der Universität Padua, herausgegebenen Büchleins ist ein großartiges Zitat von Schopenhauer:

Was einer für sich selbst hat, was ihn in die Einsamkeit begleitet, und keiner ihm geben und nehmen kann: dies ist viel wesentlicher als alles, was er besitzt, oder was er in den Augen andrer ist.

»Weißt du eigentlich, Hermine, dass man Menschen ziemlich durcheinander bringen kann mit der direkten Frage: Bist du glücklich? Wenn du Vergleiche anstellst, hast du ein todsicheres Mittel gewählt, dir jegliches Glück selbst zu vermiesen. Mancher wird dir vielleicht auch wieder mit einer Gegenfrage antworten: Was verstehst du eigentlich unter Glück? Viele sind so mit sich selbst beschäftigt, dass sie keine Zeit haben, sich selbst einmal diese Frage zu stellen, geschweige denn, sie sich selbst zu beantworten.

Das ist ja vielleicht auch ganz gut so. Viele zehren nämlich in erster Linie vom Glück, was ihnen in der Vergangenheit einmal widerfahren ist, nur wenige sehen ihr Glück eher im Jetzt und Hier und schon überhaupt nicht in der Zukunft. Wenn ich erst einmal das und jenes hinter mich gebracht habe, dann kommt das Glück schon von ganz alleine … Glauben die das wirklich? Für die meisten bedeutet Glück tatsächlich in erster Linie gesund, wohlhabend und bedeutend zu sein.«

»O, Harriet, weiß Gott, dass das nicht stimmt. Wir müssen selbst etwas dafür tun, um glücklich zu sein. Wir möchten natürlich so oft wie möglich das Gefühl des immerwährenden Glücklichseins abrufen und zu jeder Zeit am eigenen Leib spüren können. Himmelhoch jauchzend – zu Tode betrübt, wie Goethe seinen Egmont im dritten Aufzug sagen lässt. So extrem muss es ja auch nicht gleich sein. Ein ganz kleines bisschen Glück reicht uns ja meistens schon. Es wird behauptet, Glück könne man nur in sich selbst finden, so beschreibt uns das ja auch Schopenhauer im Zitat. Andere meinen, die Sehnsucht nach dem Glück sei doch nur etwas für Romantiker. Übrigens, vom russischen Schriftsteller und Arzt Anton Tschechow, einem Vielschreiber mit seinen über 600 literarischen Werken, einem der bedeutendsten Autoren russischer Literatur, stammt das Zitat: Es gibt kein Glück, nur die Sehnsucht danach.«

»Da sagt er ein wahres Wort!«

»Manchmal könnte man meinen, es gibt regelrechte Glückspilze, die das Glück gepachtet haben und mit einem Glücks-Gen auf die Welt gekommen sind.«

Harriet erwiderte mit einem fragenden Blick: »Kann Glück genetisch vorgegeben sein oder ist es doch eher sozial konditioniert? Es ist gewiss nicht leicht, darauf einfache Antworten zu finden. Wir könnten immer weiter unendlich viele Fragen stellen. Schlüssige und tief greifende Erklärungen für Glück kann es nicht geben. Deshalb machen sich ja Wissenschaft und Forschung so viele Gedanken zu diesem Thema. Aber weißt du, Hermine, Wissen hat die Menschen noch nie weitergebracht, es ist die Fantasie, die den Menschen hilft, ihr eigenes Glück zu finden.«

Die Philosophie des Glücks wird von den altgriechischen Philosophen über den Römer Seneca bis zum Kirchenvater Augustinus, de Spinoza, Leibniz, John Locke, Kant, Voltaire, Schopenhauer und noch vielen anderen Denkern sehr ausführlich diskutiert. Obwohl oder gerade deshalb, wie wir gesehen haben, ist der Glücksbegriff nicht so leicht zu erklären. In den Philosophieschulen von Athen ging es in erster Linie um Lebenskunst: philosophische Lebensberatung und Lebenshilfe, da gehört selbstverständlich Glück dazu. Die prägnantesten Menschenbilder der Philosophiegeschichte sind hinsichtlich der Glücksvorstellungen einzelner Autoren im Wesentlichen fest umrissen und moderne Glückskonzepte sind wenigstens da nachvollziehbar. Natürlich gibt es auch einige moderne Philosophen in der heutigen Zeit, die sich mit Glück beschäftigen, obwohl viele dieses Thema auch ganz bewusst meiden, um sich nicht auf die für sie niederen und unakzeptablen Ebenen der Esoterik zu begeben. Deshalb widmen sich akademische Philosophen ausschließlich wissenschaftstheoretischen Betrachtungen und beschränken sich lediglich auf abstrakte, für Laien nur schwer verständliche Beschreibungen, die uns aber praktisch nicht wirklich weiterhelfen.

Die geisteswissenschaftliche »Kathederphilosophie«, wie es Schopenhauer einmal ausdrückte, lässt die den Menschen am häufigsten bedrängenden Fragen im Großen und Ganzen unbeantwortet. Ganz anders, wie schon gesagt, war das bei den großen Meistern der griechischen Antike. Philosophieren hieß bei ihnen »leben lernen« und auch »sterben lernen« und das ein ganzes Leben lang. Und hiermit sind wir wieder bei Schopenhauer. Er schien niemals richtig glücklich und ohne irgendwelche Ängste gewesen zu sein. Eine seiner Lebensweisheiten lautete: »Das Glück ist keine einfache Sache: Es ist sehr schwierig in uns und unmöglich es außerhalb zu finden.«

»Das stimmt, Harriet«, warf Hermine ein, als Harriet ihr all dies erzählte. »Ich konnte das bei mir selbst hautnah auch feststellen. Alle meine Lieben haben den Krieg überstanden und sind verschont geblieben. Schon bald danach konnten wir uns den unglaublichen Luxus leisten, in ein neues, großes Haus einzuziehen. Die Geschäfte meines Mannes liefen ganz ausgezeichnet. Ich bekam einen großen Garten und ein Dienstmädchen. Und trotzdem war ich nicht richtig glücklich. Im Gegenteil, schon bald kündigten sich Krankheiten an und ich musste eine schwere Operation durchstehen. Das Glück ist keine einfache Sache, sagt Schopenhauer und genau so habe ich es empfunden. Ich konnte mein Glück nicht annehmen und es genießen. Warum?«

»Hermine, darauf habe ich natürlich im Augenblick auch keine Antwort. Lass uns darüber philosophieren, vielleicht finden wir gemeinsam eine Lösung. Seit Platon und schon früher in den ersten Philosophieschulen von Milet im sechsten und siebten Jahrhundert vor unserer Zeitrechnung bei den sogenannten Naturphilosophen nennt man die Freunde und Liebhaber der Weisheit Philosophen. Vom griechischen philos, Freund, und sophia, Weisheit. Und ich glaube, dass Glück eine Menge mit Weisheit zu tun hat. Die fundamentale Lebensfrage ist gerade auch heute wieder Gegenstand der modernen Glücksforschung geworden. Zum Beispiel bezeichnete der moderne, zeitgenössische Philosoph Peter Sloterdijk einmal Weisheit als eine altmodische Tugend und erklärte sie mit betrachtender Vernunft. Wissen ist gut, Weisheit ist besser, ein Zitat von Gert Scobel aus seinem Buch, das den Titel ›Weisheit‹ trägt.

Meine liebe Hermine«, begann die alte Harriet jetzt wieder salbungsvoll zu dozieren, »in diesem Zusammenhang müssen wir jetzt aber unbedingt doch noch einmal über diesen Glücksphilosophen Epikur reden. Er wurde auf Samos geboren und ist in Athen gestorben. Mit 18 Jahren ging er nach Athen, wo er zunächst selbst verschiedene Philosophieschulen besuchte.«

»Das wäre toll, Harriet, wenn es heute auch noch richtige Philosophieschulen gäbe.«

»Ja, das stimmt schon, aber du brauchst dich nicht zu beschweren, Hermine, du hast ja mich. Hör zu, es wird noch sehr spannend. Mit 31 Jahren begann Epikur in Mytilene auf Lesbos, Philosophie zu lehren. Vier Jahre später ging er wieder nach Athen und gründete dort seine eigene Philosophieschule. Dort führte er seine Schülerinnen und Schüler in der Gartenschule der Philosophie in seine Lehren ein. Am Eingang zu seinem Garten stand auf einem Schild: Freund, das ist ein guter Ort – hier wird nichts mehr verehrt als das Glück. Er pflegte ein inniges Gemeinschaftsleben unter den Mitgliedern, die in schwärmerischer Verehrung an ihrem Meister hingen, der eine edle, liebenswürdige Natur war.

Die Studien wurden in einem heiter geselligen Umgang miteinander diskutiert. Seine Schule stand jedem offen – auch Frauen und Sklaven. Das war für die damalige Zeit völlig ungewöhnlich und ist deshalb ganz besonders erwähnenswert. Er beabsichtigte, seinen Schülerinnen und Schülern den Weg zur höchsten Lust aufzuzeigen und lehrte sie zugleich, dem größten Übel, dem Schmerz, zu entgehen:

Das höchste Glück sollte nicht in einsamer Zurückgezogenheit, sondern im gemeinsamen Philosophieren gefunden werden.

Es gab in Athen noch sehr viele andere Philosophen, die eine eigene Schule hatten, das war scheinbar sehr modern zu jener Zeit. Sie hatten alle nur ein einziges Ziel, den Menschen zu einem vergnüglichen, genussreichen und befriedigenden Leben zu verhelfen. Philosophie galt als Lebensschule und Philosophen waren die Lehrer.

Epikur wird sehr oft nicht richtig verstanden. Obwohl er für jeden Menschen ein Leben im Wohlstand und höchstem Glück wollte, hatte das für ihn nichts mit Reichtum und Überfluss zu tun. Dazu sein bekanntes Zitat:

Wenn du einen Menschen glücklich machen willst, dann füge nichts seinem Reichtum hinzu, sondern nimm ihm einige von seinen Wünschen.

Wie wahr, wie gut passt das heute in die Überflussgesellschaft. Was fehlt eigentlich den Menschen? Wonach suchen viele? Warum können sie oft nicht das vorhandene Glück annehmen? Wir hier auf Galapagos leben tatsächlich im Überfluss und können dieses Paradies annehmen und glücklich sein.«

»Ja, Harriet«, pflichtete Hermine bei, sie war jetzt wieder in ihrem Element. »Mit philosophischen Unterhaltungen vergesse ich meine eigene Unzulänglichkeit und verliere mich in meinen Gedanken, es ist fast wie eine Meditation, mit der ich zur Ruhe komme und Lösungen für mein kleines unbedeutendes Leben gewinne.«

Harriet setzte ihre Philosophievorlesung fort, ganz allein für Hermine: »Menschen mit bestimmten Charaktereigenschaften, Lebenshaltungen und Lebensüberzeugungen werden oft auch heute noch als Epikureer bezeichnet. Damit sind nicht nur in erster Linie die Anhänger von Epikur oder dem Epikureismus gemeint, sondern alle Lebewesen. Um es mit Epikur selbst zu sagen:

Jedes lebende Wesen strebt, sobald es geboren ist, nach Lust und freut sich daran als dem höchsten Gut, während es den Schmerz als das höchste Übel vermeidet. Man kann nicht lustvoll leben, ohne zugleich vernünftig zu leben und umgekehrt.

Sind wir uns einig, dass Glück nur in uns selbst geschehen kann? Dass wir bereit sein und es zulassen müssen, etwas als Glück zu empfinden, uns an der kleinsten Kleinigkeit zu erfreuen? Eine Voraussetzung dafür ist zum Beispiel, sich seine Begeisterungsfähigkeit zu erhalten. Ich beobachte immer wieder, wie schwer es gerade für viele ältere Menschen ist, sich für etwas zu begeistern. Diese Fähigkeit ein Leben lang zu behalten und sie auch noch im fortgeschrittenen Alter zu leben, ist wahrscheinlich der Schlüssel für ein langes, zufriedenes und spannendes Leben. Also, liebe Hermine, finde etwas, das dich begeistert und womit du auch andere begeistern kannst! Wenn wir das den Menschen raten, dann gibt es keinen Mangel mehr im Überfluss, sondern einen wahrhaft lebenslangen Überfluss an Lebensfreude.

Ich kann nicht genug bekommen von diesen Glücksphilosophen, lasse uns doch noch ein bisschen bei ihnen verweilen. Zum Beispiel bei dem großartigen deutschen Philosophen Ludwig Marcuse. Er wurde wegen seiner jüdischen Herkunft von den Nazis 1933 gezwungen, Deutschland zu verlassen. Bis 1939 fand er in Südfrankreich Unterschlupf, als die Nazis die Judenverfolgung auch bis dorthin ausweiteten, flüchtete er in die Sowjetunion und kam vom Regen in die Traufe. Schließlich nutzte er eine günstige Gelegenheit, um nach Amerika zu kommen. An der Universität von Los Angeles lehrte er deutsche Literatur und Philosophie. Anfang der 1960er-Jahre kehrte er nach Bad Wiessee an den Tegernsee zurück. Im Vorwort des kleinen Büchleins ›Epikur – Über das Glück‹ definiert er Epikureer genauer:

Epikureer wurde ein welthistorisches Schimpfwort; denn es war zu fast allen Zeiten anrüchig, fürs Glück zu sein. Epikureisch wurde der Name für alles, was man als moralisch zweifelhaft zu stempeln wünschte.

Der Begriff wurde schon im zweiten Jahrhundert nach Christus insbesondere von den christlichen Gegnern Epikurs mit einer negativen Bedeutung im Sinne von Genussmensch verwendet. Ein Schimpfwort für alle gottlosen Menschen mit einem schlechten Einfluss auf die guten Sitten und die

Religion. Glückliche Menschen waren den Pharisäern seit jeher ein Dorn im Auge. Heilsversprechen waren schließlich das unantastbare Privileg der Kirche. Epikurs Schule soll von seinen heftigsten Gegnern und Widersachern sieben Mal in Brand gesteckt worden sein.

Der abstrakte Begriff Glück, der so schwer zu fassen ist – eine Kategorie, die unglaublich different ist, für jeden Menschen etwas anderes zu bedeuten scheint –, wird von Marcuse ausgesprochen klar definiert. Machen wir es doch einmal ganz praktisch. Glück ist für Epikur ein Freisein von Unlust, die bedingungslose Hingabe an die Lust durch Vermeidung von Schmerzen. Glaubst du das? Wie soll das eigentlich gehen? Kann man physische Schmerzen vermeiden? Wie erlangt man diesen Zustand der Schmerzfreiheit?

Hierin liegt das Missverständnis der epikureischen Philosophie. Schmerzfreiheit und Lustgewinn sind nicht die richtigen Antworten, wie immer viele glaubten. Sondern gerade die ganz bewusste Reduktion des übermäßigen Genusses aller weltlichen Güter. Auf den eigenen Körper und seine Signale, die er aussendet, hören, sich nicht extremer Lust, Schwelgerei und Völlerei hingeben. Extreme Lust und alles, was dazu gehört, ziehen nach Epikur immer extreme Unlust nach sich. Und das verursacht doch erst Schmerzen. In einem Brief an seinen Freund Menoikeus, eine bekannte Persönlichkeit der griechischen Mythologie, schreibt Epikur: ›Schicke mir doch einmal ein Stück kythischen Käse, damit ich, wenn ich Lust dazu habe, einmal recht schwelgen kann.‹

Lebensfreude ist immer mit dem sogenannten kleinen Glück verbunden und bedeutet dennoch keineswegs ein karges Leben in völliger Askese. Das belegt folgendes Zitat von Marcuse:

Die Glückseligkeit habe einen doppelten Sinn: in höchster Bedeutung sei sie der Gottheit gleichartig, die keine Steigerung zulässt ... Ich wüsste nicht, was ich mir überhaupt noch als ein Gut vorstellen kann, wenn ich mir die Lust am Essen und Trinken wegdenke, wenn ich die Liebesgenüsse verabschiede und wenn ich nicht mehr meine Freude haben soll an dem Anhören von Musik und dem Anschauen schöner Kunstgestaltungen.

Ein glückliches Leben erreiche man dadurch, sich maßvoll und bescheiden der schönen Dinge des Lebens zu erfreuen, so erklärt Marcuse den Epikureismus.

Epikurs Gegner hingegen bezeichnen ihn als vollkommen unqualifiziert, als einen Lüstling – genau das war er aber bestimmt nicht. In seinen Briefen und vielen Überlieferungen ist er als sehr genügsamer Mensch bekannt, der sich dennoch an den kleinen Vergnügen ergötzte. Ein liebenswürdiger und liebenswerter Mensch, der mit seiner philosophischen Lehre längst nicht so viel Aufruhr wie Sokrates und Jesus verursachte und vielleicht auch gerade deshalb im Gegensatz zu ihnen nicht umgebracht wurde. Noch einmal Ludwig Marcuse, der in seinem vorher schon einmal zitierten Buch über Epikur schreibt:

Sokrates sagte nicht viel mehr als: »Weißt du auch, was du sagst ...« Das kostete ihn den Kopf. Jesus überbrachte die Botschaft: »Selig sind, die reinen Herzens sind ...« Das kostete ihn sein Leben. Epikur lehrte: »Das höchste Gut ist das Glück, das höchste Übel das Unglück«, und er überlebte.

Marcuse berichtet auch, dass der Begriff der Kirche, Heil, bei Epikur mit Glück ersetzt wird. Erasmus von Rotterdam, ein bedeutender niederländischer Gelehrter des Humanismus, bekundete, dass der wahre Christ Epikureer sei, und der schon lange vor ihm bekannte Kirchenvater Augustinus hätte Epikur die Palme gereicht, wenn nicht Christus gekommen wäre. Schon lange vor Christus hat der römische Philosoph und Dichter Lukrez, Titus Lucretius Carus, der sich auch als wahren Epikureer bezeichnete, die Menschen von ihren Ängsten vor Naturphänomen befreien wollen.

Mehr als 100 Jahre später hat der berühmte römische Philosoph Seneca, der, von Kaiser Nero befohlen, Selbstmord begehen musste, mit seinem Werk ›Quaestiones naturales‹ (Naturwissenschaftliche Fragen) erklärt, dass es keinen Grund gäbe, für alle Naturerscheinungen jeweils einen anderen Gott verantwortlich zu machen. Obwohl es noch bis heute bei einigen Völkern dieser Erde den Polytheismus, die Vielgötterei, nach wie vor gibt, wollten schon damals die Menschen den wahren Grund für alle Naturerscheinungen nicht mehr bei den Göttern suchen. Die Physik hatte hier ihren Ursprung. Mit neuen naturwissenschaftlichen Erkenntnissen, dass Dinge geschehen ohne das Zutun von Göttern, musste man fortan die Götter auch nicht mehr fürchten und ihnen Opfer darbringen, um sie milde zu stimmen.

Obwohl der Begriff Monotheismus von griechisch mónos (allein) und theós (Gott) erstmals im 17. Jahrhundert bei dem englischen Theologen und Philosophen Henry More nachgewiesen wurde, begann mit der Zeitenwende eine neue Religion, die den einen einzigen allumfassenden Gott anerkennt.«

»Oh, Harriet, du bist wahrhaft eine kluge Denkerin.«

»Ja, Hermine, beim Philosophieren hat man wenigstens eine gute Chance, im Alter seinen Verstand nicht so schnell zu verlieren. Auch viele Menschen werden heute älter und sie müssen etwas Sinnvolles unternehmen in ihrem nachberuflichen Lebensabschnitt. Wir sind jetzt schon darüber hinaus und leben hier im Paradies und können den lieben langen Tag philosophieren, was gibt es Schöneres.« Natürlich hatte auch Harriet unterschiedliche Tagesformen, meistens ging es ihr sehr gut, aber manchmal wollte auch sie in Ruhe gelassen werden und zog sich unter ihren dicken Panzer zurück. Dann wusste Hermine, dass ihre Freundin nicht gestört werden wollte.

Harriet fand immer sehr schnell zu ihrer positiven Lebenseinstellung zurück. Sie hatte da, wie sollte es auch anders sein, ihre eigene Methode. Sie sagte sich, eigentlich gäbe es jeden Tag doch immer wenigstens etwas Gutes, auch wenn nicht jeder Tag gut wäre. Das machte sie sich dann bewusst. Es gibt immer irgendetwas Gutes, immer etwas, über das man sich freuen, wofür man dankbar sein kann. Beim Meditieren fand sie für sich dann auch etwas und schon bald ging es ihr wieder viel besser.

In diesem Paradies auf den Galapagosinseln wollten die beiden Freundinnen jeden Tag genießen und das konnten sie völlig unbeschwert. Alles tun können, aber nichts mehr tun müssen, war ihre Devise. Und so lebten die beiden in der Tat nach dem Zitat des großen Denkers Friedrich Nietzsche: »Mein Glück wird sein, das zu tun, wozu mich meine innere Stimme treibt; sonst will ich nichts.«

Die Stoa

In diesem Zusammenhang, meine liebe Philosophiefreundin, fällt mir auch Epiktet ein, der einflussreichste Vertreter der Stoa. Er wurde in Hierapolis in der heutigen Türkei geboren und ist in Nikopolis in Griechenland gestorben. Als Sklave gelangte er nach Rom und kam dort in Kontakt mit den stoischen Lehren, die er, als er aus Rom vertrieben worden war, auch selbst in seiner neu gegründeten Philosophenschule in Athen zu unterrichten begann. Von ihm stammt sinngemäß der Ausspruch, wenn du dich als Philosoph bekennst, musst du damit rechnen, ausgelacht zu werden.«

»Das ist ja ungeheuerlich, Harriet. Gibt es in der Tat so einfältige Menschen? Aber bitte erkläre mir einmal genauer, was es mit dieser Stoa auf sich hat. Wir haben über die Epikureer ausführlich gesprochen, jetzt möchte ich auch noch etwas über die Stoiker erfahren. Ich habe in diesem Zusammenhang schon oft von einem stoischen Blick oder Gesichtsausdruck gehört.«

»Hermine, ich muss wieder ein wenig weiter ausholen. Agora heißt Marktplatz und war die Versammlungsstätte der freien Bürger Athens. Die Oberen saßen weit weg in ihrem Machtzentrum auf der Akropolis. Der Begriff Stoa geht zurück auf eine griechische Säulenhalle auf der Agora, dem Marktplatz. Sie ist deshalb so berühmt geworden, weil dort Zenon von Kition eine beachtenswerte Philosophenschule gegründet hatte. Seine sogenannte stoische Philosophie beschäftigte sich mit der ganzheitlichen Betrachtungsweise der Welt und ihrer Naturerscheinungen. Ihm ging es darum, dass jeder Mensch als Individuum seinen Platz in diesem universellen Weltprinzip erkennt. Gelassenheit, innere Ruhe und Zufriedenheit, die dazu nötig sind, erreicht man nach Auffassung der Stoiker durch Selbstbeherrschung. Sein Schicksal akzeptieren, heißt das Patentrezept für ein geglücktes Leben.«

Ein wunderbares Büchlein ist »Selbstbetrachtungen« des römischen Kaisers Marc Aurel. Er war ein kluger Philosoph. Nach ihm finden alle »großen« Fragen der Menschheit und die Lebenszusammenhänge ihre Beantwortung in einem universellen, göttlichen Prinzip. Die Stoiker waren Kausalisten. Im Ersten Buch im 20. Aphorismus steht: »... auch die scheinbar zufälligen Ereignisse sind nicht unnatürlich, treten nicht ein ohne das Zusammenwirken und die Verkettung der von der Vorsehung gelenkten Ursachen.« Der Mensch ist eingebunden in den Kosmos und seine Gesetzmäßigkeiten. Der Mensch mit seiner Seele schadet sich, wenn er sich von der Natur lossagt und meint, er könne sie überwinden. Es gibt im Vierten Buch im dritten Aphorismus noch eine weitere Erkenntnis Marc Aurels, die ohne Abstriche auch für das menschliche Leben der heutigen Zeit gilt: »Man sucht Zurückgezogenheit auf dem Lande, am Meeresufer, im Gebirge; und auch Du hast die Gewohnheit, nach einem Aufenthaltsort dieser Art Dich lebhaft zu sehnen. Aber dies alles verrät im Grunde eine sehr beschränkte Ansicht. Steht es Dir doch frei, zu jeder Dir beliebigen Stunde Dich selbst zurückzuziehen. Gibt es für den Menschen keine geräuschlosere und ungestörtere Zufluchtsstätte als seine eigene Seele?«

Und dann erhält der Leser noch eine konkrete Aufforderung für sein Leben: »Gönne dir recht oft dieses Zurücktreten ins Innere und verjünge so Dich selbst.« Harriet philosophierte in diesem Sinne weiter: »Wenn man das Glück hat, in sich zu ruhen oder auch bei der Erfüllung eines lang gehegten Traums, setzt das Endorphine im Gehirn frei, das sind die Glückshormone, die das Leben bereichern. Was braucht man eigentlich wirklich, um glücklich zu sein? Manchmal liegt es gleich vor uns und wir brauchen nicht danach zu suchen. Nur erkennen sollten wir es und dafür ist das Innehalten, ruhig und gelassen zu werden, notwendig. Das ist gar nicht so leicht. Üben wir es, liebe Hermine. Wir sind auf einem guten Weg. Spätestens jetzt ist es an der Zeit, an uns selbst zu glauben.

Wie oft haben wir in unserem Menschenleben von anderen gehört, nicht in Ordnung zu sein. Lange haben wir uns von diesen Meinungen demotivieren lassen. Damit ist jetzt Schluss. Wir bilden uns eine eigene Meinung über uns selbst und schenken den anderen keinen Glauben mehr. Wir wissen, dass wir nicht perfekt sind, haben aber mittlerweile gelernt, alle diese Schwächen und Fehler zu akzeptieren, mit ihnen zu leben und dabei stolz zu sein, was wir im Leben alles erreicht haben.«

Fragen unserer Existenz

Harriet, wir müssen aufpassen, nicht noch einen weiteren Lebensratgeber zu verfassen. Das mögen die Leute nicht. Die gibt es schon zur Genüge. Viele kluge Menschen erteilen Ratschläge, aber jeder davon ist auch im wahren Wortsinn ein Schlag. Und wer möchte schon gerne geschlagen werden.«

»Ach, Hermine, wir sind doch Philosophinnen. Was gibt es Schöneres und Erholsameres, als möglichst viel über die Meinungen vieler Philosophen zu den großen Fragen des Lebens zu erfahren?« Und hier hatte Harriet wirklich recht. Manfred Lütz schreibt in seinem Buch »Wie Sie unvermeidlich glücklich werden«: »Aristoteles glaubt wie sein Lehrer Platon, dass Philosophen die glücklichsten Menschen sind, weil sie mit all ihrem vernünftigen Nachsinnen über die Welt und den Menschen dem Gott am nächsten sind.« Lütz schreibt, Aristoteles lehrte uns, dass jeder glücklich werden könne, dass es dafür gut sei, Freunde zu haben, und dass man Zeit brauche für das Glück, entspannte Zeit. Das wollten Politiker und Pharisäer natürlich schon damals nicht, unglückliche Menschen waren und sind für sie leichter manipulierbar.

Wie bereits erwähnt musste Sokrates dafür mit dem Schierlingsbecher sterben. Philosophische Fragen haben selten eindeutige Antworten. Es gibt diesen berühmten Spruch: Philosophen sind Geisteswissenschaftler, die die Kinderfragen nicht vergessen können, wenn sie erwachsen geworden sind. Sie machen die Wozu- und Warum-Fragen zu ihrem Beruf. Gehen wir doch einmal in die moderne Zeit, die

Zeit der Aufklärung des 18. Jahrhunderts, und schauen bei dem Königsberger Immanuel Kant nach, unserem großen deutschen Philosophen. Er hat wahrscheinlich auch alle griechischen Philosophen ausführlich studiert. Ihm ging es um die Sinnfrage der menschlichen Existenz und den Wert menschlichen Lebens überhaupt. Die vier großen Fragen der Philosophie formulierte er auf seine Weise:

Was kann ich wissen? – Eine grundsätzliche Frage seiner Erkenntnistheorie oder Epistemologie, die neben der Ethik, der Logik und der Ontologie ganz unzweifelhaft zu den wichtigsten Fragen der Philosophie gehört. In der zweiten Frage – Was soll ich tun? – wird unser Handeln auf den Prüfstand gestellt.

»Wenn ich das einmal ergänzen darf, Harriet, haben Kant mit seinem ›der bestirnte Himmel über mir und das moralische Gesetz in mir‹ und Friedrich Nietzsche mit seinem Gedanken ›der ewigen Wiederkunft‹ uns Regeln für ein moralisch einwandfreies Leben gegeben. Nach Kant haben wir alle a priori ein Moralgesetz, schon wenn wir auf der Erde angekommen sind, in uns, und wenn wir dann so leben, dass wir uns eine ewige Wiederkunft wünschen könnten und uns nichts vorzuwerfen haben, haben wir ein erfolgreiches moralisches und ethisches Leben geführt.«

»Dazu gehört auch Kants berühmter kategorischer Imperativ in seiner Schrift ›Kritik der praktischen Vernunft‹, meine liebe Hermine. In seiner dritten Frage beschäftigt sich Kant mit Religionsphilosophie: Was darf ich hoffen? Und ganz spät in seinem Leben kam dann seine Schrift ›Anthropologie in pragmatischer Hinsicht‹, in der er sich damit beschäftigt: Was ist der Mensch? – Schopenhauer hat viele dieser Fragen sehr pragmatisch beantwortet«, meinte Harriet, die wieder einmal so richtig in ihrem Element war. »Der erst am Ende seines Lebens bekannt und berühmt gewordene große deutsche Philosoph Arthur Schopenhauer hat in seinem Hauptwerk ›Die Welt als Wille und Vorstellung‹ eine eindeutige philosophische Botschaft: Die Welt ist Vorstellung, nicht wahres Sein. Die objektive Welt ist nicht selbst vorhanden, sondern entsteht im menschlichen Geist eines jeden Einzelnen als seine Vorstellung. Alles Leiden auf dieser Welt entsteht im Wollen. Der Mensch ist ein Getriebener in seinem Wollen, er folgt seinen unbeherrschbaren Trieben und die meisten drehen, wie der berühmte Hamster, immer und immer wieder das Rad. Nach Schopenhauer ist alles Weltgeschehen von einem irrationalen und blind wütenden Willen getrieben, der uns Menschen in rastloses Streben versetzt.

Davon sei die Natur, die gleichermaßen von einem verborgenen Willen gelenkt wird, nicht ausgenommen. Deshalb sei der Mensch auch der Schauplatz, wo Natur und Geist sich begegneten – zu fruchtbarer Verbindung komme es, wenn der Intellekt diesen urwüchsigen Weltwillen erkennt, der auch das Geistige des Menschen in seinem Griff hat. Dann nämlich befreie sich der Mensch von der Herrschaft seines individuellen Willens und betrete ein Reich transzendenter Ideen. Doch für Schopenhauer war dieses Reich kein christliches mehr, ihm galt es als – die Welt der Musik! Schopenhauer schwenkte damit das klassische Thema Leib und Seele auf die Kunst ein und inspirierte so namhafte Künstler wie Richard Wagner und Thomas Mann.«

Der Philosoph Dr. Peter Vollbrecht interpretiert Schopenhauer so: »Eine große Welterklärung sollte seine Philosophie sein, ein großer Wurf, der das menschliche Leben aus der gesamten Entwicklung der Natur begreift. Und mit der Energie seiner kämpferischen Persönlichkeit stand er in der Berliner Universität und forderte den Professor Hegel heraus. Zeitgleich die beiden Kollegs, zur selben Frage: Was treibt den Weltprozess an? Der Weltgeist oder der Weltwille? Dahinter verbirgt sich auch: Vernunft oder Trieb? –

Schopenhauer scheiterte, er fand nur wenig Zulauf, währenddessen seinem philosophischen Gegner der Hörsaal gestürmt wurde. Schopenhauer kam geschichtlich zu früh mit seinen Einsichten, heute ginge die Abstimmung womöglich anders aus.

Schopenhauers Pionierleistung war die Entdeckung des Willens. Der Wille sei die weltbildende Kraft, die alles Geschehen antreibt wie eine verborgene Kraftquelle. Er durchdringt selbst die biologischen Formen, doch erst im Menschen habe der blinde Wille die Augen aufgeschlagen. Großartig sei in seinem Wollen, allmächtig, doch darin liege auch die Unfreiheit des Menschen, der auf das Rad des Wollens gespannt dem Willen ein Sklave sei. Sehr realistisch zeichnet Schopenhauer damit unsere gegenwärtige Welt der entfesselten Gier. Pessimistisch sein Menschenbild? Ja schon, aber nicht nur. Denn Schopenhauer zeigt einen Ausweg aus der totalitären Herrschaft des Willens. Der Wille könne sich selbst nämlich verneinen, der Mensch gewinne Freiheit vom Willen – in der Kunst und in der indischen Philosophie. Mit seiner Philosophie des Willens und in der in ihr enthaltenen Kunstauffassung hat Schopenhauer vor allem auf die schöne Literatur Einfluss genommen – und auf die spätere Psychoanalyse.

Geradezu einmalig gut und hervorragend zu lesen ist der Bestseller »Die Schopenhauer-Kur«, ein wundervoller Roman voller Dichtung und Wahrheit von Irvin D. Yalom, einem anerkannten, sehr erfolgreichen amerikanischen Psychotherapeuten. Viele der Fragen, was nun eigentlich der Mensch wirklich sei, werden darin beantwortet.

»Ich weiß, dass ich nichts weiß«

Bei allen klugen Antworten von Harriet bekam Hermine manchmal Zweifel an ihrem Selbstbewusstsein. Sie fragte sich oft selbst: »Bin ich eigentlich intelligent?«

Harriet meinte: »Eine gar nicht so dumme Frage. Sokrates besaß auch seinen eigenen Maßstab für Wissen und Erkenntnis und stellte für sich selbst fest: Ich weiß, dass ich nichts weiß. Und genau dieses freimütige Bekenntnis machte ihn zum Weisen.«

»Warum muss man erst so alt werden, um zu verstehen, dass zu einem gelungenen Leben auch immer Weisheit gehört?«, fragte Hermine.

Aber auch dazu hatte Harriet wieder eine logisch klingende Erklärung. »Beginnen wir bei der ganz einfachen Weisheit, dass ich selbst etwas tun muss. Warum ist das bloß so schwer zu verstehen? Die Menschen kämpfen unentwegt gegen ihre Niederlagen an, statt sich darüber Gedanken zu machen, wie sie am geschicktesten damit umgehen. Sie bestrafen sich mit Selbstvorwürfen und sogar mit Selbstmitleid. Suchen die Ursachen der Probleme bei den anderen, oft sind es die widrigen Umstände oder das unentrinnbare Schicksal. Manche nennen es auch Vorsehung. Ihre Glaubenssätze sind falsch, meinen die Stoiker. Wenn sie sich nur ganz fest einbilden, sie seien selbst schuld an ihrem Schicksal, dann ist es auch so.

Die Weisheit der Worte führt es vor, wer ›schickt‹ uns denn etwas? Die alten Griechen hatten für das Umschreiben, das Verständlich-machen eines Begriffs das Wort ›anagraphein‹ und der Urheber des Anagramms ist der Dichter Lykophron. Also, wer ›schickt‹ uns etwas? Früher gab es sogenannte Schicksalsdeuter, Menschen, die damit Geld verdienten, anderen ihr Schicksal zu verdeutlichen. Schicksalserklärer benutzten das Verursacherprinzip, die Kausalität, um den Menschen ihr persönliches Schicksal zu deuten.«

»Liebe Harriet, bekommen wir logischerweise durch ein böses Schicksal erst die Chance, aus unserer Krise zu lernen?«

»Du weißt, dass das chinesische Schriftzeichen für Krise zwei Bedeutungen hat: Der eine Teil symbolisiert Gefahr und Krise, der andere Chance. Wenn unser Schicksal uns eine Chance bietet, dann sollten wir damit auch sehr behutsam umgehen. Unsere Einstellung selbst zu wählen, uns selbst zu achten und achtsam mit uns umzugehen, ja, schlussendlich unsere Fehler zu akzeptieren, sie als Lernprozess zu verstehen und dennoch unser Ziel zu erreichen.«

»Das waren jetzt aber einige weise Sprüche zu viel. Lass uns lieber ein Mittagsschläfchen machen, dass ich über alles nachdenken kann«, meinte Hermine.

»Hast du eigentlich gewusst meine liebe Hermine, dass das Recht auf einen Mittagsschlaf sogar in der chinesischen Verfassung steht? Nur noch schnell etwas zu Sokrates«, Harriet war in ihrem Element und konnte nicht aufhören. »Diese Geschichte ist sehr spannend. Ich möchte sie dir jetzt noch schnell erzählen, bevor du dich zurückziehst.

Sokrates hatte eine genaue Vorstellung für seine Zeit nach dem Tod. Ein körperloses Weiterleben in der Unterwelt, dem Hades, beflügelte geradezu seine Fantasie. Für ihn gab es gute Gründe, auf ein Weiterleben der Seele nach dem körperlichen Tod zu hoffen. Sokrates freute sich auf seinen eigenen Tod, damit er zu denen, die ihn alle schon verlassen hatten, zurückkehren könnte, um mit ihnen seine philosophischen Gespräche und Diskussionen fortzuführen. Sokrates hat niemals ein Wort geschrieben, dafür hatte er seinen treuen Schüler Platon. Von ihm sind viele Schriften überliefert. In seinem Dialog ›Phaidon‹ berichtet er, dass Sokrates den Tod als Trennung von Körper und Seele definiert. Ein Zitat daraus:

Wenn man sich jedoch im Leben zu stark den körperlichen Genüssen hingegeben habe, könnten die Seelen unter Umständen Schwierigkeiten haben mit der Ablösung vom Körper.

Für Sokrates stand fest, dass die Seelen aus der Unterwelt zurückkehrten, einen neuen Körper beseelten und so unsterblich seien. Denn nur so könnten neue beseelte Wesen entstehen. Seine logische Erklärung dafür war, dass es sonst einfach zu viele Seelen im Hades gäbe und irgendwo her müssten doch auch die Seelen Neugeborener kommen. Außerdem brächten doch wiedergeborene Seelen, wenngleich vergessene, so doch gewisse Erinnerungen mit, sonst wäre überhaupt keine Erkenntnis des Neuen möglich. Für ihn gab es auch ein ganz pragmatisches Argument für die Wiedergeburt: Wäre die Seele wirklich sterblich, welchen Grund hätten wir dann für ein tugendhaftes Leben.

Als Sokrates von der Volksversammlung in Athen zum Tode verurteilt wurde und im Gefängnis auf den Tag der Hinrichtung mit dem berühmten Schierlingsbecher wartete, bereiteten ihm seine Anhänger eine Gelegenheit zur Flucht vor. Aber wie bekannt ist er nicht geflohen. Im Gegenteil, er wollte seine Freunde davon überzeugen, dass der Tod gar kein so großes Übel sei. Er akzeptierte sein Todesurteil zwar nicht, lebte aber in der Überzeugung, dass man die Entscheidungen einer Polis, einer Stadt, in der man immer gut lebte, zu akzeptieren hätte, auch dann, wenn das Urteil falsch wäre. Wenn er fliehen würde, sagte er, könnte er außerhalb der Stadt kein philosophisches gutes Leben mehr weiterführen, deshalb wäre es völlig sinnlos zu fliehen. Außerdem würden die göttlichen Gesetze dem Philosophen im Falle der Flucht vorwerfen, sich nach menschlichen Urteilen und Entscheidungen gerichtet zu haben. Im Dialog ›Phaidon‹ wird berichtet, dass Sokrates ausgesprochen ruhig und gleichmütig in den Tod ging.

Auch in der Apologie des Sokrates, der durch Platon berichteten Verteidigungsrede, sagte er: … auf keinen Fall werde ich anders handeln und müsste ich dafür auch noch so oft sterben … Für ihn zählte nur die Wahrheit, nicht die Angst vor dem Tod:

Vor etwas Unklarem oder Unbekanntem gibt es keinen einzigen wahrhaftigen Grund sich zu fürchten, sondern nur, wenn wir sicher sein können, dass uns ein Übel bevorsteht, lohnt sich die Furcht. Niemand weiß, was der Tod ist, vielleicht ist er für den Menschen eines der größten Güter, warum soll ich ihn dann fürchten?

Zu seinem besten Freund, Gönner und Schüler Kriton sprach er seine letzten Worte: Kriton … es ist Zeit, dass wir gehen, ich zum Sterben, du zum Leben, wer aber von uns beiden dem Besseren zugeht, ist uns allen verborgen. Du siehst, Hermine, da ist was dran, auch wir sind nach unserem Leben hier auf Galapagos in das Paradies gekommen. Hätten wir uns wirklich davor fürchten sollen?«

Jetzt hatten die beiden die Zeit völlig vergessen. Beim Erzählen und Hören spannender philosophischer Geschichten ist das immer so. Fragen provozieren Antworten und diese werfen immer wieder neue Fragen auf. »Ich weiß, dass ich nichts weiß« ist ein berühmter Ausspruch von Sokrates, den Platon immer wieder zitierte. Es machte Hermine unheimlich Spaß, Harriet bei ihren philosophischen Gedanken zuzuhören. Sie konnte sich in eine andere Welt zurückziehen und es regte sie an, über sich und die Welt nachzudenken, um dabei zur inneren Ruhe zu kommen.

Machen Krankheiten einen Sinn?

Kehren wir in das herrliche Leben auf Galapagos zurück. Hier haben wir das prachtvolle Umfeld, um unser Leben in Ruhe und Zufriedenheit genießen zu können. Den lieben Gott den ganzen langen Tag über einen guten Mann sein lassen. Wir freuen uns einfach am Leben. Warum, liebe Harriet, hatte ich in meinem menschlichen Leben dazu so wenig oder kaum eine Gelegenheit? Ich liebe die Philosophie und das Nachdenken über die Weisheit der Worte.

Letzten Endes bewegen doch alle Menschen die gleichen Dinge, denen wir im Leben nicht ausweichen können. Freiheit, Gut und Böse, Glück und Sinn des Lebens sind die allgemeinen Themen. Von klein auf wurden wir auf Effizienz eingeschworen. Wir hatten zu funktionieren und das möglichst effizient. Also wirkungsvoll und reibungslos ohne großen Aufhebens. Wenn wir in Krisen kamen, empfanden wir diese meistens als eine Bestrafung. Und oft wussten wir nicht einmal wofür. Oder die Ungerechtigkeit hatte zugeschlagen. Warum gerade ich? Warum muss das mir widerfahren? Ich werde immer für irgendetwas bestraft, was ich nicht verursacht oder getan habe.

Doch wenn man in Krisen steckt, muss man sein Herz und Hirn aktivieren oder sagen wir besser kreativieren. Also kreativ werden. Umherirren im Ungewissen, an einem bestimmten Punkt nicht mehr weiter wissen, kann auch einen ganz positiven Aspekt haben. Vielleicht können wir wirklich aus Krisen auch lernen. Eines können wir auf jeden Fall tun. Und das war für mich immer sehr hilfreich, nur habe ich es oft nicht so schnell erkannt. Mit der Veränderung muss ich bei mir selbst anfangen.

Warum wollten nur so viele mir immer einhämmern: So wie du bist, darfst du keinesfalls sein. Jeder hat doch recht in und mit seinem eigenen Angst- und Denksystem. Warum ist das nur so schwer, alle Menschen so zu akzeptieren, wie sie sind? Ich möchte doch auch uneingeschränkt akzeptiert werden. Liebe Harriet, immer wenn ich im Leben dachte, nur noch von Idioten und Gehirnamputierten umzingelt zu sein, wusste ich, dass ich urlaubsreif war. Da draußen war das Böse und ich die arme Verliererin.

Viele warten immer darauf, dass sich die anderen ändern. Doch warten macht ohnmächtig und wer möchte schon ohne Macht sein. Und wenn ich mich selbst als Opfer fühle, gebe ich den anderen die Verantwortung für mich selbst. Jetzt, wo ich das in aller meditativen und kontemplativen Ruhe erst richtig verstehe, weiß ich, dass ich keinem anderen die Verantwortung dafür geben kann, wie ich mich fühle. Diese irrwitzigen, in Mode gekommenen Sätze: Das darf doch nicht wahr sein, das gibt es doch nicht, das glaube ich aber jetzt nicht, – klingen doch nach typischer Opferrolle. Was hat mir jetzt wieder einer angetan oder was muss ich alles erleiden?

Bei aller hohen Wertschätzung für Menschen kann ich nur sagen: raus aus der Ohnmacht, hinein die Eigenmacht. Die Chemie meiner Gedanken bewegt sich in meinem Blut. Beim Klagen bekomme ich Stresshormone ins Blut. Alles steht auf Krampf und Kampf, hallo, jetzt musst du kämpfen, sagt mein Blutdruck. Das kann manchmal ganz spannend sein, aber auf die Dauer oder wenn es immer öfter kommt, macht es krank. Genau, Harriet, in meinem menschlichen Leben ging das soweit, dass ich an vielen Krankheiten gelitten habe. Erst kam der Brustkrebs. Nachdem ich ihn Gott sei Dank überwunden hatte, dauerte es nicht sehr lange, da hatte ich plötzlich Gallensteine. Die machten mir höllische Schmerzen und wieder musste ich von ihnen durch eine Operation erlöst werden. Von meinen seelischen Schmerzen einmal ganz abgesehen.«

»Aber Hermine, du hast es trotzdem ganz schön lang ausgehalten. Immerhin bist du 87 menschliche Jahre alt geworden.«

»Ja, ich habe auch viel gelernt durch meine Krankheiten. Immer wieder ist mir vieles klar und bewusster geworden und das meiste erst jetzt. Das hast du mir erklärt, hier auf Galapagos. Nur warum musste das erst mit solchen schrecklichen Krankheiten und Operationen einhergehen? Ich glaube, ich habe es verstanden, denn erst danach versuchte ich meine Glaubenssätze zu überdenken und zu ändern. Der große deutsche Denker Friedrich Nietzsche erklärt uns, dass Leid und Schmerzen nur dazu da sind, überwunden zu werden, um die Willensenergien und die Lebenslust zu steigern. Mir ging es in meinem Leben eigentlich recht gut! Schließlich hatte ich zwei Weltkriege überlebt, hatte vier Kinder auf die Welt gebracht und niemals wirtschaftliche Not. Einen verständnisvolleren Mann hätte ich mir oft gewünscht. Doch als ich mir sagte, eigentlich meint er es doch gar nicht so, ging es mir oft wieder sehr viel besser.«

»Hermine, wenn du beseelt lebst und nicht immer klagst, dann werden Endorphine, das sind Glückshormone, ausgeschüttet und die machen dir Mut. Das Einzige, was mit Glück korreliert, ist die Art, wie ich denke. Wenn du dagegen bist, spannst du dich an, dann bekommst du alle möglichen Erkrankungen. Und jetzt kommt es noch einmal knüppeldick. Krankheiten, Hermine, sind nämlich Heilreaktionen. Sie zeigen uns an, wie wir etwas besser machen können, und lassen uns hellsichtig werden. Sie sind Hilfeschreie des Körpers. Wir sollten dafür dankbar sein. Oft erkennen wir das erst eine ganze Zeit später.«

»Jeder Einzelne von uns ist seinem eigenen Körper und seiner eigenen Seele am nächsten, kennt sich selbst am besten und ist in der Lage, auf sein Selbst zu hören. Jedoch um diese Fähigkeit richtig zu nutzen, braucht man die Schulung der eigenen Intuition und der Wahrnehmung. Doch wie soll das gehen? Wer bringt mir das bei?«

»Ja, Hermine, wenn du aufpasst und genau hinhörst, kannst du mit dir selbst in einen erkenntnisreichen Dialog treten. Als du krank wurdest, wurdest du dazu gezwungen, innezuhalten und Signale aufmerksam aufzunehmen. Manchmal lernen wir dann erst durch eine durchlebte Krankheit hilfreiche Verhaltensweisen. Wie man an seine Seele, Freud nennt es auch an sein Unbewusstes, herankommt, dafür gibt es eine Menge Methoden. Es muss nicht immer ein professioneller Psychologe sein, auch eine Person aus der Familie, ein guter Freund oder sonst jemand, für den Gläubigen auch Gott, kann in einem vertrauensvollen Gespräch manchmal sehr hilfreich sein. Das habe ich selbst in meinem eigenen Leben nicht nur einmal erfahren.

Wir alle haben ein enormes Potenzial an Selbstheilungskräfte. Schau dich doch in der Natur um, dort ist die Reparatur allen Unheils ein Gesetz. Sie weiß sich selbst am besten zu helfen und zu heilen. Uns stellt sie eine Menge Heilmittel bereit, die auch auf biologischem Weg die natürlichen Selbstheilungskräfte in uns Menschen, in unserem Körper unterstützt. So ist es auch mit jeder Krankheit. Sie hat nur eine einzige Aufgabe, sie will etwas reparieren, heil machen. Wenn wir wirklich erkennen und es auch annehmen, dass Krankheiten und deren Symptome Botschaften sind, werden wir auch einen Weg finden, ihre Bedeutung zu erkennen und zu handeln. Wie kann es dann sinnvoll sein, diese wertvollen Botschaften zu unterdrücken oder zu vernichten, ohne sie verstanden oder befolgt zu haben? Nehmen wir sie an als Hilfe zur Erkenntnis, als Hilferuf unseres Körpers, über unsere Lebensumstände nachzudenken, etwas zu ändern und krank machendes Verhalten aufzugeben.

Oft sind wir nach einer erfolgreichen Heilung einer Krankheit erst in der Lage, den Sinn derselben zu erkennen. Manchmal dauert es Wochen, Monate oder sogar Jahre, zu dieser Erkenntnis zu kommen, warum wir damals leiden mussten und wie die Krankheit eine neue Entwicklung eingeleitet hat, die ohne sie niemals erkannt worden wäre. So lange die Wissenschaft 90 Prozent für die Erforschung von Krankheiten ausgibt und nur zehn Prozent dafür, wie Gesundheit nachhaltig erhalten werden kann, wird diese Entwicklung nicht wirklich weitergehen. Erste Umkehrversuche gibt es dankenswerterweise schon bei der Chemotherapie, die bei einigen Krebsarten ersetzt wird durch die Stärkung der Immunisierung des menschlichen Körpers. Also ein erstes wichtiges Ergebnis, das die Naturheilforschung schon seit Generationen fordert.«

Meditation hilft

Harriet fuhr fort: »Wenn wir uns einmal vor Augen führen, dass unsere Vorstellungskraft, unsere Fantasie, unsere geistigen Bilder krank machen können, so ist doch einfach nur logisch, dass die Umkehrung gesund machen muss. Die Natur hat es so eingerichtet. Das autonome, vegetative Nervensystem erhält alle wichtigsten Lebensfunktionen automatisch aufrecht. Stellen wir uns aber einmal vor, dass alle unsere Körperzellen ein eigenes Bewusstsein haben, das auf unsere Gedanken reagiert. Unsere geistigen Vorstellungen prägen sich jeden Augenblick jeder einzelnen der Millionen Zellen unseres Körpers ein. Sie machen uns gesund oder krank.

Wenn wir nun all unsere geistige Schöpfungskraft auf positive und erwünschte Vorstellungen von Gesundheit, Harmonie und Freude konzentrieren, können wir unserem Körper auf diese Weise eine hervorragende Basis für Gesundheit und Vitalität geben. Machen wir es uns zur Gewohnheit, alle negativen oder unerwünschten Bilder augenblicklich durch positive zu ersetzen. Gehen wir davon aus, dass unsere Gesundheit in nicht unerheblichen Maße von unseren Gedanken, unserem Bewusstsein abhängig ist, können wir über die Steuerung unseres Bewusstseins, durch unser Denken, dazu beitragen, dass es uns gut geht. Gedanken entscheiden über unser Schicksal? Gedanken zu beherrschen, hängt damit zusammen, wie ich meinen Körper beherrsche. Das können wir immer wieder tun zum Beispiel in der Meditation.«

Hermine dachte über sich selbst nach und nickte abwesend. »Bei mir hat das nie richtig geklappt. Ich fand einfach keine Ruhe dazu. Immer störte mich einer oder wollte etwas von mir. Ich weiß, jetzt sagst du wieder, das hätte an mir selbst gelegen. Zu wenig Zeit hätte ich mir selbst gegönnt. Das stimmt, aber, liebe Harriet, da hatte ich auch niemals das richtige oder genügend Selbstbewusstsein dazu. Ich war offenbar nicht egoistisch genug.«

»Genau deshalb wollen wir allen Menschen Mut machen. Mit Meditation können wir wirklich viel erreichen! Und es gibt so viele verschiedene, wunderbare Möglichkeiten. Wir können uns kaum vorstellen, welche unheimlich starke Kraft wir mit unseren Gedanken haben. Unseren Körper können wir beeinflussen, indem wir zum Beispiel unsere Atmung bewusst lenken oder unserem Schmerz nachspüren. Wie wohltuend kann es wirken, wenn wir zu unserer Mitte kommen, dem Sonnengeflecht, dem Solarplexus. Wie oft ist es ein Ausdruck unserer Verspannung, wenn die Zunge an den oberen Gaumen gedrückt wird, auch hier ist es wichtig, darauf zu achten, dass sie ruhig, quasi lose, im Mund liegt.

Erst dann merken wir, wie schwer es ist, einmal ganz bewusst für einige Zeit völlig unbeweglich ausgestreckt zu liegen. Mit ein wenig Übung kann das bestimmt ein jeder und eine jede. Dazu braucht es keinen besonderen Meditationslehrer oder ein Ratgeberbuch. Das hat auch überhaupt nichts mit esoterischem Quatsch zu tun. Heute, als Riesenschildkröte, machen wir das oft den lieben langen Tag und deshalb wissen wir, wovon wir reden. Liebe Menschen, scheut nicht davor zurück, an eure notfalls verschlossene Zimmertür oder wo auch immer einen Zettel zu machen: Meditiere jetzt für eine halbe Stunde und möchte keinesfalls gestört werden, egal, was auch passiert. Stellt Telefon, Handy und Computer ab, auch laufender Fernseher und plärrendes Radio können stören. Vorher ausmachen!

Der Dialog mit dem Körper in Form einer Meditation

hilft wirklich, körperliche Symptome, Signale aus dem Unbewussten, vielleicht auch verborgene Wünsche, fantasiereiche Träume, Bilder einer inneren Welt und ungenaue Vorstellungen verständlich zu machen. Selbstgespräche mit dem eigenen Körper erhöhen das Körperbewusstsein. Zum Beispiel ein Gespräch mit einem inneren Organ, ein Ansprechen des Symptoms oder des bestimmten Schmerzes versetzt einen in die Lage, das Symptom, den Schmerz oder eine unerklärliche Befindlichkeit zu fassen, zu begreifen und dann auch zu verstehen. Gerade das hilft oft schon weiter. Einfach mit sich selbst reden.«

»Liebe Harriet, ich habe da meine eigene Methode, darf ich sie dir einmal kurz schildern? Ich unterhalte mich wirklich mit meinem Inneren. In tiefer Versunkenheit danke ich meiner Galle, Leber, Milz und Bauchspeicheldrüse für ihre unablässige Arbeit für mich. Meinem Herzen dafür, dass es jahrein und jahraus für mich schlägt, meinen Muskeln und Sehnen für die Bewegungsfähigkeit meiner Arme und Beine, und meinem Hirn, dass ich alles denken und verinnerlichen kann. Dabei gehe ich im Geist meinen kompletten Körper durch. Meistens wird das zu meinem Einschlafritus. Tief versunken in den Kissen meditiere ich mich in den Schlaf.«

Heutzutage ist mit sich selbst zu reden gar nicht mehr unüblich und fällt selbst in der Öffentlichkeit nicht mehr so auf wie früher. Sogar auf der Straße kann man das immer häufiger beobachten. Die Leute haben zwar meistens einen Knopf im Ohr, hören Musik oder und telefonieren. Früher wären diese »Selbstgesprächler« komisch angesehen worden. Wenn sie dabei auch noch laut gelacht, gestikuliert oder geschimpft hätten, wäre man geneigt gewesen, eine typische Handbewegung zu machen oder sie für irgendwelche Verrückte zu halten.

Doch zurück zum Thema. Es gibt viele Forschungsergebnisse medizinischer Universitäten, die Erfolge einer Meditation auf die einzelnen Organe des Menschen wissenschaftlich nachgewiesen haben. Auch der Hirnforscher Wolf Singer berichtete kürzlich von einer unheimlich positiven Erfahrung, die er selbst durch Meditation erlebt hatte. Zusammen mit seinem Freund, dem buddhistischen Mönch von Katmandu in Nepal, Ricard Matthieu, der Molekularbiologe am Institut Pasteur in Paris gewesen war. Er hat die äußerst positive Wirkung von Meditation erforscht und wissenschaftlich nachgewiesen. Während einer Meditation haben wir die Möglichkeit, uns vorzustellen, wie unser inneres Bild aussieht, wir sehen gleichsam mit unserem geistigen Auge, was das alles mit uns zu tun hat und was es mit uns macht. Bin ich das wirklich? Gehört das zu mir? Warum benötige ich es und was will es mir sagen? Warum ist das alles so, wie es mir gerade erscheint? Was kann ich tun, was muss ich ändern, dass es mir wieder besser geht? Was bringt mir Heilung?

Ganz praktische Vorschläge gelangen plötzlich in mein Bewusstsein. Ich kann mich in die Lage versetzen, meinem Unbewussten ein Bild zu geben von meinem erwünschten Endzustand. Wir wissen meistens alle sehr genau, was wir nicht wollen, haben aber oft überhaupt kein konkretes Bild von dem, was wir wirklich wollen, was uns wirklich gut tut und wie unser Leben eigentlich aussehen soll.

»Hermine, stell dir einmal vor, du hättest einen Knopf an dir, irgendwo an deinem Körper, mit dem du Schmerzen abstellen oder wenigstens herunterfahren könntest. Du hast verstanden, warum dir das Symptom geschickt wurde und stellst die Ursachen einfach ab. Wie ein Radio, das man mit einem Knopf abstellen kann. Haben wir tatsächlich alle einen solchen Knopf? Natürlich nicht! Es gibt ihn aber sozusagen virtuell, wie das heute so schön heißt, oder in unserer Vorstellung und Fantasie. Probiere es einmal aus. Du wirst sehen, wenn es nicht beim allerersten Mal klappt, die

Wirkung kommt früher oder später ganz bestimmt. Frage deinen Körper, dein Unbewusstes. Noch einmal: Sprich mit ihm, wenn du willst, laut oder je nach Stimmung mitunter auch leise! Wie kann ich dieses Problem lösen und mir selbst helfen? Was kann ich unternehmen, um diese Schmerzen loszuwerden oder sie vielleicht anzunehmen?

Du meinst, das funktioniert nicht? Hast du es denn schon einmal probiert? Setze deiner eigenen Vorstellungskraft nicht so enge Grenzen, du kannst über dich hinauswachsen, insbesondere dann, wenn es notwendig wird. Die Weisheit der Sprache meint wörtlich: zur Wendung der Not. Wichtig dabei ist, dass du fest glaubst, was du tust, und dich nicht verunsichern lässt. Unsere innere Haltung ist ausschlaggebend für den Erfolg.

Oft stehen Wissenschaftler vor einem Rätsel, wie etwas geschehen konnte. Dafür gibt es unzählige Beispiele, auch in der Bibel. Wenn du es nachlesen möchtest: Matthäus 21, Vers 22: Und alles, was ihr bittet im Gebet, wenn ihr glaubt, so werdet ihr's empfangen. Wie heißt es? Glaube kann Berge versetzen.«

»Uff, Harriet, das war jetzt aber wieder eine akademische Lektion.«

»Ja, Hermine, eine von meinen wichtigsten. Warum probieren das die Leute denn nicht einfach aus, bevor sie es als esoterischen Quatsch ablehnen? Ich habe noch so einen provozierenden Satz: Die schlimmste Krankheit aller Krankheiten ist wohl die, nicht mehr krank zu werden. Dass uns Körper und Seele nicht mehr zeigen, wo wir etwas falsch machen oder korrigieren müssen. Der Körper zeigt uns mit all seinen Unzulänglichkeiten, wo wir uns in einem Ungleichgewicht befinden, wo sich etwas staut oder wo wir von etwas zu wenig oder zu viel haben. Wir können genau hinschauen und mitunter auch im Unbewussten Lösungen finden, die uns helfen, auf den richtigen Pfad zu kommen, um unsere Ausgeglichenheit wiederherzustellen. Das ist eine Lebensaufgabe und mit dieser Sichtweise können wir auch für unsere Krankheiten dankbar sein.

Und, liebe Hermine, es ist trostreich zu wissen, dass wir ohne Fehler und Niederlagen keine Erfolge haben. Fehler, Niederlagen und Krankheiten sind keine Bestrafungen irgendeines unbekannten Schicksals. Sie sind nicht unsere Feinde. Ganz im Gegenteil, wir brauchen sie, um Lebenserfahrung und Wissen über uns selbst zu erhalten, um das Unbewusste von Zeit zu Zeit von ganz unten nach oben zu befördern. Nur so kommen wir unseren Zielen näher, wenn wir daraus lernen und sie als Chancen ansehen. Erlaube dir, Fehler zu machen, Niederlagen einzustecken, daraus gewinnst du Mut, Stärke und Lebensweisheit. Glaube an das Segensreiche in dir selbst. Trau dich etwas, sei dir ganz sicher, dass du die guten Dinge im Leben verdient hast.

In der psychologischen Terminologie spricht man auch von Resilienz – der psychischen Widerstandsfähigkeit, Krisen zu bewältigen. Viele Menschen haben eine bewundernswerte Art, mit Widrigkeiten und Nackenschlägen des Lebens umzugehen, aber leider nicht alle. Aber es gibt einen Trost: Unsere Fantasie ist in den meisten Fällen schlimmer als die Wirklichkeit. Und manche können sich das Negative so richtig gut vorstellen. Eben die Pessimisten.«

Harriet meinte, eine äußerst wichtige Rolle spielte unser Denken. Unsere Einstellung und unser Bewusstsein. Der Gesamtinhalt unseres geistigen und seelischen Erlebens, wie man die Welt für sich selbst wahrnimmt. In der Philosophie Hegels, mit der Harriet sich intensiv beschäftigte und die Hermine überhaupt nicht verstand, erfahren wir Anfang des 19. Jahrhunderts in seiner »Phänomenologie des Geistes«, gewissermaßen in der Wissenschaft der Erfahrung des Bewusstseins, dass werdendes Bewusstsein immer ein Prozess der Erfahrung ist. Denn wir können und müssen uns im Denken verändern lassen, eine lebenslange Flexibilität des Geistes, ganz gleich wie alt wir auch sind. Erkennen verändert alles, erkennen ist Bildung, es bildet sich etwas.

In der neueren Hirnforschung entdeckte man gerade die Plastizität des Gehirns. Das heißt, nur wenn es benutzt wird, vermehren sich die Zellen. Werdendes Bewusstsein vom Sein zum Nichts und wieder zum Sein. Hegel drückt das so aus: »Das Nichts geht in das Sein über und das Sein wieder in das Nichts, ein ständiges Entstehen und Vergehen. Nichts geht in Sein über, das bedeutet das Entstehen, Sein geht in Nichts über, das ist das Vergehen.

»Oh, liebe Harriet, da fehlt mir noch sehr viel, um das zu verstehen«, stöhnte Hermine.

»Warum ist es nur so schwer, sich selbst vom Denken verändern zu lassen? Erst im Denken werden wir Zusammenhänge verstehen, und vieles ergibt einen Sinn für uns. Wie schnell urteilen wir manchmal über sinnvoll und sinnlos. Über Sinn und Unsinn, und wie schnell ver-urteilen wir. Machen wir uns bewusst, dass vieles von uns völlig anders be-urteilt werden würde, wenn wir immer den Sinn dahinter erkennen könnten. Wenn uns die Zusammenhänge bekannt wären. Alle Zusammenhänge überschauen kann nur Gott. Wenn uns Menschen eine solche Weitsicht zugänglich wäre, dann würden wir vielleicht nichts mehr als sinnlos anschauen und vorschnell jemanden verurteilen. Wir könnten viel leichter die Naturgesetze verstehen und sich ihnen unterordnen und sie annehmen. Vielleicht ist gerade durch die unzureichende Fern- und Übersicht des Menschen seine Sehnsucht nach dem Meer und den Bergen entstanden. Die Sehnsucht nach der grenzenlosen Weite des Horizonts.«

Hermine hatte in ihrem Leben festgestellt, dass Menschen, manche früher, andere später, insbesondere im Alter eher negativ denken und reden. Die Zeit des jugendlichen Optimismus und positiven Denkens scheinen sie weit hinter sich gelassen zu haben. Vielleicht liegt es aber auch daran, dass, je älter sie werden, umso rasanter und schneller die Zeit zu vergehen scheint und ihnen die Endlichkeit ihrer Existenz immer klarer wird. Wenn wir uns unser Leben auf einer Geraden vorstellen, wird die Zeitspanne des Lebens, das hinter uns liegt, immer größer und das, was vor uns liegt, immer kleiner. Dabei werden wir uns, je älter wir werden – und Menschen werden heute immer älter –, auch mehr und mehr der Unzulänglichkeit unseres Körpers bewusst und spüren, dass das Leben ein Übergang ist.

»Liebe Hermine, wir fangen jetzt ganz einfach an und üben einmal, negative Gedanken und Sätze auszutauschen gegen affirmative. Das fällt uns sicher nicht schwer in dieser herrlichen Umgebung der faszinierenden Inselwelt.«

Jetzt folgte wohl eine der schwierigsten typischen »Hermine-Fragen«: »Warum empfinden viele Menschen eigentlich Krankheit und Leiden als Bestrafung, ja sogar als Unrecht? Warum gerade ich?«

Doch nun konnte Harriet so richtig vom Leder ziehen. Das war ein beliebtes Spezialgebiet von ihr. »Liebe Hermine, die Interpretation allen Geschehens heißt in der Naturwissenschaft Prinzip von Ursache und Wirkung oder Kausalitätsprinzip. Die Frage, ob jedes physikalische Ereignis eindeutig durch eine gewisse Anzahl von Ursachen bestimmt ist – also ob das Universum als Ganzes deterministisch ist, ist eine der wichtigsten Fragen, bei der Philosophen und Physiker sich oft in die Haare geraten. Nach der klassischen Newton'schen Physik und der Einstein'schen Relativitätstheorie ist das sehr wohl der Fall. In letzter Konsequenz würde das bedeuten, dass jeder Gedanke und jedes fallende Blatt im Augenblick des Urknalls vorherbestimmt war.

Albert Einstein sagte dazu: Gott würfelt nicht. Was uns als Zufall erscheint, hängt demnach in Wirklichkeit nur von uns unbekannten Ursachen ab. Auch der freie Wille des

Menschen wäre schiere Illusion. Einstein zog hier eine Parallele zur Unfreiheit des Willens nach dem von ihm sehr verehrten Philosophen Arthur Schopenhauer. Wenn wir dem zustimmen, dann steckt hinter allem Geschehen ein geregeltes Gerechtigkeitsprinzip. Dann würden Leiden, Krankheit und Unrecht eine Folge unseres Missbrauchs der uns gegebenen Energie sein.

Wir sollten einmal darüber nachdenken, ob es denn so etwas wie eine Schicksalsverteilungsstelle im Universum geben könnte. Machen wir uns bewusst, dass nach dem Kausalitätsprinzip jeder nur das bekommt, was er auch selbst verursacht hat. Ein Beispiel: Einleuchtend ist doch, dass wir jederzeit bestimmen können, was wir säen. Wenn wir Weizen säen, ernten wir Weizen und nicht Mais. Wenn wir zu anderen freundlich sind, ernten wir Freundlichkeit. Wenn wir ablehnend sind, ernten wir Ablehnung. Wenn wir aggressiv sind, bekommen wir Gegenaggressionen zurück. Wenn wir uns ärgerliche, deprimierende oder ängstliche Gedanken machen, dann fühlen wir uns auch ärgerlich, deprimiert und ängstlich.

Wenn wir uns das einmal richtig bewusst machen, erkennen wir plötzlich, dass nicht alles, aber vieles von unserem sogenannten Schicksal in unserer eigenen Hand liegt. Sicher schleppen wir auch manches als Belastung aus früheren Zeiten mit uns herum, aber nach dieser Erkenntnis haben wir wenigstens jetzt die Gelegenheit, alles zu ändern, was wir ändern möchten. In unserem Bewusstsein, im Denken, im geistigen und seelischen Erleben ist unser Schicksal und nur dort haben wir eine Chance es zu ändern, wann immer wir es wollen.«

»Harriet, du meinst, wir haben viele Gründe, glücklich zu sein, und mindestens ebenso viele, unglücklich zu sein. Es liegt in jedem Augenblick bei uns selbst, wofür wir uns entscheiden. Doch das muss so tief in unser Bewusstsein eingebrannt sein, dass wir diese individuelle, große Freiheit auch in jedem Augenblick abrufen können. Das wichtigste Medium dabei ist unser Denken, unsere Vorstellung, unsere Einstellung und unsere Fantasie.«

»Genau, Hermine, so funktioniert das, der dänische Philosoph Søren Kierkegaard meint: Die Fantasie ist überhaupt das Medium dessen, was unendlich macht. Was für ein Gefühl, welche Erkenntnisse, welche Vorstellung und was für einen Willen wir haben, beruht doch ausschließlich darauf, was für eine Fantasie wir haben. Gerade das Fantastische trennt uns aber auch untereinander, es ist sehr schwer, an die Fantasie des anderen heranzukommen, hier ist auch die Grenze für die Kommunikation. So ist unser Selbstverhältnis abhängig und eingebettet in die Kraft der Fantasie, der Einbildungskraft und unserer Vorstellungen.

Das Vergleichen ist das Ende des Glücks und der Anfang der Unzufriedenheit, formuliert Kierkegaard das Selbstverständnis, das jeder von uns für sich selbst haben sollte. Nicht was andere von mir halten, sondern nur was ich von mir selbst halte, ohne mich dabei mit anderen zu vergleichen. Ein Zeitgenosse von ihm, Arthur Schopenhauer, beschreibt das in seinem berühmten Werk ›Die Welt als Wille und Vorstellung‹ gleichermaßen.

Wir haben von den Botschaften im Leben gesprochen. Nehmen wir die Botschaften an, machen wir etwas daraus oder versuchen wir nur, ihnen auszuweichen und sie zu unterdrücken? Das Leben ist unerbittlich, wenn wir die Aufforderungen nicht verstehen, kommen sie immer wieder und wieder. Wenn wir jedoch zuhören und mitbekommen, was uns das Leben sagen will, werden die Botschaften überflüssig und wir werden frei. Unter diesen Voraussetzungen können wir annehmen, dass das, was wir Schicksal nennen, kein Zufall, keine Laune Gottes, schon gar keine Bestrafungsinstanz, sondern eine Regel, ein Gesetz für uns bedeutet, eine Kausalität, wir bekommen das, was wir verursachen, wir ernten, was wir säen. Darüber sollten die Menschen einmal nachdenken.«

»Ja, Harriet, wir werden uns jetzt fragen müssen: Gibt es denn irgendjemanden auf der Welt, der in diesem Sinne Krankheiten selbst verursacht?«

»Nein, Hermine, natürlich tun wir das nicht bewusst oder wissentlich, jeder von uns möchte doch gerne gesund sein oder werden. Vielleicht ziehen wir Krankheiten aber unbewusst an, ohne Absicht, aber doch mit einem zunächst in diesem Augenblick für uns nicht gleich erkennbaren Grund. Wie oft aber haben gerade Krankheiten auch schon Menschen geholfen, ihr Leben neu und bewusster zu gestalten. Das geht sogar so weit, dass 80 Prozent der Menschen mit einer Querschnittslähmung nach einiger Zeit der Meinung waren, dass ihnen im Leben nichts Besseres hätte geschehen können. Ihre Querschnittslähmung hätte ihr Leben in vielen Bereichen zu einem lebenswerteren als vorher gemacht.

Fassen wir zusammen, liebe Hermine, Meditation hilft uns, in vielen Lebenssituationen, Aggressionen, innere Konflikte und emotionales Aufgewühltsein in den Griff zu bekommen. Bei Aristoteles bedeutet der Begriff Katharsis Reinigung von bestimmten Affekten. Natürlich hilft Meditation auch, unser Schicksal anzunehmen, oder – noch philosophischer – ausgedrückt, sie ist eine Erziehung zu einer stoischen Haltung, bezogen auf die Philosophie der Stoiker, gegenüber dem Schicksal. In der griechischen Antike wurde vorausgesetzt, dass ein Mensch die Größe besaß, sein von den Göttern verhängtes Schicksal auf sich zu nehmen.«

Geben wir unserem Leben einen Sinn

Hermine fragte Harriet: »Können wir den Menschen einige Gedanken ans Herz legen, wie sie ihrem Leben einen Sinn geben können?«

»Machen wir das nicht schon die ganze Zeit? Alle angesprochenen Themen sind in der Philosophie heute so aktuell wie vor Tausenden von Jahren. Philosophen der griechischen Antike bis zum heutigen Tage diskutieren diese Fragen menschlichen Lebens immer wieder aufs Neue.«

»Merkwürdig«, fand Hermine, »gibt es denn keine neuen Erkenntnisse?«

»Ich glaube es nicht, zu verschiedenen Zeiten wird manchmal etwas anders ausgelegt oder interpretiert, aber im Grunde genommen diskutieren die Menschen immer wieder die gleichen Inhalte«, so die alte Harriet. »Also, lass uns doch zusammenfassend eine kleine Anleitung zum sinnvollen Leben festhalten. Regen wir damit alle an oder vielleicht auch auf, damit oder wenn wir sie erheitern und bloß unterhalten, damit sie ein wenig mehr verstehen, warum sie das tun, was sie tun.«

Ganz vorne steht das Zusammenleben mit geliebten und geschätzten Menschen, mit einem Partner, Kindern und Enkelkindern oder auch guten Bekannten und Freunden. Einen großartigen Sinn geben wir unserem Leben durch die Kommunikation mit anderen Menschen. Hier haben wir die Möglichkeit, die Fülle des Lebenssinns frei zu entfalten. Für andere da zu sein, kann einem selbst unheimlich gut tun, Egoismus durch Altruismus. Prüfen Sie einmal, liebe Leserin, lieber Leser, wie viel Sinn Sie Ihrem Leben geben können, indem Sie einfach für andere da sind. Das Einzige, was im Leben zählt, sind Beziehungen, eine harmonische Familie und gute Freunde. Die Menschen brauchen einander.

Es gibt Menschen, die einen Sinn in der Natur suchen. Sie erkennen in der Natur die großen Zusammenhänge, wie sehr alles ineinanderfließt und wie hier alles einen Sinn gibt. Es steht außer Frage, dass gerade in der Natur, aber auch bei den Menschen die Darwin'sche Evolution erkennbar ist. Die Natur repariert vieles und entwickelt sich stets hin zu etwas Besserem. Sinnerkennung im Erkennen von umfassenden Zusammenhängen bedeutet die behutsame Eingliederung von uns Menschen in die Natur. Die Achtung der Natur und die große Dankbarkeit an die Natur und die Schöpfung.

Wir haben gehört, dass wir in vielen Situationen wahrscheinlich ganz anders urteilen würden, wenn wir den Sinn oder die Hintergründe besser erkennen würden. Wie oft urteilen wir vorschnell und sind uns der besonderen Umstände überhaupt nicht bewusst. Von einer übergeordneten Perspektive, die uns oft fehlt, könnten wir den Gesamtzusammenhang überblicken. Dann sieht manches oft ganz anders aus. Oft geht ein Perspektivenwechsel mit einer Persönlichkeitsentwicklung einher.

Andere wiederum sehen einen Sinn in der Bewegung. Erst durch neuere Untersuchungen der Neurobiologie konnte vor Kurzem nachgewiesen werden, was viele von uns eigentlich schon immer wussten: Erst die körperliche Bewegung schafft die Grundlage für geistige Bewegung und umgekehrt, dass jede geistige Anstrengung sich wunderbar durch eine körperliche Anstrengung ausbalancieren lässt. Moderne Menschen setzten aufgrund der cartesianischen

Vorgabe alles auf das Denken – »cogito ergo sum« – und haben dabei den Körper etwas aus dem Auge verloren, das wir bewusst ändern müssen. Die Arbeit am und mit dem eigenen Körper trägt ganz maßgeblich zur geistigen Beweglichkeit bei. Und gerade beim Älterwerden haben wir da ein wunderbares Element, geistig und körperlich nicht einzurosten. Körperliche Bewegung vermittelt ganz nebenbei noch eine sehr wichtige Aufmerksamkeit. Schon deshalb, weil der Körper früher oder später da und dort weh zu tun beginnt und Signale vermittelt, wo und was wir tun können oder sein lassen müssen.

Es gibt die schon sehr alte Lehre der Kinesiologie, eine Richtung der alternativen Medizin. Der Begriff geht zurück auf die altgriechischen Wörter Kinesis, das so viel heißt wie Bewegung, und Logos, Wort oder Lehre, zusammen also »Lehre von der Bewegung«. Ursprünglich taucht der Begriff im Zusammenhang mit der aristotelischen Physik und Metaphysik auf. Erst viel später wird er für diagnostische und therapeutische Verfahren verwendet. Zentrales Werkzeug der Kinesiologie ist ein sogenannter Muskeltest. Man geht davon aus, dass jeder Muskel zu einem Organ eine meridiane Verbindung hat und Schmerzen an den betroffenen Stellen zur Diagnose verwendet werden können. Durch ganz bestimmte Druckpunktmassagen können die Blockaden aufgehoben und ein freier Fluss der Energie wiederhergestellt werden. »Touch for Health«, gesund durch Berührung, wurde in den 1960er-Jahren von dem Amerikaner Dr. George Goodheart entdeckt, weiter erforscht durch John F. Thie und beide zusammen gründeten die Touch for Health Fundation.

Alle Formen der körperlichen Bewegung dienen beim Menschen dem Körper und dem Geist: gehen, laufen, rennen, walken, Rad fahren, schwimmen, tanzen, Gymnastik, fernöstliche Disziplinen wie Tai Chi, Qigong, Yoga und alles, was zur Bewegung beiträgt. Auch wenn Menschen das eine oder andere altersbedingt nicht mehr ausführen können – wenn sie danach suchen, werden sie sicher etwas für sich finden, was ihnen Spaß macht, um ihren Körper in Bewegung zu halten.

Neben der körperlichen Bewegung geht es auch um Umgangsformen mit dem eigenen Körper. Wie steht es um die seelische und geistige Aufmerksamkeit? Achten wir auf seelische und körperliche Signale? Was sagt der Geist? Wie stärke ich die eigene Aufmerksamkeit mir selbst gegenüber? Ein Philosoph nannte das einmal Selbstfreundschaft. Sind wir mit uns selbst befreundet? Oft wird diese Haltung als wenig altruistisch und eher egoistisch verstanden. Fragen wir uns einmal, welche Rolle dieses Verhalten für die Gesellschaft bedeutet: Kein Mensch lebt allein für sich, sondern immer in Gesellschaft, haben wir bereits gehört. Ich strahle aus auf die Gesellschaft und spiegele mich in ihr. Welche Rolle spielt eine gute Behandlung meines eigenen Selbst für die Gesellschaft? Letzten Endes geht es bei der Selbstbehandlung um Gestaltung der Gesellschaft, weil niemand allein lebt, sondern immer in Gesellschaft. Erst ein humaner Umgang mit sich selbst lässt Humanität in einer Gesellschaft aufbaufähig werden. Nach dieser These lässt sich eine Veränderung in der Gesellschaft bewirken. Ich kann die Gesellschaft nicht verändern, nur ich selbst kann bei mir eine Veränderung herbeiführen und damit die Gesellschaft umgestalten.

Rücksichtnahme auf andere geschieht durch eigene Zurückhaltung, zuhören können und ausreden lassen. Aufmerksamkeit für andere und Anerkennung ihrer Eigenheiten gehen einher mit Toleranz, Unvoreingenommenheit, Erweisen von Gefälligkeiten und Dankbarkeit. Werte wie Zuverlässigkeit bei Verabredungen, Nachsicht für Schwächen anderer, Einstehen für andere, Hilfsbereitschaft und Zivilcourage spielen dabei eine große Rolle. »Der achtsame Umgang mit dem anderen« – das kann man sich doch zur Lebensmaxime machen. Was macht es für einen Riesenspaß, andere zu loben! Am besten jeden Tag jemanden loben!

Wie kann man das nun alles aufnehmen, verarbeiten und anwenden in jeder Phase des Lebens, sowohl in theoretischer als auch in praktischer Übung? Anfangen ist meistens nicht so arg schwer, es durchzuhalten wird schon etwas komplizierter. Wichtige Voraussetzung ist, sich selbst richtig ernst zu nehmen und zu einer Veränderung stehen. Wie zuvor beschrieben, beginnt es mit In-sich-hineinhören, um Seele, Körper und Geist richtig wahrzunehmen. Für alle Berufstätigen gilt, sich unbedingt eine Freizeitbeschäftigung zuzulegen, die nicht nur richtig Spaß macht, sondern auch den ganzen Menschen fordert und fasziniert.

Hermine hatte manchmal, vielleicht zu selten, eine Vision von einem anderen Leben gehabt. Sie wäre niemals auf die Idee gekommen, dafür ihren Mann und schon überhaupt nicht ihre Kinder zu verlassen. Ein gesichertes Leben aufzugeben, auszuziehen aus den eingefahrenen Rollen, das war nicht ihre Sache und wäre für die damalige Zeit auch ein Skandal gewesen. Heutzutage ist es gang und gäbe, dass so viele Ehen geschieden werden. Leidtragende sind dabei immer die Kinder. Oft sehen diese es als ihre eigene Bestrafung und fühlen sich mitschuldig. Das vergeht dann auch nicht ohne seelische Blessuren.

Das alles wäre Hermine nie in den Sinn gekommen. Erfolg, Anerkennung, Reichtum hatte sie im Schatten ihres Mannes. Neues zu wagen und die Suche nach dem eigenen Leben blieben für sie eine lebenslange Sehnsucht. Doch heute mit ihrer gewandelten Seele in einer Riesenschildkröte konnte sie allen Frauen nur empfehlen, sich diesen Fragen zu stellen. So viel zu den interessanten und wertvollen Empfehlungen der beiden faszinierenden Philosophinnen.

Herz – Schmerz – Tod

»Obwohl ich den Tod schon einmal überwunden habe, schlägt mir bei diesem Thema immer das Herz bis zum Halse.«

»Ja, Hermine, apropos Herz, es vollbringt tatsächlich etwas mehr als 80 Schläge pro Minute. Weißt du eigentlich, dass unser Herz 100.000 Mal am Tag und 40 Millionen Mal im Jahr schlägt? Und das bei vielen Menschen weit über 80 Jahre lang, ganz zu schweigen von uns Riesenschildkröten, unser Herz schafft vielleicht 175 Jahre und mehr. Es gibt, glaube ich, keine einzige Maschine, die das durchhalten würde. Und wie selbstverständlich gehen die Menschen mit dieser einmaligen Leistung um. Viele saufen, rauchen, haben Übergewicht und gehen nie zu einer ›Inspektion‹.«

»Kann das gut gehen?«

»Nein, Hermine, fast jeder zweite Todesfall in Deutschland ist auf eine Herz-Kreislauf-Erkrankung zurückzuführen. Da macht das Herz einfach nicht mehr mit, was manche Menschen ihm zumuten. Sei doch mal ehrlich, Hermine, beim Sterben geht es uns doch allen immer nur darum, dass es möglichst schnell geht, wenn es denn schon sein soll, und dass möglichst alle hektischen Rettungsversuche unterlassen werden und am allerbesten wäre es, man merkt nichts davon und schläft ohne Schmerzen einfach so ein und wacht nicht mehr auf.«

Hermine hatte ein verschmitztes Lächeln um ihre Mundwinkel. »Harriet, amüsanter drückt das der bayerische Maler und Apotheker Carl Spitzweg aus. Er malte nicht nur unvergessliche Bilder, sondern schrieb auch immer wieder sehr zutreffende Aphorismen über alles Mögliche und natürlich auch zum Thema Tod. Willst du einmal etwas von ihm hören?«

Oft denk ich an den Tod, den herben
und wie am End ich's ausmach?!
Sanft im Schlafe möchte ich sterben
und tot sein, wenn ich aufwach!

»Wünscht sich nicht eigentlich jeder Mensch einen schnellen, schmerzlosen Tod? Niemand denkt schon gern an sein eigenes Ableben. Es ist nur allzu menschlich, alles, was damit zusammen hängt, zu vermeiden. Niemand kann jedoch davor davonlaufen. Vielleicht ist es nicht einmal der Tod, sondern vielmehr das, was davor passiert und uns Angst einflößt.« Harriet verstand die Menschen ... »Es gibt kaum ein anderes Phänomen, das für die Menschen mehr angstauslösend ist und das sie mehr tabuisieren. Dabei gehört genau betrachtet der Tod, ebenso wie die Geburt, das Auf-die-Welt-kommen, zum Leben. Wer kann sich an seine eigene Geburt erinnern? Warum soll das mit dem Sterben anders sein?
Es ist gut vorstellbar, dass alle Reaktionen auf dieses Thema damit zusammenhängen, dass niemand wirklich erfassen kann, was der Tod genau bedeutet. Keiner kann aus eigener Erkenntnis davon erzählen, wie es war, niemand weiß, wie es tatsächlich ist. Alle erleben den Tod bei anderen, zum Beispiel wenn jemand aus dem eigenen Umkreis stirbt. Und je näher einem dieser Mensch stand, desto schmerzhafter sind die Eindrücke und Gefühle.
Es ist menschlich und verständlich, Angst vor etwas zu haben, das nicht einschätzbar ist. Dabei ist völlig klar, dass die meisten Dinge, die einem Sorgen bereiten, niemals ein-

treffen. Die Menschen möchten immer gerne im Voraus wissen, was auf sie zukommt, um sich darauf einstellen zu können. Und das ist beim Sterben komplett verwehrt.«

Es war klar, dass die große alte Philosophin Harriet den deutschen Denker Martin Heidegger in diesem Zusammenhang zitieren musste. In seinem Buch »Sein und Zeit«, in dem er sich auch mit dem Thema Tod ausführlich auseinandersetzt, schreibt er: »Keiner kann dem Anderen sein Sterben abnehmen, wir machen immer nur Erfahrungen mit dem Tod Anderer […] die da liegen haben es ja bald hinter sich, aber was wird aus uns mit dieser Angst und diesen Bildern im Kopf …«

Immer wieder ist zu hören von einer sogenannten Nahtoderfahrung. Ein noch nicht sehr gut erforschtes Phänomen, das bei Menschen auftritt, die für begrenzte Zeit für klinisch tot befunden wurden – beispielsweise während einer Operation, infolge eines Verkehrsunfalls oder von Menschen, die kurz vor dem Ertrinken waren oder wiederbelebt wurden. Berichte von Menschen, die dergleichen erlebt haben, werden sowohl wissenschaftlich interpretiert als auch religiös gedeutet, sind jedoch für den anderen meistens nicht wirklich nachvollziehbar. Was nennen wir den Tod? Was können wir tatsächlich davon erleben? Ein dramatisches Ereignis, jemand geht. Wohin? Was bedeutet das für uns selbst und für den Anderen? Ist der Tod überhaupt ein Problem oder ist es allein die Furcht davor?

In der Natur ist alles Lebende dem Verfall ausgesetzt. Das einzig Beständige ist der Lebensrhythmus von Wachsen, Blühen und Zerfallen. »Von Werden und Vergehen« formuliert es der Philosoph Hegel. Aber der Tod ist auch ein geschichtliches Thema: der Freitod in der Antike, der christliche Märtyrertod oder die vielen Toten im Krieg und heute aktuell die Selbstmordattentäter bis hin zu den jugendlichen Amokläufern in Schulen und Universitäten.

»Liebe Hermine, seit Tausenden von Jahren beschäftigen sich Philosophen auch mit dem Thema Tod und Sterben. Da fällt mir der große französische Denker Michel de Montaigne ein. Einer der bedeutendsten Philosophen der Aufklärung in der zweiten Hälfte des 16. Jahrhunderts. Er nimmt den ursprünglich sokratischen Satz ›Philosophieren heißt sterben lernen‹ wieder auf. Bekommt der denkende Philosoph tatsächlich eine größere Distanz zu seinem eigenen Leben? Und steht am Ende die sokratische Erkenntnis, dass es eigentlich keinen einzigen gesicherten Grund für unsere Todesfurcht gibt? ›Geburt ist der Beginn aller Dinge, Tod ist das Ende aller Dinge.‹ Von Montaigne stammt auch folgendes Zitat: ›Nach nichts erkundige ich mich eingehender als danach, wie ein Mensch gestorben sei: mit welchem Gesicht und welcher Haltung, mit welchen letzten Worten.‹ Warum wohl?

Wir können bei diesem Thema auch noch einmal auf den griechischen Philosophen Epikur im 3. Jahrhundert vor Christus zurückkommen. Für ihn war alles um das Sterben nicht so bedeutend: ›Wenn der Tod da ist, bin ich es nicht mehr und so lange ich da bin, ist es der Tod nicht.‹ Eine wahrhaft atomistische Auffassung, dass nicht nur der Körper, sondern auch die menschliche Seele mit dem Tod zur Auflösung kommt, also alles vorbei ist. Für Epikur stand ein lustvolles Leben im Mittelpunkt, sein Grundmotiv war, zu Lebzeiten ein genussvolles Leben, das sehr wohl auch asketisch sein konnte, zu führen und dabei zu vollendeter Seelenruhe zu kommen. Jeder kann und sollte so leben, als ob er immer lebte. Für die Epikureer hatte der Tod des Menschen somit überhaupt keine Bedeutung.

Der Epikureismus stand lange Zeit im Mittelpunkt des geistigen Lebens. Wie wir schon besprochen haben, war ein ganz besonderes Merkmal der stoischen Philosophie die kosmologische, das bedeutet, auf Ganzheitlichkeit der

Welterfassung gerichtete Betrachtungsweise. Aus ihr ergibt sich ein in allen Naturerscheinungen und natürlichen Zusammenhängen waltendes göttliches Prinzip – den Pantheismus, der bedeutet, dass Gott und die Welt und die Natur eins seien. Für den Stoiker gilt es, seinen Platz in dieser Ordnung zu erkennen und auszufüllen, indem er auch durch die Einübung emotionaler Selbstbeherrschung sein Los zu akzeptieren lernt und mithilfe von Gelassenheit und Seelenruhe zur Weisheit strebt. Askese bedeutet im griechischen nichts anderes als eine Übung, Selbstüberwindung, um Begierden und Lastern zu entsagen. Merkst du, Hermine, wie eine solche Übung den Menschen auch froh machen kann? Wie er durch Entsagung zu innerer Ruhe kommen kann? Den ewigen kleinen Teufel im Ohr ausschalten, der ständig uns diktiert, was wir noch tun sollen oder was uns noch alles fehlt. Aristoteles bemerkte schon: Was gibt es so viele schöne Dinge, die ich alle nicht brauche. – »Hermine, du bist schon einmal als Mensch gestorben. War das schlimm?«

»Liebe Harriet, vom Sterben habe ich nichts gemerkt, aber davor musste ich einige Zeit sehr leiden. Das ist es doch, was die Menschen belastet, nicht der Tod selbst, sondern die Angst vor dem Leiden vor dem Sterben. Zwei Jahre vor meinem Ableben starb mein Mann, mit dem ich mein ganzes Leben verbracht hatte. Ich hatte das große Glück, meinen Lebensabend in meinen eigenen vier Wänden zu verbringen. Meine Söhne sorgten dafür, dass ich sehr liebevoll gepflegt wurde.«

»Der meistgelesene Schriftsteller im 1. Jahrhundert nach Christi Geburt war der römische Philosoph Seneca«, begann Harriet noch einmal eine Philosophie-Vorlesung. »Er war zugleich Stoiker und Epikureer, Lehrer und Erzieher des späteren Kaisers Nero, wie wir schon einmal erfahren haben. Seneca warnte vor den rhetorischen Tricks der Epikureer. Man sollte sich vor den bloßen Worten hüten und den Tod mit Herz und Seele betrachten. Er ist weder ein Übel noch ein Gutes. Es bedarf der Abhärtung und der Prüfung, dem Tod gelassen entgegenzugehen. Man sollte sich permanent mit Herz und Seele auf ihn einstellen. ›Wie wenig Zeit bleibt uns, das Wesentliche im Leben ... gerade die besten Tage verfliegen dem Menschen im Leben zuerst ...‹, schreibt der Philosoph. Er spricht von den Vielbeschäftigten, das muss doch den Menschen auch heute wieder sehr bekannt vorkommen. Das ohnehin schon kurze Leben optimal zu nutzen, sich mit Wahlverwandten zurückziehen, um mit ihnen die Fülle des Lebens gemeinsam zu genießen. Die Gegenwart in der Kürze des Lebens ausnutzen. Der Sterbliche kann damit bis an die Grenze der Unsterblichkeit heranrücken. Die tägliche Lebensweise auf die Endlichkeit hin auszurichten, sind seine Empfehlungen.«

Eine zeitgenössische junge Philosophin, Rebekka Reinhard, bietet in ihrem lesenswerten Buch »Die Sinn-Diät« philosophische Rezepte für ein erfülltes Leben. Zum Thema Tod ebenfalls ein einfaches Rezept: »Wälzen Sie nicht lange Argumente hin und her, tun Sie es einfach: Glauben Sie an eine höhere Ordnung. Lernen Sie an etwas zu glauben, das Ihnen in schwierigen Situationen Kraft gibt – und möglicherweise auch nach Ihrem Tod noch von Wert ist.«

»Aber ganz unmöglich kommt man bei diesem Thema an einer großartigen Persönlichkeit vorbei, Hermine, ich meine Elisabeth Kübler-Ross, 1926 geboren als eines von Drillingen. Sie hat als 19-jährige junge Frau gleich nach dem Zweiten Weltkrieg Dienste als freiwillige Helferin in Frankreich, Belgien, Schweden, Polen und Italien geleistet. Für eine junge Frau eine ungemein lebensprägende Tätigkeit. Ihre Hilfe, die sie vielen Schwerverletzten und Sterbenden angedeihen ließ, motivierte sie anschließend zum Studium der Medizin. Als spätere Ärztin führte sie viele Interviews mit Sterbenden, die sie in ihren vielen Büchern veröffentlichte. Ihr größtes Bestreben lag darin, den Menschen mit ihrer Hilfe und ihren Büchern die Angst vor dem Tod zu nehmen und sie dadurch zu einem sinnerfüllten Leben zu führen.«

Harriet konnte auch sehr kritische Themen mit Hermine besprechen und so fragte sie: »Hermine, wie hast du eigentlich den Tod deines Mannes erlebt, kannst du dich daran noch erinnern?«

»Ich glaube, dass ich das damals gar nicht so richtig wahrgenommen habe, es war so, dass er irgendwie immer noch da war, um mich herum. Ich hörte ihn in der ganzen Wohnung, einfach so, als sei er nicht gegangen. Teilweise war ich auch böse auf ihn, dass er mich verlassen hatte. Wir waren bald 70 Jahre zusammen gewesen, dann hat man einfach das Gefühl, der andere sei ewig da. Natürlich wussten wir, dass einmal einer zuerst gehen würde, aber so richtig verstehen wollte ich das nicht. Ich hatte Angst davor und zu Heinrich einmal gesagt, lass uns doch gemeinsam Schluss machen. Das verstand er erst nicht so, wie ich es meinte. Du hättest ihn hören sollen, als ich ihm erklärte, dass wir im Keller noch Gift stehen haben und dass ich einmal gehört hätte, dass man mit dem hochgiftigen Pflanzenschutzmittel schnell weg wäre. Er schimpfte wie ein Rohrspatz und erklärte mich für verrückt.

Plötzlich war er gläubig, was ich in seinem ganzen Leben nie von ihm hörte, urplötzlich und völlig unerwartet fragte er mich: Was sagt denn dein Schöpfer dazu, wenn du das Leben, das er dir schenkte, selbst wegwirfst? Aber ich glaube, dass ich es selbst wirklich niemals gekonnt hätte, und war ihm dankbar, dass er mich auf den Boden der Tatsachen zurückholte. Heinrich sagte immer, wir hätten jetzt im Alter mehr Vergangenheit als Zukunft und die, die wir noch hätten, würden wir gemeinsam bewältigen wie so vieles, was wir zusammen durchgemacht hatten.

Ich habe Heinrich 19 Monate überlebt. Das war aber, soweit ich das überhaupt richtig mitbekommen habe, keine lebenswerte Zeit mehr. Ich war schwach und habe die Kurve zum Leben nicht mehr gekriegt. Wir hatten gemeinsam ein langes Leben, drei gesunde Kinder und sieben Enkelkinder. Heinrich sagte immer, es wäre Zeit zum Abtreten. Und das wollte ich auch, am liebsten mit ihm zusammen.«

Harriet stirbt

Eine traurige Nachricht ging um die Welt: Riesenschildkröte Harriet im Alter von 176 Jahren in der Nacht an Herzversagen gestorben! Harriet verbrachte ihre letzte Zeit in einem australischen Zoo und dort ist sie auch gestorben. Sie war von den Galapagosinseln umgezogen in eine noch weitaus komfortablere Seniorenresidenz. Genauso wie viele Menschen das heute auch tun. Sie hat ihr geliebtes Zuhause, das Südseeparadies, verlassen, um es leichter zu haben. In diesem wunderbaren Zoo wurde sie bestens versorgt und hatte alle Unterstützung und Hilfe, die sie in ihrem hohen Alter benötigte. Selbstverständlich hat ihre beste Freundin Hermine sie begleitet. Sie gründeten gleich wieder eine richtige Altenkommune in Down Under, sozusagen unter dem Äquator.

Bei der Nachricht ihres Ablebens sagte Steve Irwin, der Heimleiter und Zoobesitzer: »Harriet war eine großartige alte Lady, wir vermissen sie alle sehr.« Harriet hatte dort alles, was sie brauchte. Einen liebenswerten, sehr fürsorglichen Pfleger, ein wunderschönes Gehege, regelmäßige Mahlzeiten mit ihren Lieblingsspeisen und eine Menge neuer und alter Freunde, denen sie ihre philosophischen Vorträge immer noch halten konnte. Ob die nun zuhörten oder nicht, das war ihr nicht mehr so wichtig. Philosophieren war ihre große Leidenschaft.

Harriet hatte alle Freunde auf ihren Tod vorbereitet. Seit Wochen und Monaten sprach sie über nichts anderes mehr. »Philosophieren heißt sterben lernen.« Mit diesem großartigen Zitat von Sokrates können wir uns bewusst machen, dass der Tod uns das ganze Leben lang begleitet, immer mit im Spiel ist. Wie ist das für uns selbst und für andere, wenn wir gehen? Harriet sagte: »Es ist für uns sehr hilfreich, wenn wir schon im Leben ab und zu einmal einen Gedanken an den Tod richten. Viele Menschen blenden dieses Ereignis aus, das für alle Lebewesen unweigerlich früher oder später der Endpunkt ihres Lebens ist. Ist der Tod ein radikales Ende, gibt es etwas danach und wie ist das eigentlich mit dem Jenseits? Ist der Tod überhaupt ein Problem für mich oder ist es vordergründig nur die Todesfurcht, wenn es mich selbst betrifft?«

Dieses berühmte Zitat von Epikur, das wir schon einmal erwähnt hatten, spendete Harriet Trost, denn sie musste zugeben, dass auch Philosophinnen Angst vor dem Tod haben: »Wenn der Tod das ist, bin ich nicht mehr und so lange ich da bin, ist der Tod nicht da« – »also warum soll ich es mir schwer machen?«, meinte sie.

Hermine wurde sehr traurig, als sie spürte, dass ihre beste Freundin sie verlassen wollte. Sie entgegnete ihr, sie könne doch nicht einfach so mir nichts, dir nichts, aus dem Leben verschwinden. »Möge der Riesenschildkröten-Gott dich segnen«, gab ihr Hermine mit auf ihren Weg, aber sie hoffte auch, Harriet wieder zu treffen, spätestens, wenn auch sie sich von ihrem Riesenschildkröten-Leben verabschieden würde. Sie dachte an Sokrates, der sich auch auf sein Weiterleben nach dem Tod und auf die Zusammenkunft mit seinen alten Freunden im Hades sehr gefreut hatte. Man sagt, dass Riesenschildkröten und Dinosaurier Vulkanausbrüche überlebt hätten. Sie haben die Gabe, sich selbst in die Erde zu vergraben und erst nach Monaten oder Jahren aus dem Boden wieder an die Oberfläche zu kommen.

Ähnlich wie bei den Riesenschildkröten mit ihrem sehr hohen Lebensalter ist eine besondere Entwicklung bei den Menschen zu beobachten. Menschen mit einem sehr hohen

Lebensalter – immer mehr werden heutzutage einigermaßen gesund 100 Jahre alt – sterben dann schnell. Sie müssen nicht mehr leiden, schlafen einfach ein. Hermine hatte ein bisschen ein schlechtes Gewissen. Sie fragte Harriet: »Harriet, wir haben weiß Gott viel über mein voriges Leben gesprochen, alles durfte ich vor dir ausbreiten. Niemals habe ich erfahren, wo denn deine Seele sich in deinem vorigen Leben befand. Weißt du das eigentlich noch, Harriet?« Sie wollte ihre Freundin ermuntern zu erzählen, um sie von dem Gedanken an ihren Tod abzulenken. Sie wollte nicht wahrhaben, dass ihre Unterhaltungen mit dem Ableben der guten alten Harriet vorbei wären.

Harriet wäre nicht Harriet, wenn sie nicht sogleich gemerkt hätte, was Hermine umtrieb. Und sie antwortete ganz leise: »Liebe Hermine, in dieser Erzählung warst du die Protagonistin und nicht ich. Lasse mir diese Rolle als deine Beobachterin, deine Beraterin und gute Freundin über meinen Tod hinaus. Wir haben so intensiv zusammen diskutiert, du hast so viel von mir erfahren und gelernt, ich bin sicher, dass du auch, wenn ich nicht mehr da bin, genau weißt, was ich auf alle deine Fragen geantwortet hätte. Das ist wie bei einem alten Ehepaar, das über Jahrzehnte zusammenlebte, da weiß der eine genau, wie oder was der andere geantwortet oder entschieden hätte. Das ist auch der große Vorteil eines langen Zusammenseins.

Liebe Hermine, lass mich gehen und vielleicht als Stern am Firmament das Geschehen auf der Erde beobachten. Ich wünsche mir, dass ich geduldig warten kann, bis meine Seele Lust verspürt, wieder einmal in einen Körper zu schlüpfen. Lebe du, meine liebste Hermine, weiter und denke daran, es gibt keine Vergangenheit und keine Zukunft für ein erfülltes Leben, nur eine Gegenwart im Hier und Jetzt und in jedem Augenblick.«

»Wenn es eine Seelenwanderung gibt, die unserer Entwicklung dienlich ist, bevor wir endgültig das Nirwana erreichen, dann habe ich durch dich, meine liebe Harriet eine wunderbare Erfahrung gemacht, das ›amor fati‹, sein Schicksal zu lieben und seine Schmerzen anzunehmen, um daran zu wachsen, wie es schon Friedrich Nietzsche, der heimatlose Wanderer, beschrieben hat.«

Nachwort

Ich habe ein Buch über meine Mutter geschrieben und hoffe, dass mein Vater dabei nicht allzu schlecht weggekommen ist. Auch er war im Grunde seines Herzen ein guter Mensch und bei aller Kritik an ihm habe ich ihn auch geliebt. Vielleicht nicht so innig wie meine Mutter. Ein großes Vorbild in manchen Bereichen war er allemal für mich. Als kleiner Junge sagte ich zu ihm: »Wenn ich groß bin, will ich so sein wie du.« Erst viel später wurde mir bewusst, dass ich viel emphatischer sein wollte als er – zu allen Menschen, die mir begegnen, zu meiner Frau und meinen Kindern, zu meinen Enkelkindern und nicht zuletzt auch zu mir selbst.

Zugegeben, es ist ein Buch der »Dichtung und Wahrheit« geworden. Ich habe viele Details erfunden und auch Dinge manchmal etwas dramatisiert. Es ist eine Biografie-Erzählung entstanden, die viele Erlebnisse meiner Mutter und unserer Familie beschreibt. Einiges konnte ich selbst aus ihren Erzählungen erinnern und gut recherchieren, manches musste ich in ihrem Sinne erfinden. Ich bin sicher, dass sie damit einverstanden gewesen wäre, wenn sie es lesen würde.

Der Autor

DIETER HEYMANN, 1945 in Darmstadt geboren, absolvierte nach dem Abitur eine kaufmännische Lehre. Von 1967 bis 1970 arbeitete er im Außendienst eines Industrieunternehmens. Von 1970 bis 2003 leitete er ein familieneigenes Unternehmen in Darmstadt. In den Jahren 1975 bis 1978 studierte er nebenberuflich Psychologie an der Akademie für Verhaltenspsychologie in München. Von 2003 bis 2012 war er zu einem Magisterstudium für Philosophie und Psychologie an der Technischen Universität in Darmstadt immatrikuliert. Von 2006 bis 2013 engagierte er sich als Gründungs- und Vorstandsmitglied für den Aufbau des gemeinnützigen Vereins Akademie 55plus in Darmstadt. Dieter Heymann ist verheiratet, hat zwei Töchter und drei Enkelkinder. Sein erstes Buch »Fröhlich altern – Nützliche Tipps für ein erfülltes Leben« ist im Mai 2014 erschienen.
E-Mail: info@dieter-heymann.de
Webadresse: www.dieter-heymann.de

* Die besten Tipps für ein glückliches Leben

* philosophisch fundiert

* authentisch und persönlich geschrieben

»Da es sehr förderlich für die Gesundheit ist, habe ich beschlossen, glücklich zu sein.«

Voltaire

Mit demselben entschlossenen Pragmatismus erläutert Dieter Heymann seinen Lesern, wie ein erfülltes Leben bis ins hohe Alter gelingen kann. Mit 60 in den Ruhestand und danach folgt – nichts? Das ist seine Sache nicht. Geistig und körperlich fit bleiben, die sozialen Beziehungen pflegen, lautet sein Rat, und er lebt es selbst gleich vor.

Auf einem ausgiebigen Spaziergang durch die Philosophiegeschichte befragt er die großen Denker zu ihren Vorstellungen von Glück und ergänzt diese durch die Forschungsergebnisse der modernen Medizin. Auch den kritischen Fragen nach Endlichkeit und Tod weicht er dabei nicht aus.

Ob Bach-Blüten oder Mensch ärgere dich nicht! – zu allem liefert Heymann praktische Tipps, aus denen die Fülle seiner persönlichen Erfahrung spricht. Gerade diese machen seine herzliche Ermunterung, das Leben in beide Hände zu nehmen, umso überzeugender. Lehrreich, ohne lehrerhaft zu sein trägt Heymann seine Botschaft vor – mit einer Fröhlichkeit, die ansteckt.

Dieter Heymann
Fröhlich altern
Nützliche Tipps für ein erfülltes Leben
224 S., Paperback, € 14,90
ISBN (Print): 978-3-7357-4422-7
ISBN (E-Book): 978-3-7357-4657-3

Erhältlich in Ihrer Buchhandlung und als E-Book.